陈刚◎作品

卧槽马

王傲题

作家出版社

陈刚

土家族，1974年出生于湖北五峰。

现为中国作家协会会员，中国化工作家协会副主席，宜昌市作家协会副主席。

在《中国作家》《民族文学》《延河》《飞天》《芳草》《散文》等刊发表有中短篇小说及散文若干，部分作品被《长篇小说选刊》《散文选刊》《读者》《意林》等选载。

著有散文集《黑白乡村》和小说集《没有声音的叫喊》等。

2013年参加全国青创会，2016年参加全国第九届作代会。

目　录

一部难得的工业题材好小说（序）　　1

引　子　　　　　　　　　1

第一章　投　产　　　　　9

第二章　爱　情　　　　　32

第三章　厂　庆　　　　　58

第四章　衰　败　　　　　76

第五章　改　革　　　　　97

第六章　重　生　　　　　121

第七章　恋　歌　144

第八章　突　围　160

第九章　涅　槃　186

风随着意思吹（后记）
　　——创作谈　204

一部难得的工业题材好小说（序）

李寿生／文（中国化工作家协会名誉主席、中国石油和化学工业联合会会长）

工作之余，我喜欢翻看一些文艺作品。自党的十八大以来，我国文艺创作呈现一片繁花似锦的春天景象，各种题材的文艺创作十分繁荣。但在众多的文艺创作中，工业题材的作品较少，工业题材的小说，特别是长篇小说更是凤毛麟角。

前不久，我的好朋友——湖北宜化集团有限责任公司的陈刚，十分高兴地给我送来他创作的长篇小说《卧槽马》，并希望我给他的作品写个序，理由是：您既是行业作家协会的名誉主席，又是行业协会会长，不能推辞！

盛情难却。我从未给小说，特别是长篇小说写过序。既然无法推辞，就必须有认真的态度。我用了几个整天的时间，认真把《卧槽马》读了两遍。小说的开篇就把我吸引住了，随着故事情节的展开，我是一口气读完的。两遍读完，掩卷沉思，梳理我的读后感。有两点突出的感受：一是故事真实，二是语言凝练。

首先，说说真实。《卧槽马》的真实反映在三个方面：

一是行业发展背景真实。卧槽马写的是一个化肥厂的发展历史，一个企业的发展离不开行业发展的历史背景。我国化肥工业的发展，有一个十分生动曲折的大背景。上世纪六十年代，我国化肥极度短缺，为了解决我国农业的急需，全国化肥工业一片大干快上的景象，县县都办化肥厂。"要想当县长，先进化肥厂"，就是当时化肥工业红火的一句时髦流行语。九十年代，随着大化肥尿素项目的引进，随着小化肥的改造，随着我国化肥工业的技术进步，我国化肥工业市场由"短缺"走上了需求基本平衡，化肥厂门前车水马龙火爆抢购的局面已经成为历史。到2000年前后，我国化肥工业出现了严重产能过剩的局面，产大于销的局面迫使全行业走上了一条"去产能"、淘汰落后的境地。由化肥极度短缺，到产需基本平衡，再到产能严重过剩，这就是我国化肥行业发展的大背景，在这个大背景下，化肥企业都经历了极度富有，到过紧日子，再到大浪淘沙、淘汰落后、转型升级的巨变曲线。《卧槽马》真实地反映了在这样一个惊心动魄背景下，一个典型化肥厂摸爬滚打的日子。

二是企业改革主线脉络真实。《卧槽马》紧紧围绕一个由年产十万吨硝铵厂转型为碳铵化肥厂，又由碳铵化肥厂改造为尿素工厂，由全民所有制的峡湾化肥厂改制为泰丰化工有限责任公司，再由国有公司改制为资本上市公司的企业，生动描写了卧槽马化肥厂由兴到衰，再由衰到兴的全部改革发展历程。改革发展的利益冲突，引发了企业内外上上下下群体各种矛盾，竞争上岗、下岗分流、人员调整、职务变迁以及企业围墙内外的兴衰变化等等，矛盾展开自然生动、矛盾冲突真实可信。卧槽马化肥厂其实就是中国国有企业改革完整历程的一个生动典型，国有企业改革的历程跃然纸上、活灵活现，十分难能可贵。

三是人物性格塑造真实。小说围绕着卧槽马化肥厂三个主要人物黄政勇、吴英俊、姜大民的命运，塑造了刘梦娜、刘招娣、王友忠、王怀亮、胡远方、马雪花、马海燕、张建新、艾新华等一大批有血有肉、性格各异、与化肥厂内外有着密切联系的鲜活人物群体。他们的命运既同化肥厂的兴衰密切相关，又同时代命运息息相关。黄政勇、吴英俊、姜大民的职务变化，刘梦娜、刘招娣的家庭生活，王友忠、王怀亮的社会关系，胡远方、马雪花的命运风雨……构成了一部生动的社会生活百科全书，化肥厂年轻人同周围农民的利益关系，化肥厂内部丰富的人文生活，化肥厂变革前后利益冲突，都充分反映出了作者对工厂生活的深入观察和生动提炼。

其次，说说语言。《卧槽马》的语言，具有十分简洁凝练和准确生动的特点。

小说的开头，用引子开篇介绍了卧槽马的悠久历史和千年不变的来头。一个短短的开篇，就把卧槽马沧桑的历史、惊艳的典故、家族的更迭、独有的特产还有小说人物王麻子等全部推出，把这样一个内涵丰富、纷繁杂乱的历史，丰富的人文遗产，长篇故事的铺垫，娓娓道来，语言干净利索、紧扣心弦、引人入胜，充分反映了作者老练的文字功底。

人物情感的描写，更是细致入微，催人泪下。有人讲，"能打动人心的只有人心"。描写姜大民癌症住院期间，在病床上同陪夜的刘梦娜那段感人肺腑的夫妻对话，更是情真意切、令人肝肠寸断。

第二天晚上，他要刘梦娜陪夜。他把床匀出来一半，要刘梦娜陪他在床上躺着。刘梦娜说床太窄了，我怕碰着你，还是睡行军床上，靠着你的床，行吗？姜大民固执得像孩子，顽皮上脸地说，我就要嘛。两个人把病床填得满满当当，骨肉相嵌，找不到半点余地。姜大民仍习惯性地把一条胳膊从枕头下面伸过去，绕成一个温柔的陷阱，托住刘梦娜的脖子，凹凸相扣，严丝合缝。就算不说话，表皮下涌动的血液也能让身体的温度烘暖他们的爱情。姜大民的眼睛泊在泪水里，一动不动。他是不敢动，一动就要溃堤。但他的嘴动了，声音发颤地说，你将来要是找到伴了，也会让他这么抱着你睡觉吗？他像把一把刀子捅到她心里又搅动了一下，这把刀子似乎带着某种企图。刘梦娜的心在猛烈抽搐，眼泪喷涌而出，她用手捂着嘴，浑身瑟缩，不让声音发出来。姜大民明知道不该问也不能问，一张口就会撕开一道鲜血淋漓的口子，里面的爱有多深，疼就有多深。她怎么回答都是舍生忘死的表态，多么地残酷。刘梦娜成了寒冬腊月还埋在淤泥里的半截残藕，心里都是洞，另外连着丝的半截藕不见了。她会去找吗？她仿佛正夹杂在生死之间。姜大民愧疚地侧过半个身，另一只手环过来，把她整个人都搂在怀里，像附在她身体上的一个壳，包住了她。她捂着胸口像捂着伤口，索性痛到底吧。她泣不成声地说，大民，我不会去再找，你就在那边安心地等着我吧。

语言的魅力，就在于情真意切，直撞心灵最柔软之处。《卧槽马》就有这样的语言特色。

迎着2018年春节的浓浓年味，我完成了陈刚托付的任务，心中有了一种如释重负的轻松。陈刚是一位年轻的作家，《卧槽马》的出版，对他的创作成长无疑是一个动力加速器。他生活阅历十分丰富，创作欲望十分强烈。他既勤奋，又善于观察，相信陈刚还会有更多、更好的作品问世。

我们热切地期待着。

2018 年 2 月 13 日，于北京亚运村

引　子

想不到卧槽马会是个地名。

觉得这应该是静伏在楚河汉界里的一颗棋子，还是充满了杀机的一步险棋，叫卧槽照将。偏偏就真是个地名，那是摊开了打散了的几个村庄，环着群山零零碎碎地分布在长江边上，像个巨大的撮箕。

上世纪九十年代，卧槽马区还不叫区，叫卧槽马乡。八十年代以前，叫卧槽马公社。六十年代曾短暂叫过红群公社，很快又改成了卧槽马公社。民国时期，叫卧槽马区公所。县志里说，无论明清，还是唐宋，用的都是这个名字。时光疾走，世事变迁，这个名字始终静如止水。

卧槽马，很有历史沧桑感，就像一只蚊虫被历史滴落的松香裹住了，又吸吮了漫长的岁月，渐渐变硬，渐渐有了圆润的色泽。如琥珀。

卧槽马这个地名，原来是有些来头的。

王麻子是卧槽马小学的民办教师。

十个麻子九个怪，花花点子像米筛。都说麻子心里面的鬼点子多，不好惹。王麻子软得像根面条，有气无力的样子，看着就不像个厉害角色。他或许是十个里面没有花点子的那个。解放前逃荒要饭来到了卧槽马，逢年过节给村里人写对联，五谷丰登六畜兴旺，快速而潦草。庙里的破皇历是村里唯一的一本书籍。

虽然他只读过几年私塾，但谁也不会怀疑他渊博的学识。后来被推荐到学校教语文，他像怀才不遇的秀才得到了重用，怀着知恩图报的心，书教得相当好。

王麻子串门聊天也像讲课一样有板有眼，尾音还翘上翘下，一只乌鸦口渴了，到处找水喝。但不管喝酒，三杯下肚，话特别多，蹬掉一只鞋，伸出二郎腿，手拽着脚腕子，眉飞色舞得不行，滚圆的麻窝变成了椭圆。他还在老远的地方，就有人嗅到了臭豆豉的味道。他的脚气暴露了他的行踪。马上有人过来起哄，要他讲故事。他会赶紧趿上鞋子，站起来背一段老三篇，张思德同志是为人民利益而死的，他的死比泰山还重……

王麻子的声音像一团火苗在愉快地抖动。接着他才用一种胜似朗诵的语气大声说，还是给你们讲一讲卧槽马的故事吧。正午时刻的寂静就这样被他打破了。他脸上的麻窝就像满天的繁星闪烁着光芒，熠熠生辉，实在是得意。

他用湖北大鼓的腔调唱了起来，话说那三国哎。刚唱一句，上前一步亮相，念白。准确地说是公元 222 年吧。刘备为关羽报仇雪恨，挥师东征，屯兵夷陵，遭到吴国名将陆逊火烧连营，被吴军铁桶一样围困在了马鞍山。

王麻子呷了一口茶，目光惊恐，似有无数金戈铁马的呼叫浸润其中。嗨，紧要关头，只见赵子龙率兵杀进重围，单骑救出了刘备。他清亮的声音逆着时光，溯流而上，起伏跌宕。听的人越来越多，越来越惊愕，仿佛看见了一个千里走单骑的疾行背影正绝尘而去。

王麻子乘着酒兴又踱开方步，扭动腰肢，亮出来两根指头，像一双短粗的筷子，夹住了人们好奇的目光。手指一挥，比画出马蹄曾经敲响过的地方。再接一句回龙调，兜住叙述的散板。他们来到了山势险峻的滚牛坡，赵子龙翻身下马，扶住刘备徒步攀上将军垴，最后一路仓皇逃到了白帝城。

王麻子停顿了一下，手搭凉棚，像个侦察敌情的轻骑兵，顿了顿，最后一次涮腰，又用嘴巴敲了一阵锣鼓。这才指着脚下说，陆逊在这里卧槽叫将，差点擒获了刘备。赵子龙从这里单骑救主，带着刘备一路逃往白帝城。吴国追兵到了山高林密的这里，马腿突然迈不动了。卧槽马变成了别腿马，岂止是别住了马腿，那是别住了历史。马鞍山从此改叫卧槽马。文书不长，半文半白，他半唱半演，能让人听出个大概。

说完，他摊开两手，手里什么都没有，就像历史云烟早已随风消散。

全场寂静，仿佛大家从一场阔大的梦中刚刚醒来。

王麻子成了卧槽马人心醉神迷的偶像，三国英雄在他绘声绘影的讲述中呼之欲出，动人心弦。他让人们看到了卧槽马曾经披挂过的历史长袍，也让大家知道了这个村庄的根深深地扎进了历史。

尽管在人类庞大的生存谱系中，卧槽马这一丁点儿历史痕迹，包括这片土地，也不过沧海一粟，就像探在池塘中的半抹花影，被风一吹，噗地一闪，便隐去踪迹。

但如果没有这段惊心动魄的历史，卧槽马也许就如中国乡村版图上其他的自然村落一样，多半以村民的姓氏命名，如田氏家族主宰村庄时，叫田家山村。若干年后，田氏家族衰落，罗氏家族崛起，村庄又会改名罗家坡村。或者以某地盛出的特产命名，如核桃荒村，如漆树坳村。一个村庄，是盛产核桃的山包包。另一个村庄，是长满漆树的山坳坳。

卧槽马有了历史线索的牵引，就像与历史攀上了远亲，自然要高贵一些，而且意外地得到了一笔丰厚的历史遗产，那就是一个稳健牢靠得可以安放数千年不变的地名。这个地名和历史交织在一起，具有了抵抗社会变迁的内功。

即使脱下了这件历史的长袍，卧槽马的风景也是相当不错的。群山崟崎绕成一弯峡谷，峡谷又夹了一条蜿蜒的小溪，溪水清且浅，叫天池河，潺潺声里一直流到长江。落日掉到小溪里，像个咸鸭蛋黄。天池河两岸土地肥沃，每到秋季傍晚，晚霞蔚然，风吹稻花香两岸，万亩水稻被夕阳映射出沉甸甸的光辉，相似的色调和震撼的场面很有几分"喜看稻菽千重浪，遍地英雄下夕烟"的景象。

人们站在落日的余晖里，巴望着徐徐到来的丰年，心里面堆满了熟透的满足。多年以来，人们总是把宽阔的日子过得像闲云。老人们喜欢蹲在墙根看空中的喜鹊，听着它们叽叽喳喳的鸣叫。他们在喜鹊的欢叫声里等到过回娘家的女儿，还有远方的亲戚，甚至一条走失半年的狗。他们相信喜鹊总会给他们带来意想不到的好消息。

有些事情的发生总是突如其来，就像那次赵子龙和刘备突然造访这里一样。

那年春天，天气似乎格外寒冷。卧槽马大街小巷的屋檐上，挂着长短不一的冰凌，在阳光的照射下璀璨夺目。大家嘴里吐着白气，牙齿咯咯咯地敲打出凛冽而寒冷的声音，哆嗦着感受这场倒春寒。他们等着春雪化雨，相信离喜鹊开口的日子就不远了。

他们没有等来春雨，等来了一场冰粒子。卧槽马像一面战鼓，被冰疙瘩敲得震天响。就在这个寒冷的夜晚，这里突然变得慌乱起来。从傍晚开始，狗就汪汪地从村头咬到村尾，又从村尾咬回来，满村子都是吠影吠声。青黄不接的时候，人们老早就上床，横着比竖着扛饿，这是经验。狗叫得再凶，也没有人愿意起来查看。

第二天早晨，人们像往常一样起床，喂猪，放鸡，撵羊，一切显得那么从容而轻盈，然后炊烟升起，饭菜飘香，又围坐在桌上吃饭。忽然传来一阵阵沉闷的轰鸣，整个村庄像筛糠，这些粗暴的声音与静谧的乡村晨曲很不谐调，是汹涌而至又连绵不断，大家停止了咀嚼，飞奔到门外。他们不知道，这些声音的到来，是一个强烈的信号，从此将持久搅乱甚至彻底改变卧槽马平淡而孤寂的岁月。

惊恐万状的人们纷纷拥向了现场。正是百苗欢腾的季节，绿意盎然，几十辆东方红牌推土机，胸挂大红花，烟筒里喷着丑陋的黑烟，发出石碾子一样冷漠的声音，只几个回合，绿毯样的庄稼苗就被黄泥巴裹成了花卷。推土机像一群在田间爬行的螃蟹，它们的吼叫声盖过了枝头喜鹊的鸣叫。

人们很不满意喜鹊带来的喜讯被推土机的声音淹没了。看热闹的村民们当时就淌出了眼泪，不忍看下去了，就像看着自家的孩子正在被人伤害，碰得眼睛生疼。有人拍拍满是补巴的裤子，扭着屁股离开了草腥四溅的现场。有人搬来了石头，安静地坐在上面看热闹。坐在石头上的人得到了准信。他们像信使一样跑回去告诉村里人，卧槽马是个好地方，那些人要在这里建一个军工厂啦。

他们焦躁不安地在村子里走来走去，又捶着心窝子对每个人讲了一遍。这句话变成了绝望的哀号，在卧槽马的上空久久飘荡。

要说这个事情还是有征兆的。广播里早就在说，备战备荒为人民，全国人民都笼罩在战争的阴云里。但卧槽马的人还沉浸在闲云一样的小日子里，国家的大事不是不关心，是弄不明白，他们都听公社书记的。

书记觉得抓好阶级斗争促进农业生产就行了，是书记没把世界的风云变幻当回事。这就有些不对了。社员们看到几个神秘的绿军装已来过好几次了。扛着标尺爬上滚牛坡，拿着望远镜对将军堆窥视，就在人们的眼皮底下活动。这已经不是蛛丝马迹了，是明目张胆的行径。

社员们慌了，赶紧给书记报告。社员们失眉吊眼的脸通红，声音打战。书记不慌，他迈着外八字，在院子里走官步。嘴上含着一根叶子烟，烟外层卷了报纸，貌似叼着一支香烟。他没有点火，含在嘴里骗自己。他悄悄在自家屋檐沟坎上种了十几窝白肋烟。如果放开抽，管不了两个月。他要省着过年和在县里开会时抽。烟不是无火自开的花。他试过，只要不点火冒烟，一根叶子烟可以含三天，管到过年很容易。这个昔日的佃农觉得比粮仓里堆满谷的富农还要滋润。

社员们的情报还没汇报完，就被书记不耐烦地打断了。书记很得意地从荷包里摸出一盒火柴，把平时不舍得抽的叶子烟点燃了。裹在烟上的报纸在翻卷，把上面的铅字烫得吱吱叫。书记现在的神态比以前的大地主还要牛皮烘烘。他瘪着嘴把火柴吹灭了，晃几晃，口气轻狂地说，没有调查哪来发言权呢？或许是城里的民兵在山上捉特务呢。

那个年代的特务真多，像夹皮袄里的虱子，总是捉不完。谁能想到王麻子是国民党派过来潜伏的特务？他能摇头晃脑地把卧槽马的故事讲得那么精彩，居然隐藏在人民内部这么久，幸好被他的儿子王友忠检举揭发出来了。

几年前的一个下午，革命群众聚在公社院坝看《沙家浜》，卧槽马的上空飘荡着一股浩荡之气。王麻子扶着家里的门框咳嗽，像在捶一面破锣，一锤接一锤，门口的树叶都在震颤。他的声音还是被阿庆嫂的唱腔压了下去。群众不停地鼓掌，喊好。王友忠看完戏回家，发现父亲正在吐血，大口大口地往外喷。他咳血已经快一个月了，刚开始只是痰里夹着血丝。但他一直瞒着，这下瞒不住了。

王麻子抹了一把沾在嘴角的血，怕痒似的扭着身子笑了。他花枝乱颤地给儿子安排后事。他说如果这样病死了，就死得轻如鸿毛。他要像张思德一样死得重如泰山。王友忠听得心惊肉跳，泪如雨下，脑袋摇得像拨浪鼓。他看见父亲的嘴在动，一张一合，但他已经听不清父亲在说什么了。他像被炮弹击中一样，有一种四散纷飞的感觉。

好多年过去，王友忠牢牢地记住了这个场景。父子俩抱头痛哭，王麻子脸上的每个麻窝都盛满了泪水，明媚的阳光把他的麻脸照得闪闪发亮。

几天后，王友忠像个凛然的英雄，走进了公社大院。他的眼泪一颗颗往下滚落，那是饱含多少悔恨和耻辱的泪水，从胸襟一直流到地上，淌满了书记的办公室。

透过蒙眬泪眼，他向书记吐出来一个惊天的秘密。书记紧张了，他把含在嘴里不冒烟的叶子烟收起来，用指头敲打着桌面，快速思考应对的办法。民兵们冲进王麻子昏暗的房间时，他正以一个奇怪的姿势靠在床上，下半身埋在灰突突的被窝里，像半截刚刚从泥土里冒出来的植物。他已经虚弱得坐立不稳。身强力壮的民兵们像捉小鸡一样把他按倒在床上。

大家没有搜出电台、定时炸弹之类的敌特工具，但他们找到了一张泛黄的军事地图。铁证如山。没几个回合，他就浑身筛糠一样交代了自己的罪行，与王友忠举报的情况大体相当。

这种事，只要一印证，就是惊天动地的大事。卧槽马经过了多少次镇反运动，居然还有漏网之鱼。这个披着人民教师外衣的敌特分子，竟然在人民中间隐藏了这么多年。这简直是赤裸裸地在向这个时代挑衅，与英雄的卧槽马人民为敌。

卧槽马的人都跑出来看特务，他们只在画报上和电影里看到过特务，都戴着墨镜梳着分头，很洋气。特务可不是一般的地主富农，太厉害、太高级了。结果却大失所望，原来是王麻子。大家不免有些泄气，甚至有点生气，感觉被戏耍了。

在公社院坝唱样板戏的台子上，王麻子被反绑双手，由两个威风凛凛的民兵架着，像拎着一件旧衣服。他已经软得站不稳了，背上插一块令牌样的木板，名字上面还画着叉。王谋远，好生疏的名字。人们当面喊王老师，背后叫王麻子，几乎忘了他的名字。王麻子佝偻着腰，脖颈下滴了一摊汗，游移不定的目光似在寻找什么。下面都是黑乎乎的脑袋。他收紧了慌张，慢慢稳住了神，面容安定，是处变不惊的神态。

书记站在台子中央讲话，臂上箍着红袖章，手上拿个小红本一扬一扬的，像在打着拍子。下面开始有人在议论，说书记以前是个佃农，农闲贩点篾货，去山里卖篾货正碰上闹农会。篾货没卖出去一件，饿得两眼翻白，心一横也跟着去闹革命。一闹闹成了革命家，现在当了大干部。据说天天吃猪肉，肠子都让猪油给糊住了。大家又看他的腰，果然很粗，肚子鼓得像孕妇。忍不住再摸摸自己装满糠菜屎的肚子，里面发出一阵咕咕的叫声。

大家正看得眼睛发痴、口水直流，胸戴大红花的王友忠上台了，义愤填膺的样子，还咬牙切齿地举着拳头高呼口号。他不像是在批斗自己的父亲，更像是在批斗杀父的仇人。

王友忠的嘴像一只失控的颤抖的漏斗，口号不断地掉落出来。大家紧张得心脏像被烧红的火钳夹住了，嘴里发出喷喷的声音。王友忠爱憎分明的阶级立场，得到了书记的高度赞扬。眼尖的人看到王麻子眼角还含着一缕奇异而明净的笑意，完全是一副不识好歹的模样。

游街结束后，王麻子被拉到山坳坳里。人们先是看到歇落在电线杆上的一长串麻雀受惊似的射向了天空，然后才听见枪声，接着是将军坳沉缓地抖落出一束回声。

天地间一片寂静，挠心地静。

这一粒子弹换取了实实在在的回报。王麻子的滔天罪行为大义灭亲的儿子铺垫了一条阳光大道。在大是大非的敌我斗争中立了大功的王友忠，突然大红大紫，摇身一变成了卧槽马公社的民兵营长。

父子反目成仇的屈辱被时代隐藏了起来，落进了黑沉沉的未知深渊。那些缺失和隐秘的蹊跷真相，曾让卧槽马的人为此诧异了好久。那个年代凡事讲动机，动机是什么呢？一点一滴地想，还是有很多疑点。虽然大家在心里有过胡乱猜测、百般推理，但没有一个人胆敢吱声。

那是一个容易祸从口出的年代。

时间像一条不动声色的幽深的河流，推着日子向前流淌。再也没人在意那几个绿军装的诡异行踪了。他们踏着卧槽马的瑞雪，像几个走乡串户的阴阳先生，已经给一个三线工厂选好了地址。到了春天，连喜鹊也停止了歌唱，抽出压在积雪下的翅膀，顺着春风的方向径直飞走了。

卧槽马的空气中弥漫着野花的芬芳、植物的清香，偶尔的三两声鸟鸣，越发衬出这里一片清静。剩下的沉寂很快就被繁忙的喧嚣打破了。

卧槽马迎来了一群南腔北调的人，沿着山的褶皱圈了一片地，竖起了一排排硕大的火柴盒一样的厂房，还有几根伸到了云端里的烟囱。

门口挂一块牌子，中国人民解放军第505军工厂建设指挥部。半个卧槽马现在都变成了军事禁区，站岗的人端着冲锋枪。这里将兴建一个年产十万吨硝铵的军工厂，大家似懂非懂，并没放在心上。只是心疼这块土地再也不能打粮食了。后来听说硝铵掺上硫黄、木炭屑，就变成了威力无比的炸药，这才开始紧张起来。

关于这个神秘工厂的传言，不断从一个人的舌尖弹出去蹦进另一个人的耳朵，击鼓传花一样。到了卧槽马的人嘴里，再交头接耳一番，就变成了这是为第三次世界大战准备弹药。卧槽马成了世界大战的火药库。想象战斗打响，远处的炮声隐隐传来，近处的野花在微微颤抖，空气中有了硝烟的味道。卧槽马将在硝烟弥漫中灰飞烟灭，不用整顿神色，大家早已惊悚得脸色一片惨白，后颈发麻。

卧槽马的人被这个流言折磨得心慌意乱，连走路的样子都变得踉踉跄跄，好像每个人怀里都抱着一坨重物……

第一章　投产

1

推土机铲光地皮，像剥开了绿色的外衣，广阔的土地露出了结实的胸膛。505 军工厂成了卧槽马一片新长出来的建筑森林，里面搭建的房子如雨后的蘑菇朵不断冒出来，蜿蜒的管道像藤蔓在延伸。如果不建厂，春雨会用绿色唤醒五谷，又用春风吹出绿色的波浪。

现在说什么也不管用了。这块土地已经被春天遗忘了。一马平川的良田披上了钢筋水泥的铠甲，肥沃的土地变成了扬尘的天堂。从部队划转过来的两个营的官兵、来自地方支援三线建设的技术工人、返城的知青、转业军人、占地招工的贫农子弟，一千多号人的队伍啊。他们像一群来自不同河流的鱼，被舀进了同一个池塘。

不过这几天工地上开始传着一个闲话，说是三线企业要停建转产了。这个消息是从一台收音机里得到的。时代的列车轰轰烈烈向前进，他们仿佛也要成为一群被时代遗忘的人。每个人的眼中都深藏着忧郁。残阳夕照中，卧槽马空旷的建设工地，显出一派辽阔的凄清。

卧槽马的夜晚，黑得深邃无边，只有灯火通明的工地，仿佛要对黑夜袒露出明亮的心事。昔日打桩机沉闷的响声，如同重重的叹息，久久不散。一个瘦长的影子，立在高处，他脸上的笑容早已凝固，迎着浩荡长江拂面而来的长风，忍不住发出一声叹息，像是要把心中密不透光的心事泄露出去。这个清瘦的背影，就是工程指挥长黄政勇。

黄政勇是团职干部转业，三十多岁，一米九的高个子，却瘦得像竹竿。基建科长姜大民酒后装赖，大着舌头给人讲闲话，说人事无常，天命有定。命中只有八升米，讨遍天下难满斗。头再偏过去，捂了嘴满脸神秘地说，莫看指挥长风风光光，他这个命啊，是个劳碌命。有皮无肉，几根瘦骨，风头出足，一生劳碌。

这话耐人寻味，听的人满面狐疑。

劳碌命的黄政勇偏偏生了一双大脚，45码。脚大江山稳，但鞋不好买。每年到征兵的时候，姜大民就到军分区找当军需科长的战友弄几双解放鞋，只挑45码的，塞满了黄挎包就给黄政勇捎回来。劳碌命的故事传到黄政勇耳朵里，他刹车样顿住脚，只是笑笑，还瞟一眼传话的人，透出额外的意味。传话的人叫张建新，是保卫科长。这样的话他哪里藏得住。他是个直肠子，吃多少拉多少。听过的话，经他传出去就比原来的还要多。他不说，这些话会憋在喉咙里结成硬疙瘩，比几天不拉屎还要难受。

黄政勇不是个好脾气的人。他脸上长满了权威和庄重，有点不怒自威的意思。嗓门儿也大，千人大会即使不用麦克风，照样把每个字很响亮地送进别人的耳朵，离得近了，能感觉到耳膜里有锥子在捅。

说话像练武功，声音大只是力气大，还要拳法好。他善于举例子、打比方，站得高又看得远，很会表达自己的观点，话语里有着密不透风的拳法。他一张嘴，大家就服气。他在部队从班长、排长、连指导员、营教导员，干到团副政委，靠的就是这张嘴起家。

王怀亮可不这么认为，嘟囔了一句强龙不压地头蛇。他的父亲王友忠现在是卧槽马公社革委会主任，工地上给他安排了一个清闲的电工岗位。他把嘴巴噘成个瓶盖子，他这是不屑的表情。他以为自己真成了两条腿的地头蛇，龙也奈何不得。王怀亮干活懒得出奇，像个不灵光的门闩，拨一下才动一下。

他把两只白净的手藏在裤兜里，腾出一双大脚在工地上踢踏。后腰上挂着工具包，噼里啪啦拍打着一翘一翘的屁股。他一边走路一边东张西望，让眼睛和脚装出一副很忙的样子，像工地上的巡视员。

夏天的蝉像一群吵恶架的女人，扯起嗓子叫。工地上的人在睡午觉，红色头盔罩在脸上，像装了音箱，空气里都是呼噜声。这样的午后，王怀亮显得焦虑。他悄悄卸下工具包，躲在厕所里观察隔壁的动静。

突然听到了一阵响篙般的声音，他兴奋地踮起了脚。工地上的露天旱厕围墙很矮，这边踮脚能看到那边人的额头。再扒着墙头伸长脖子，就能看到闪着白瓷般光泽的屁股。围墙是粗沙抹的面，硌得他下颌生疼。

等女工提好裤子出来，看到王怀亮裤裆里像夹着馒头，正叉腿一撇一捺地往远处晃。女工愣了一下，脸热得冒汗，等王怀亮晃得没影了。才越想越不对劲，一颗一颗往下掉眼泪，越掉越委屈，不哭不行了。这才捂住脸靠着围墙号啕大哭。这样的事情传得比风还快。

黄政勇的耳朵根子跳一下，甩甩袖子走了。黄政勇碍于王友忠的面子，军民共建一家人。这事要处理好很麻烦，轻不得重不得。他就本着大事化小、小事化了的态度，让保卫科长张建新给王怀亮捎话，说当牛犁地，当狗护院，当鸡司晨，当工人要有个干活的样子，不要惹是生非。

张建新把王怀亮堵在了厕所里，王怀亮心不在焉地说，我在观察苍蝇谈恋爱。他抬头望天，太阳正羞愧地躲进云层。张建新惊得下巴差点掉在地上，他把拳头紧了紧，又松了，回去告诉黄政勇。

黄政勇脖子上的青筋剧烈地跳动了一下，脸在阳光下发出石头一样坚硬的光。张建新舔了一下发干的嘴唇，望着黄政勇，说可不能这么算了。黄政勇的脸慢慢皱成了一个核桃。

第二天，工地上开大会。黄政勇把王怀亮叫出列。他在部队里学过辩证法，知道内因和外因、量变和质变的关系。他没有把这一套亮出来。担心把握不好，会伤到王友忠。他从人民内部矛盾的形成谈到解决办法，从主义、思想到《人民日报》社论，用的都是经典语录，然后拐到作风问题，问偷看女厕所属于什么性质。

王怀亮的嘴巴像块磁铁，上面吸满了人们紧张的目光。黄政勇把眼一瞪，说声音大一点！其实什么声音都没有，人们看到那两块磁铁根本就没有动。黄政勇解开了黄军装，把两个拳头杵在腰上，胳膊肘把后襟撑起来，像披着短风衣。这是伟人在危急关头要作出重要决定时才会有的姿势，电影里就是这样演的。

群众的热情是埋在灰烬里的火星，只要有人煽动，就有了燎原之势。谁喊了一句革命口号，下面竖起森林般的拳头，叽里呱啦一片山响。

王怀亮哪里还有一点地头蛇的样子，一下子变成落水狗，掉进了人民的汪洋大海。他孤苦无助地站在前台，紧张得牙齿把牙床都要咬翻了。他在杀气腾腾的呼号声里像寒风中摇摆的芦苇，霜杀一样萎了下去。

没过多久，他感觉两腿一紧，一阵热流顺着大胯往下淌，会场上飘起一股尿臊味。他双眼微闭，满脸通红，终于露出了羞涩的模样。黄政勇冷眼研究了一遍这个吓得屁滚尿流的年轻人，又背着手绕了三圈，才像伟人一样朝群众挥了挥手，散会。

王怀亮几天不敢来上班，请了病假在家休息。王友忠知道后气得不行，暴跳起来，像只奓起毛发的松鼠，先是锅碗瓢盆一阵碎响，然后挥舞军用皮带把王怀亮撵得团团转。

王怀亮垂头丧气地回到工地的时候，黄政勇带领姜大民正在测量一截管道。王怀亮害羞地捂住半边脸，盖住了额头上一块瘀青，和被皮带扣啃破的一块皮。他毕恭毕敬站着给黄政勇打招呼，表明认识到了错误。姜大民精明的眼睛无声地笑了，里面闪烁着戏谑的光芒。

王怀亮回到工地后，就像一块隔夜的豆腐，马上就变馊了。

大家对黄政勇的怵是种说不出来的感觉。有时雨天歇工，工友们挤在工棚里打扑克，下象棋，不免争争吵吵。他从门口过，偶尔也探头进来嘿嘿一笑，像个瘦高的弥勒菩萨。他若不高兴，沉着脸无声地过来。无声有时候比有声更可怕，咬人的狗从不喜欢叫唤。工友们就像老鼠见猫一样趿上鞋，收牌，散场，半点声响也不敢弄出来。

有一天，张建新和谢小兵下象棋争吵起来，棋盘也掀翻了，棋子滚落一地。约定谁输了就挨赢家一脑瓜崩儿。张建新已经被谢小兵弹得满脑青包。好容易赢一盘，正要下手，谢小兵却笑着跳起来就跑。张建新气得不行，撵得谢小兵满屋乱窜。谢小兵躲进另一个工棚，把着铁门不让张建新进去。张建新冲上去用肩膀撞击铁门，哐哐哐。谢小兵逮住机会，等张建新后退三步，像炮弹一样冲过来的时候，猛地将门拉开，给了他一个倒栽葱。看热闹的人哈哈大笑。

恼羞成怒的张建新，从地上捡起一根木棒，张牙舞爪地追得谢小兵抱头鼠窜。正碰上黄政勇开会回来，他只远远地叫了一声，你们在干啥？

张建新慌忙刹住脚，把木棒杵地上，呵呵一笑，说明车暗马偷吃炮，他偷吃了我的车，我吓唬吓唬他。他又赶紧扔了棒子，跑过去搂着谢小兵的脖子，演戏一样做出亲热的样子。这个弯子转得实在太大，把旁人都看呆了。

工地上的人见了黄政勇，都像老鼠见了猫一样。但有两只老鼠不怕黄政勇这只猫。一只是姜大民，另一只是吴英俊。当然，这是工友们之间传的闲话。

姜大民是基建科长。身材矮胖，像个会移动的冬瓜。头发稀疏，微风一拂，几缕吊儿郎当的头发在他宽阔的脑门上胡乱摆动。这模样不笑都很生动，只要张嘴，笑容就绽开在圆脸上。这样感觉他在哪里都堆满笑容，谁多看一眼谁多一分喜庆。他说出去的话就像裹了蜜，又甜又黏。

保卫科长张建新是侦察兵出身，浓眉下吊一双三角眼，硬戳戳的目光捣在进出大门的人脸上，好像每个人都是贼。轻则审问，重则搜身，就算一只蜜蜂也难得从大门里飞出去。

姜大民管基建，设备物资人员进出特别多。不论刮风下雨，他都向张建新敬军礼，还煞有介事地对身边人讲，这厂门好比国门，张科长的岗位像边防官兵保卫祖国一样神圣不可侵犯。

张建新听了心花怒放，冷若冰霜的脸就变出了满面春风。有时进门还丢两颗水果糖，说出差顺带，让他给小女儿张美丽带回去。含着糖果的张美丽眉开眼笑，快乐异常，脆生生地把爸爸叫得比蜜还甜，让张建新美得恨不得叫姜大民爸爸。姜大民什么时候回来出去，张建新都是跑步给他开门放行。

厨房掌勺的谢小兵是炊事班长转业，姜大民今天给他左耳朵上夹支香烟，说后勤工作的同志最辛苦，抽支烟提提神。明天给他剥个橘子，一瓣一瓣往他嘴里塞，谢小兵躲都没法躲。他不说烧饭的师傅，他说后勤工作的同志。姜大民碗里的饭就比别人的堆得满，菜里的肉末末也比别人多。有时打个牙祭，他碗里尽是肉，别人的都是骨头。

仓库保管员艾新华，向来谨慎敏感，以为还是以前管理的军火库。物资领用，刨根问底，不能对答如流，他不会签字发货。进货验收，寻根问祖，不问你个来龙去脉，他不清点入库。他脑门上贴着认真两个字，心里面装着责任两块砖。他上午点货时，打个喷嚏也被姜大民看在眼里，眼皮往下一耷，心里头就多打了个结。下午姜大民会捏一块歪脖斜腿的老姜，用报纸包裹得四角棱正，像个老中医一样教他怎么熬姜汤防治感冒，有板有眼。别人领用物资，艾新华过堂一样审问半天。姜大民领用物资，他手忙脚乱，生怕怠慢了。

姜大民的兜兜里还装满了各种宝贝，都是替他传情达意的信使。五分钱一盒的山羊牌香烟、三分钱一盒的蚌壳油、一分钱两根的彩色橡皮筋，经常会变戏法，变给别人一点小小的惊喜。关于他的故事，工地上传得沸沸扬扬，都是别人说他人很好。偏着脑袋去想，嘴痒痒半天却说不出怎么个具体的好法。姜大民像一处会移动的风景，谁都喜欢多看他几眼。

吴英俊是负责工艺的技术科长。眉清目秀，仪表堂堂，更重要的是，他是工地上屈指可数的大学生。每天晚上，他在铁皮棚里抱个风箱一样的手风琴，边拉边唱，《莫斯科郊外的晚上》，深夜花园里四处静悄悄，只有风儿在轻轻唱。再换一曲，喀秋莎站在峻峭的岸上，歌声好像明媚的春光。

棚子外就围了很多人来看，不是听。有年轻的女孩摆出爱听的样子，也不过是让耳朵在替眼睛打掩护。他推一下眼镜，露出好看的牙齿，珠玉洁白，一张一合，吐出的已经不是歌声了，是优美高雅的气质。这样的夜晚，春药的味道弥漫，一直飘荡在女工们的梦乡里。

第二天再见到他时，她们像贼一样羞愧难当。这其中就有刘建设的女儿，在工地宣传组当播音员的刘招娣。刘建设眼窝深陷，龅牙顶着嘴唇，说话跑风漏气，偏偏生了四个如花似玉的女儿，雪娜、安娜、梦娜、招娣。他一心想生儿子，生到第三个，还是女儿。他的眼都是红的，非要再生一个试试。老婆生孩子也生怕了，就夹着身体扭。刘建设才不管，依然像个毛手毛脚的赤脚医生，捏着针头狠劲戳，戳进去就播种。孩子未出生，他就取好了名字，男孩叫招弟，女孩就叫招娣。他们低矮潮湿的家，气味混浊，却幽静地生长出了一朵又一朵鲜艳的花。

黄政勇不喜欢靡靡之音的《莫斯科郊外的晚上》，他喜欢高昂激情的革命歌曲。吴英俊不是姜大民，他不喜欢揣摸领导的心思，他还是每天晚上唱《莫斯科郊外的晚上》《喀秋莎》，还有《红莓花儿开》。吴英俊白天拿着图纸在现场按图索骥，指挥施工。这个图纸就像战场上的作战地图，他用红笔、黑笔在上面做了好多标记。

黄政勇看不懂这些线条纠缠在一起的东西，他更不明白黑色的煤怎么能变成雪花一样的硝铵。吴英俊不但自己能看懂，还能讲得别人也懂。手里举个煤块块，说煤烧成气后叫煤气，用煤气还原空气中的氧气、氢气、氮气，把这些气体按比例混在一起，就像和面一样，手在空中一划一划的。然后又用笔指着图上的框框讲，这个好比磨面的碾子，这个好比滤渣的筛子，这个好比和面的盆子，这个好比架火的灶，这个好比蒸馒头的蒸笼。一点一滴，连比带画，形象生动。他慢慢地把用煤变硝铵的复杂工艺讲成了农村里用小麦磨面蒸馒头的实用技术，很能吸引人。

黄政勇似乎明白了，很有点自得其乐。哦，就是做馒头。大家齐声说，就是就是。黄政勇心里很是受用，对这个拉手风琴的年轻人就多了几分好感，不那么厌恶他在晚上唱《莫斯科郊外的晚上》了，觉得这个说的比唱的还好听的年轻人有点水平，再看他的眼神就有了几分温暖。

春去春又回，转眼又进入了冬天。年底了，上面来505工地视察的领导一拨又一拨，黄政勇就把蒸馒头的技术讲给领导听。讲得多了，他又善于发挥，慢慢把蒸馒头、熬麦芽糖、打豆腐，这些领导们最熟悉的生活常识糅在了一起。为了突出效果，他后来还无师自通地弄出了更贴切的比喻，说煤生了个儿子，叫煤气，煤气和空气里别的气同房后生个儿子叫硝铵，硝铵再和木屑与硫黄杂交一下就成了黑色炸药。在他口里，又黑又脏的煤打了个漂亮的翻身仗，变成了可以爆破碉堡、消灭敌人的炸药的爷爷辈，简直就是旷世英雄。了不得啊了不得。地委书记李春海陪同次数最多，每次都笑眯了眼听他变着花样讲，笑完了拍拍他的肩膀，说政勇不简单，半路出家，成了化工专家。大家就用很崇拜的眼神望着黄政勇。

2

但现在，眼看着架火的灶砌成了，放碾子的磨房也做好了，搁筛子的架子也搭起来了。说不让蒸馒头、打豆腐的电话是峡湾地委办公室打过来的，电话简单通报了国家形势变化可能导致部分军工企业转产民用，在建未完工项目，暂停，等待上级通知续建或者转产。电话又说事关重大，务必保密。

黄政勇捂住话筒，紧张地看了一眼空荡荡的办公室，松开。电话最后说明天上午九点在地委会议室开会，李春海书记亲自传达中央精神，让黄政勇一个人过来参会。

黄政勇放下电话，心里十分难受。他满脸憋得紫红，像被蛇咬了，吱不出半声，中了剧毒。

凌晨，卧槽马飘起了入冬来的第一场雪，天上人间，很快就白茫茫一片。黄政勇的心里也是白茫茫一片。他坐着指挥部的军绿色北京吉普沿着318国道一路向西，来到了峡湾地委第一会议室，看到404、502、366几个三线企业的负责人已经到了。

握手寒暄，纷纷落座。好像他们已经在这里坐了好多天好多年一样，坐姿都没有发生变化。三线企业还是保持着军队的风范，连企业的名称也像部队番号一样区别。陆陆续续，会议室装满了笔挺的绿军装，整整齐齐，像几垄长势良好的青菜。

地委革委会的、行署的、军分区的主要领导，依次上台，全场静寂。李春海开始传达中央精神，作了关于新时期革命形势变化的报告，军队三线企业战略转移政策的重要讲话。

几个领导轮番讲话，精神抖擞，豪情满怀。每个人在讲话里，都在聚焦一个意思，就是要把从北京传来的春天气息提前吹进会议室，让这些三线企业的领导激情四射，热烈拥护。

毕竟太突然了，陌生的春风没有让大地回暖，没有让下面田垄上的青菜更加绿意葱茏，似乎他们等到的是更凛冽的寒风，菜帮子一样的脸上凝结了一层寒霜。这算什么啊？军工转民企，让我们从生产舰艇配件的改做煤气罐？见鬼去吧！让我们从制造军需物资的改为生产被单、劳保用品？别说职工们不会同意，就是我们也不会同意，这怎么对得起那些牺牲生命给我们打下江山的革命先烈？

会场成了一锅沸腾的滚油，大家你一言、我一语，就像把水珠溅到油锅里，汹涌的气势眼看就要把会议室当锅盖掀翻了。

李春海重重地拍了下桌子，会场慢慢安静下来。他站起来，神情凝重地说，同志们，刚才不是有人说要问问那些牺牲生命给我们打下江山的革命先烈吗？你们先问问自己，他们不怕牺牲闹革命打天下，为的是人民，还是我们？我们在革命时期，是不是人民养育了我们？现在人民的生活需要我们，我们就要勇于奉献一切。党中央、国务院是充分考虑到当前国家的发展、人民的需要而作出的决定。有不同意见的，会上保留，会下单独沟通。大家不要忘记服从才是军人的天职。你们已经木头做成了船，只要调整航向，还能出海。你们看看505厂的黄政勇，人家的木头刚锯成板，还不知道是造船还是做房子。大家都会面对困难，都要去想办法克服。你们的困难会比他的困难大吗？

会议在肃静的气氛里结束了。大家默默地走出了会场，外面的雪还在飘飘洒洒，真是一场大雪。黄政勇一言不发，脑袋里嗡嗡作响，像个被捅过的马蜂窝。他紧跟在李春海的后面。下楼梯的时候，李春海刻意放慢了脚步，黄政勇不知道李春海心理活动有内疚这一环。黄政勇靠近了说，我们的锅盆碾灶也建差不多了，可不敢闲在那儿啊。我们回去研究下，馒头不能蒸了，看还能蒸什么。看煤除了硝铵炸药这个孙子外，还有哪些儿子和孙子。行署要支持我们尽快为人民服务啊！

李春海紧紧地握住黄政勇的手，像是久别重逢一样，半天不愿意松开。李春海说只要能花最小的成本完成转型，国家一定会支持。条件成熟，我陪你们去省里要项目资金。黄政勇吃下了定心丸。

3

夜幕下的卧槽马，静寂无声，像个空旷的影剧院。远处的几根烟筒像巨大的玉笋立在天地间，鳞次栉比的车间厂房安静地卧在白色的巨幕里，灯光映照处，翻飞的雪花还在闪烁，仿佛在有意点缀着一场剧目的背景。黄政勇让司机在大门口把他扔下，他没有回家。家是不远处的另一个铁皮棚子。雪已经下得很厚了，他脚底下像踩着一团棉花，软绵绵的，浑身用不上劲的感觉。

指挥部里热气腾腾，姜大民下午就开始捣炉子，屋里升腾起一股热气。炉子上架一口吊锅，汩汩地响，冒出来腊猪蹄的香味。他掐准黄政勇今晚会回到指挥部，没有电话，没有任何可以隔空联系的方式，他凭的是直觉。他的直觉很灵。他就是黄政勇肚子里一条蛔虫。他不知从哪里弄到了一只腊猪蹄，还整到一瓶苞谷酒。

这几天，他也听到了三线工厂要军转民的小道消息。风吹鸡蛋壳，一刮几条河。工地上早就在私底下有了传闻。黄政勇一个人悄悄地去开会，神不知鬼不觉。不像往常去开会，他总会给身边的人打个招呼。这次他把开会的事情捂得严严实实，估计与这个传闻有关系。看来形势很严峻。整整一天，姜大民的心都像挂在树上，来回晃荡。

雪天停工。吴英俊下午还在工棚里唱田野小河边，红莓花儿开。现在他也在指挥部，心不在焉地在图纸上用铅笔画来画去，他是在画时间，要画到黄政勇回来，再装模作样地汇报工作。他心里想的是跟着蹭顿小灶。腊猪蹄的香味在工地上打着旋，转着圈。

吴英俊在空气中闻到了腊猪蹄的香味，于是顺着香气找了过来。

刘建设也闻到了，他闻到也是白闻，他知道那个香味是从哪个地方飘过来的。他说黄政勇的眼角都能夹死人，想想胆子都是寒的。他看都不敢朝指挥部这个方向多看一眼。

张建新也闻到了，他紧张地把门关得更严实，严防香气侵入室内，不能让小女儿张美丽闻到，闹起来要翻天。

艾新华也闻到了，他是个爱琢磨的人，他琢磨出腊猪蹄里放了哪些作料。

最先闻到香味的是谢小兵，是他帮忙在厨房把猪蹄剁碎了，炒变了色，沥出了油，又放了大蒜、花椒、辣椒、八角茴香，还把那截长了绵虫的桂皮也洗净，放进去了。真是香！

指挥部离临时搭建的棚屋，也就是职工生活区，不足两百米。很多人都闻到了。王怀亮抢了个好位置，在下风口仰着鼻孔拦截香气，冷风卷着生硬的雪子早就打红了他的鼻子。两条鼻涕虫在鼻孔里探头探脑，挣扎着想爬出来。刚吸溜一下，风向却变了。腊猪蹄的香味随着风向跑另一边去了。他又顺着风的方向追逐过去。

姜大民和吴英俊就在香气缭绕的指挥部里，各怀心事地等着一个人。他们不知道该怎么应对沉默，好像肚子里都有一股子闷气，却说不清这气从何而来。想说个什么呢，又觉得连句废话都是多余的，有点哑剧里的地下党员和特务在暗中较劲的意思。

姜大民三代贫农，根红苗正，初中毕业那年部队上招兵。乡里武装部长是没出五服的本家。说起来很亲，却连他家的碗都没摸过。如果去请，人家也不一定来。他爹犯了难。两只老母鸡刚下完蛋，咯咯叫。那是他们家的盐罐子。

他爹晚上把老母鸡给本家抱去了。姜大民戴着大红花去部队的时候，村里人的眼睛看得发痴。

农村青年三大出路：读书，当兵，学手艺。唯有当兵最体面。他到部队后才知道全家人半年没吃盐，皮肤肿得像亮壳子。他懂得这个体面来之不易，在部队训练格外刻苦。

站完三个月军姿，开始练习射击。不练不知道，一练吓一跳。是他把连长吓一跳。原来他是个色盲，绿色的靶子伫立离离原上草，后面是藤蔓繁茂的土堆子，草色遥看近却无。他眼里一片天朦胧，地朦胧，万花筒里就是没有靶朦胧。他稀里糊涂把十发子弹一串子打了出去，连靶都没上，很丧气地在部队养了几年猪。

他回老家探亲也不好意思说，就创造了搞后勤工作这个岗位。他把后勤工作搞到了村里头，家到户落，给一条湾的男人们点烟上火，几捧子弹壳一把橡皮筋都给了娃娃们。他回家探亲，村里像过节。虽然同样是干革命工作，岗位也有三六九等，喂猪的与站哨的比较，总是感觉差一等。

讨好别人是伪装的自卑，也是一门学问，人聪明，又勤奋，天长日久，竟然练成了精。五大三粗的人，心思细得能穿过针眼儿。他还在部队学会了织毛衣，一通百通，从平针到元宝针，后来又学会了穿花，花鸟草虫都活灵活现。连长老婆身上的翻领毛衣，排长相亲时戴的围巾，都出自他的手。战友们的鞋袜裤褂穿破了，经他一缝补，细密得连针脚都看不出来，新的一样。

连长、排长，连新兵蛋蛋都格外喜欢他，年年评标兵，转了志愿兵，在部队干了八年。部队伙食好，天天被别人喜欢，心情也好，越长越胖，连圈里贪吃酣睡的猪都觉得自愧不如。

转业正逢 505 军工厂筹建。姜大民哈着腰给军转办的同志送了一块上海表，虽然用手帕包着，还是能听到里面嘀嘀嗒嗒地响。军转办的同志表面上沉静如水，心里有了微澜。

姜大民内急似的说要上厕所，他怕人家当面收礼脸上挂不住。等他转身回来，桌上的手帕已经小鸟一样飞走了。军转办的同志戴着老花镜在写调动意见，表情还是平平展展，展出一种威严。姜大民甚至怀疑，他似乎并没有收下手表。

吴英俊对姜大民有种说不出来的感觉。一个大男人，擅长做女红，只是让人觉得怪异，倒没觉得有多么不舒服。但每次看他满脸堆笑地奉承别人，就觉得活像个奴仆，媚俗到卑贱了，隐隐有些厌憎。偏偏上下左右的人都喜欢他这一套，特别是黄政勇也十分看重他，这就令吴英俊心里不悦，很是不悦。再碰到姜大民诏媚的笑脸时，连礼貌性的笑而不语都做不到。锅不碰碗，碗不碰锅。

姜大民一直极力讨好吴英俊，动了很多心思，工作也蛮细致。吴英俊是个钢铁战士，油盐不进，见面点头交，从不多说话，连看他的眼神都是散的，冷漠明明白白地挂在脸上。有时吴英俊也想礼貌地笑一下，可是笑送不出去，到半路就蔫了。不喜欢也罢，他连婉转表达的意思也没有。老少通吃惯了的姜大民不是没有自尊，而是心里有着更深的自卑。碰鼻子的次数多了，鼻子也碰塌了，热脸凑冷屁股的次数多了，脸也冰凉了。说不出口，也拈不上筷子，但两人都心知肚明。只是僵硬的关系悬在半空，随时都有可能摔碎。

黄政勇有件毛衣破了一个窟窿，姜大民用钩针在挑补。隔会儿把毛衣搁腿上，探下身子打开炉门，又用火钩子捅一下，蓝色的炉火轰地冒出老高。吴英俊的脸瞬间就变成了蓝色，蓝色的脸上没有半点表情。他表面无风无浪，心里其实野火燃烧，真是天生一个捅炉子的烧火棍。

姜大民神色复杂地瞟了他一眼，心里还在琢磨要是今天能共同啃下这只猪蹄，喝下这杯烧酒，两个人就有了交结。有了交结就有了一条缝缝，再小的缝，姜大民都有办法把它撕裂成一道口子，再让口子变成门洞，他就能顺利地走进对方的心里头。吴英俊其实连他的烟屁股都不会吸一口。吴英俊要是知道这个腊猪蹄是姜大民整来的，他早就走了。姜大民就是专门请他，他也不会吃的。吃人嘴软，拿人手短。他才不会被一只猪蹄拿下。他下午看到谢小兵在剁猪蹄，以为是食堂在给领导开小灶。有些事可以按自己的想法去做，却不适合说出来。

两个人不说话，都在暗地里较着劲，像坐跷跷板，僵持着。两个不想打破僵局的人挤在一个屋里，再大的空间也会显得拥挤。只有腊猪蹄的香味尴尬地在屋里打着旋。

这个风雪夜归人终于回来了。黄政勇在门口台阶上跺跺脚，鞋上的雪震掉了。又耸耸肩，衣服上的雪抖落了。头发眉毛一片白，抹一抹，成冰碴子，掉地上碎响。姜大民把炉子里的火苗弄得更加欢实，滚滚热浪扑面而来。黄政勇一进屋，浑身就开始冒出白色的雾气，像个腾云驾雾的神仙。

吴英俊听到声响，放下铅笔，刚抬头，姜大民已经把一杯热气腾腾的茶递到了黄政勇手中，又拿着毛巾开始扑扑地给他拍衣服上的残雪。整个动作一气呵成，自然体贴，没有半点夸张做作的痕迹。相形之下，吴英俊倒像个局外人。

这下坏了，跷跷板倒在了一边，打破了平衡，吴英俊被跷在了天上下不来。他心里又有气泡开始浮上来。黄政勇已经腾云驾雾来到了办公桌前，指着图纸说，这可是个救命的药方。他的眼里放出了奇异的光芒，仿佛看到了一轮光芒四射喷薄欲出的太阳。突然冒出来一声药方，把两个暗地里玩跷跷板的人弄晕了头，脑子里蘑菇云爆炸，没了图像。

他用手点了一下吴英俊冒着滑腻油光的鼻子，他不知道这是一只闻了半天腊猪蹄味的鼻子。又用手指着桌上的图纸，他问，用煤在这里可以生出几个儿子？几个孙子？你一项项说给我听。

吴英俊的机关被这个手指头捅开了。他从煤气、氢气、氮气、氨气、氧气等各种气说到各种水，还没开始说各种化学原料产品，黄政勇已经续了两次茶。

吴英俊用余光看了一眼姜大民，声音更大了，说不出是示威，还是炫耀。黄政勇没理会这些，他的心跟着吴英俊的话在往下沉，还没有降落到踏实的地方。

这时候，跷跷板被吴英俊完全压住了，姜大民被跷上了天。他拨了三次火炉，添了两次茶水，看到汩汩冒着香气的猪蹄在吊锅里翻滚，吞了一次口水。在他要吞第二次口水的时候，黄政勇兴奋地拍了下桌子，喊停！本来嗓门儿够大，又提高了音量，成了高音炮，猛然间把姜大民吓一跳，差点被自己的口水给噎住了。

黄政勇听见吴英俊在说到碳铵、尿素的时候，喊了停。他知道这些都是庄稼苗苗最爱吃的肥，吃了强筋壮骨长大个子，绿油油的叶托着沉甸甸的穗，看着就有力量。以前部队有农垦区，青苗拔节的时候，托关系批条子，在供销社拖碳铵，黄政勇带着战士帮忙施过肥。前天施的肥，隔了昨天一场春雨，吃了化肥的庄稼见风长，一夜长三寸。

黄政勇搓了搓手，满有把握地把心里的石头掏了出来。他这才一二三四五，上山打老虎，把505军工厂要面临着军转民，就是从给部队提供产品要转向为人民提供产品的事情摊开了。接着指着图纸说，就着这些灶台、碾子、箩筛、蒸笼，加几个锅碗瓢盆，我们就能生产出碳铵，碳铵就是为社会主义广大农村服务的好产品。

他越说越兴奋，像是从自己腹中掏出了一个躁动着就要睁开双眼的婴儿，捧出来要示人一样。示人也只是示给吴英俊看。

姜大民神情复杂。他的心开始摇晃，按捺不住了，把额头上那几缕吊儿郎当的头发往后一甩，庆功酒！要喝庆功酒！转身捧出了酒，又端出了锅，锅底被炉子吐出的火舌舔得红彤彤的，像一轮太阳。三杯烧酒下肚，每个人的心里头也升起了一轮红彤彤的小太阳。

吴英俊酒量不行，回去的路上只觉一股气浪在胃里鼓荡。他扶着路旁的电线杆，在雪地上吐出了一个黑色的大窟窿。汤汤水水的，竟比刚才吃下去的还要多。

4

黄政勇是个急性子，只用两天时间，就把 505 军工厂转型的报告整理好了。让通信员接通了地委办公室的电话，电话那头说，李书记去行署了。电话又转到行署，黄政勇给李春海书记汇报了想法，电话里传来了李春海爽朗的笑声，他心里有了底。

雪后初晴，天地明亮，路上的残雪被车辆碾成了黑色，卧槽马的道路像一丛疏影横斜的虬枝伸向远方。黄政勇拿上报告带着吴英俊，匆匆往行署赶去。李春海在行署会议室等候他多时了，还有行署专员王远胜，工业局长覃大贵，粮食局长伍云峰，供销社主任田大右。

会议主要是听黄政勇汇报思路，吴英俊具体讲设备改造、工艺路线调整的方案。思路清晰，方案可行。行署专员王远胜瞥见李春海脸上露出了满意的神态，马上表态说，坚决支持。最后说预算，还是吴英俊讲。要新增一些设备，要技术改造一些管线，有二百万资金的缺口。吴英俊轻描淡写地吐出二百万的时候，把王远胜的脸都吓白了。

这话拐着弯将了王远胜一军，嘴里才说支持，不能一说到钱就撂挑子。他只好睁着眼睛吃了一记闷棍，深深地吸了一口冷气。

供销社主任第一个表态，说峡湾地区缺化肥缺得喊爹叫娘，上面拨的指标根本不够用，肥的指标是用粮食换的。他瞟了一眼粮食局长，把话拐了一个弯。说我们自己也没有厂，说话没有力，要一吨肥的指标比要一吨糖还难。那年月的糖贵如金，他拿了糖来对比。

工业局长覃大贵愤愤地说，荆阳地区都建两个碳铵厂了，还在省里争取建厂指标。

李春海接过覃大贵的话，说会哭的孩子有奶吃，我们不会哭，但奶头伸过来了，我们得张嘴啊。

气氛一下子轻松起来，大家都笑了。粮食局长伍云峰笑的声音最响，他还顺势作了首打油诗：庄稼一枝花，全靠肥当家。田好肥没下，一年白忙哒。没有碳铵抓，不如去摸虾。地委支持建，丰收来兑现。

大家笑得更欢了。李春海接过话，伟大领袖毛主席说手中有粮，心中不慌。不慌就是稳。这个稳字啊，是禾和急组成的，禾是庄稼，急是要快，不能等。所以呀，我们这是按最高指示在办。大家心里踏实了。地委行署当即就形成了决议，505厂转产碳铵的项目，由地委牵头，行署具体向省里汇报，争取资金计划。

李春海很重视这个项目，往省里头跑了好几次。亲自给省委、省军区、省政府的领导汇报，那是一个理想高于一切的时代，所有的人真想办事，也真能办事。事情很快就跑出了眉目。资金也从省里拨付到了行署财政局。这些日子黄政勇一直心事重重。其实他只等了一个半月，可是好像熬过了漫长岁月。

等钱的日子里黄政勇发现，钱不只是数量，还有时光的重量。钱又像个口袋，里面装满了沉甸甸的希望。

行署专员王远胜带着财政局长亲自把支票送到了指挥部。他红光满面地对黄政勇说，有了票票，就是有了粮食。手中有粮，心中不慌。省委、地委都很重视这个工程，505这个番号就不用了，春海书记的意思，就叫峡湾地区化肥厂，表示我们五百万峡湾人民也有了自己的化肥厂，并且希望你们明年五一国际劳动节竣工投产，弄个剪彩仪式，要向全世界劳动人民献礼啊。

王远胜把工厂投产日期扯到了政治上，从地委、省委到全国，最后扯到了世界，要向全世界劳动人民献礼。这已经不是一般的礼花炮了，简直是个炸弹。爆炸了叫炸弹，不爆炸就是压力。时间的导火索就这样被王远胜一句话点燃了。

黄政勇有力地握住了王专员的手，也就是握住了这截咝咝冒着白烟的导火索，这截只有半年时间长度的导火索。

黄政勇在千人大会上把这根导火索，分成了几股引线，一头连着党员突击队，团员先锋队，巾帼英雄队，知青战斗组，三八红旗组。东风吹，战鼓擂，世界上谁怕谁？红旗招展，呐喊声起，高音喇叭里每天都播放着慷慨激昂的战斗歌曲，工地变成了战场，到处充满了硝烟的味道。

连播音员刘招娣的声音都受到了严重感染，由婉约风格变成了豪放派，梗着脖子尽量把喉咙变粗，让泉水叮咚响瞬间变成黄河咆哮吼，声音与这个柳眉凤眼俏佳人的形象都完全脱节了。刚开始每天播四次喜报，上午、下午各播两次，后来变成了六次、八次，捷报频传，各种广播稿像雪片一样飞到播音室。刘招娣都忙不过来了，换唱片、选音乐、改稿子带播音，手也酸了，嗓子也沙哑了，不用梗脖子都有了低音炮。又把她三姐刘梦娜叫过来帮忙。

刘梦娜是工地上的电焊工，整天电光石火，半点电弧也没伤着她，真是天生丽质，瞳孔明亮，柳眉弯弯，白皙皮肤透出淡淡粉红，双唇圆润如玫瑰花瓣，吐出的声音更是娇嫩欲滴。连吴英俊都觉得这样的嗓子不去练声乐，真是可惜了。

刘招娣念广播稿，是汹涌澎湃的，一条大河奔流到海不复回，一个咆哮调调由川入海，虽然连旋涡都没有，但有壶口瀑布的大气势。

刘梦娜读广播稿，是抑扬顿挫的，从小溪潺潺到大河滔滔再到波涛翻滚，忽而舒缓忽而激越，很有节奏感，是声情并茂的小情调。

姐妹俩交叉着轮流播报，两个调调却是不一样的美。刘梦娜也因为这一播成名，后来摘下了电焊罩，身穿白大褂，戴上了白口罩，变成了厂医务室的一名护士。

美妙的声音也能春风化雨，王怀亮这条蛰伏在地下的蚯蚓活跃了起来，地头蛇摇头摆尾变成了四脚蛇。在几层楼高的合成塔上磨砂、刷漆、挂标语，在脱碳塔上装填料、清塔壁、哧溜哧溜蹿上蹿下，把恐高的刘建设看得目瞪口呆，买菜回来的谢小兵也看见了，忍不住用了河南老家的方言，连声说你看这圣人蛋，现在可尿美。中午给他舀菜的勺子也不见抖了。

群众的眼睛是雪亮的，就有人把表扬稿送到了广播室，经架在树杈上的高音喇叭一传送，王怀亮比枝头跳跃的麻雀还要欢快。每次看到王怀亮走起路来就像跳摇摆舞的样子，张建新长了苔藓的脸上都要开出了微笑的花朵。他脸上的面皮几年难得伸展一回，这回竟然像昙花样舒展了一次。

可惜这些好听的声音，姜大民没有耳福消受，他在上海采购设备。僧多粥少，在工厂等着提货的汽车都摆成了长龙。急得跺脚的，把脚也跺疼了。气得骂娘的，嗓子也喊破了。时间长的，从春天的百花开始等，短一点的，也是从夏日的凉风开始等，等过了秋天的月亮，又等来了冬天的白雪。

姜大民是顶着飘飘洒洒的白雪过来排队的，直接就排在了龙尾上。弯弯曲曲，神龙见尾不见首。他心里着急啊，心里面装的都是工地上那截嗞嗞冒烟的导火索，嗞一声，一天过去了，再嗞一声，又一天。他的心都被嗞疼了，他不等了，他回去了。

他回去带来了白溢寨产的糯米，渔洋关榨的芝麻油，付家堰野生的核桃，还有星岩坪的茶叶。都是一麻袋一麻袋地运过来。从小恩小惠做起，一点一滴地浸润。

他给调度生产计划的人讲，这是我们老家产的糯米，保管让你吃得牙齿不认得舌头，肠胃舍不得丢。人家就笑眯眯地收下了。

给车间管生产的人说，这个渔洋关榨的芝麻油，叫七里香，做盘凉菜滴几滴，满屋子飘香，啧啧，自个儿做出了流口水的样子，人家也羞答答地接了。

给管销售开单发货的人说，销售就是厂里的火车头，跑得快不快，全靠车头带，也是最劳心伤神的工作。这个付家堰产的核桃呢，就一个特点，壳薄肉脆吃了补脑，想记住的事情忘不了，忘掉的事情又会想起来。

星岩坪的茶叶扔在保卫科，给看门的大爷讲，熬更守夜，这个毛尖最提神，浑身是劲使不完。都是自然贴心，说送礼，又不像送礼，不收倒不近人情。人又不是铁石心肠。

姜大民不跺脚不骂娘，却把龙尾舞到了龙头。等他的几车设备运出厂大门的时候，差点被后面响亮的跺脚声和叫骂声淹没了。

吴英俊的手风琴已经落了厚厚的一层灰，别说去拉，连擦拭的时间都没有。他的事迹被宣传员尚华东写成了诗，刘招娣在喇叭里深情地朗诵：

记我们的技术科长——吴英俊

他每天吃住在工地
管线走向到哪里，他的身影就跟随到哪里
电路连接到哪里，他的脚步就跟踪到哪里
风压配送到哪里，他的步伐就追随到哪里
设备调试到哪里，他的汗水就滴落在哪里
是他，帮助我们在脚手架拧紧梦想
是他，指导我们在塔林间挥洒青春
是他，让图纸上的线条被管道塔林填实
仿佛看到我们的孩子在慢慢长大！
我们要在这火热的诗篇里讴歌那情感的种子！

她的声音从高高的树杈飘向很远的地方。尚华东听到诗的最后一句时，打了一哆嗦。这句话是刘招娣自己加上去的，广播员有编辑修改稿件的权力。刘招娣利用那小小的权力，把自己秘不可示人的心思巧妙地发表了一下。这句话一出口，她就脸红心跳了一阵。

吴英俊的脸也红了，他倒不是为那情感的种子脸红，他压根就没有意会到这是一粒爱情的种子。毕竟，那么多人用敬佩的目光看着他，他不配合着脸红一下，就不能体现出知识分子的谦虚了。他心里想着，这首诗要是被刘梦娜朗诵出来效果会更好。

5

最美人间四月天。四月的卧槽马，迎来了春燕在梁间的呢喃，还有顺着唐诗宋词开出来的桃花朵朵，嫣然若笑脸，满眼的繁花似锦。诗情画意挤不进大家的眼睛，他们的眼睛太忙了。睁眼是铁塔，闭眼是管道，夜里听到风雨声，到梦里头都变成了焊花落多少。

时间催人紧，五一竣工投产是个定时炸弹，只有一个月时间长的导火索已经看到了炸弹诡异的笑脸。热火朝天的工地，已经进入工程收尾阶段。日夜不息，灯火通明，把卧槽马的夜空照出了一个大窟窿。都半夜时分了，人喊广播欢，高音喇叭还在播放解放区的天，是蓝蓝的天。

人们夜以继日地劳作，连畜生们都对时序错乱感到紧张不安。卧槽马的公鸡忍不住半夜打鸣，引来更多的鸡鸣狗叫。

嘈杂的声音吵碎了卧槽马革委会主任王友忠的梦，自他的父亲王麻子被枪决后，他就总是惧怕夜晚的响动，似有凌乱脚步在窗外，似有人们在窃窃私语，心里总是有着莫名的恐慌。气急败坏的他恨不得叫民兵营长去摘了那两个喇叭。考虑到儿子王怀亮也在工地上，不能给儿子造成影响，文的武的想了一通，脑门抓破，终于忍住了。

谢小兵每天到国营屠宰场扛回来半扇猪，红的白的熬一大锅，油花漂漂，把工地上的人弄得嘴巴油光泛亮。

黄政勇每天要向行署报告工程进度，他老是怀疑嘀嘀嗒嗒转圈儿的秒针跑得太快了。时间是流水，挡不住，眼看着淌过了四月二十四日这一天，离投产只有六天了。

这天早上，工地上突然炸了锅，不是炸弹提前引爆了，是变脱塔上突然摔下来两个人。刘建设蹲在两米高的平台上给人孔紧螺栓，他恐高，超过三米不敢往下看，总感觉人要往下坠，腿就不是他的腿了，怎么也不听使唤，抓紧栏杆迈不开步。他的工作范围一般在地面，打扫卫生，清理现场。

那天，他是主动要去平台紧螺栓，螺栓没紧两颗，差点把一条小命丢了。他先是感觉安全帽被什么碰了一下，伸手去抓，只抓住了一声沉闷的响声，闷响掉在了地上。

接着，是一声更沉闷的响声，像颗地雷在他的脚边炸开了。他是第一个发现从塔顶上摔下来了两个人。一个掉在地上，身体蜷曲一团，脑袋开出了大红花，满脸灿烂。另一个躺在他脚边，摊开了的手脚还在颤抖，过了一小会儿，嘴巴、鼻子、耳朵才流出了血。

刘建设当时想叫唤，可嗓子眼被什么堵住了，像呜呜的哭声，又没有眼泪。想伸手去拉拉身边的这个人，自己的骨头架子先散了，浑身发软，像一堆稀泥巴瘫在了平台上。

等他醒来的时候，周围已经来了好多人。有人在哭泣，有人在议论。有个认识的工友惊喜地说，刘建设醒了。他们以为摔死了三个人。刘建设是被吓晕厥的。回家休息了三天，一日三餐都躺在床上吃，像个住在疗养院的有功之臣。只是他晚上睡觉都不敢关灯，听见巨大的响声就会浑身发抖。

摔下来的两个人，一个叫马海松，一个叫胡远成，两个人是老乡，都是红花县古背区推荐招录进厂的贫农子弟。他们在塔顶作业时，马海松嫌安全带系在身上束缚手脚，就解下来干活，不料脚一滑，身体一倾，正好靠上了胡远成。胡远成想抱住他，但惯性太大，两个人甩出去的力量挣断了胡远成安全带上的拉钩，齐齐摔了下来。

竣工投产在即，出了这么个事故，这让黄政勇很为难，是汇报呢，还是瞒报呢？黄政勇是上过战场的，经历过枪林弹雨，在战争中死人受伤倒也司空见惯了。但工地既是战场，又不是战场。他还是有点纠结。他在电话里的最后一句话是，请领导放心，保证五一投产没问题！他最终还是把这条消息摁灭在了话筒里。

挂完电话，他迅速安排劳资科的人与红花县古背区政府取得了联系，一同去做家属的思想工作。他只交代了两句话，一是把亡者安葬好，把遗属安抚好；二是不能到厂里来闹。

劳资科的人对照工亡标准核算赔付，写来算去，家属们眼一红，把算账的纸也撕碎了，脸也抓破了。天塌了，地陷了，生龙活虎的小伙子说没就没了，就是给个金条银条也不要，家属们哭天喊地非要到卧槽马来闹。

劳资科的人抹一把脸上的血，咬咬牙，又给每个家庭加付五百元抚恤金。哭声变小了，还是不依，吞吞吐吐，哽哽咽咽，断断续续。

区里的同志好像明白了他们的意思。转头对劳资科的人说，他们是要安排顶岗的。

家属们心里的想法就像沉睡的种子突然被春天唤醒了，有一种挡不住想发芽的冲动。他们正揣摩还要点丧葬费就算了，压根都没往那方面去想。这一下点醒了他们。他们马上改变了主意，说一命换一命，一岗顶一岗。

马海松还在读高中的妹妹马海霞，趿着断了襻子的布鞋走在回家的路上，美好的想象让她脚步轻盈，滴滴答答像是在下雨。她学也不上了，把哪吒一样的两个冲天刷绕成了麻花辫，蹦蹦跳跳去顶了哥哥的岗。

胡远成的弟弟胡远方只上了两年学，在大队里放羊。他的父亲是村里德高望重的贫协主席，他觉得送孩子上学只会转移一个未来庄稼汉的注意力，将来像个蠢货一样在书本里寻欢作乐。书本里又翻不出来半粒粮食，这只会毁了一个种田好把式的前程。他让胡远方学会写下自己的名字后，满脸精明地把他从学校领回了家。胡远方像只发育良好的大猩猩，从此漫山遍野地追兔子赶野鸡，长得比同龄人要健壮。他到化肥厂后和别人打架时斗狠，说这个岗位是哥哥用命换来的，他家还有个弟弟叫胡远程，大不了用他的命再给弟弟换个岗位。胡远方像个烈属，还想当烈士。对方脸都吓白了。

五一国际劳动节到了，卧槽马成为了一片欢乐的海洋，锣鼓喧天、鞭炮齐鸣，红旗招展，人山人海。

厂大门上的 505 建设指挥部的牌子摘下来了，换成了一左一右两块牌子，白底红字的是中共峡湾地区化肥厂委员会，白底黑字的是峡湾地区化肥厂委员会。

现在牌子被红布蒙住了，里面是一朵大红花系着两条红色的飘带。顶着红盖头的牌子像新娘，在等着地委书记李春海过来揭盖头。仪式隆重、热烈，李春海揭牌，行署专员王远胜致贺词，最后黄政勇讲话。

黄政勇准备了一箩筐的感谢词，感谢词就像苹果，他把又大又红的苹果都分配给了主席台上的领导们，似乎还不够，又转过身对着主席台深深地鞠了一个躬，似乎在表示歉意。这一躬，也感动了坐在主席台最侧边的王友忠，他原谅了那些嘈杂的夜晚对他睡眠的伤害。剩下的最后一个苹果留给了全厂干部员工，是一句感谢大家团结拼搏、克难奋进的话，他哽咽了一下，突然想起了那两条刚刚逝去的生命，又对着台下鞠了一个躬，掌声雷动。

　　黄政勇又陪着领导们去看现场，从煤场到包装，沿着整条生产线参观。看熊熊燃烧的炉子不停地吞食着黑色的煤块，打嗝放屁一样把废气喷出来，一朵朵蘑菇云从高大的烟筒里腾空而起，像一片祥云飞向蓝天，那是一条神奇的天路，把幸福带到了人间天堂。大家兴致盎然地看雪花一样晶莹剔透的白色碳铵，在包装皮带上唱着歌、跳着舞，每个人的心也都在唱着歌、跳着舞，幸福像花儿一样开放。

　　这件事成了大事。许多年过去，卧槽马的人在翻捣陈芝麻烂谷子的时候，都以这一年为界：化肥厂投产的那一年。

第二章　爱情

1

峡湾化肥厂投产后，卧槽马一下子变成了声音的海洋。

白天是运煤的拖肥的汽车鸣笛声，倒卖化肥指标的叫卖声，工厂的高音喇叭声，装卸工人夸张的嘿嗨声，都顺着烟筒与天空低垂的白云连在了一起。

到了夜晚，压缩机传来的震颤声，破碎机发出的崩裂声，鼓风机吐出的轰鸣声，齿轮咬合的咯吱声，电焊弧光的刺啦声，砂轮机的金属切割声，尖厉的，粗犷的，间歇的，持续的，浑厚的，突然迸发的……各种声响合唱在一起，万声鼎沸与满天繁星遥相呼应。

而这一年，苏小明刚刚唱响《军港之夜》，所有的收音机每天都在唱，军港的夜啊静悄悄，海浪把战舰轻轻地摇。这多么富有情调。更富有情调的是，开始弥漫在化肥厂里的爱情味道。

王怀亮被广播稿表扬后，年底又评了个标兵，戴了大红花，发了个搪瓷大脸盆，盆壁上印着红色的"标兵留念"四个大字，下面是一行排成半圆形的小字：峡湾地区化肥厂建设指挥部。

他的尾巴开始翘起来了，走路就像跳摇摆舞。在食堂排队吃个饭，也把碗敲得咣咣响，恨不得奏乐鸣炮。

谢小兵看不惯，掂着勺子说，就是当了英雄也不能随便翘尾巴啊。

王怀亮还把屁股摇几摇，说我是标兵，还要在上面插面红旗。

谢小兵说，那你回家用那个大脸盆把脸洗干净了再摇啊。

王怀亮咦了老长一声，说王怀亮的王就是摆到哪儿都是三横加一竖，过去不出头，现在也不掉尾巴。

食堂排队打饭的人把队伍都笑弯了。马海霞也在打饭，这个刚到化验室实习的小姑娘把麻花辫笑得前后两边甩，一甩甩到了王怀亮的心里头。

王怀亮夹起尾巴逃也似的走了。走了老远，还回头望。马海霞已经端着碗消失在了人群中。他心里突然感觉好忧伤。

卧槽马公社很快改成了卧槽马乡。王怀亮的父亲王友忠当上了乡党委书记，乡政府偶尔有接待，备的有瓜果糖烟。王怀亮就找管后勤的副乡长崔永哲要一些，分成若干份，每天揣一点。

王怀亮是电工，上班时间闲得慌。他很快就摸清了马海霞的底细。生产线有句顺口溜，电工玩得慌，化验忙得欢，操作累得死。他屁股后头挂个工具包，一颠一颠的咣当响，像挂了个铃铛，没事满岗位乱窜。工装兜兜里装着瓜子、花生，有时还有糖果。

化验员马海霞整天拿两个烧瓶、一把铲子，只看到两根麻花辫子在原料车间和化验室绕来绕去。

王怀亮暗地里想马海霞想得不行，脑子里都是很大胆很开放的镜头，甚至还有很流氓的举止，等真见了她，又变得很羞涩、很纯洁了，并且为自己的胡思乱想感到羞愧。

王怀亮咣当咣当走过来，用试电笔在化验室的空气开关上捣捣，又戳戳烘箱里的钨丝。一边鼓捣一边给马海霞找话说，背对着阳光，却从侧面偷偷看她。一双桃花眼似笑非笑，从山根到鼻尖，再到下巴，线条流畅，麻花辫被阳光浸成了金黄色，腮上的绒毛清晰可辨，一直美到了心里头。

不论王怀亮说什么，马海霞都只是低头抿了嘴笑。她知道王怀亮的父亲是卧槽马的书记，想想自己的家庭境况，心里忐忑。她爹嘴笨不说，还胆小，见大队支书都打哆嗦。她妈倒挺能说，胆也大。就是骂人太狠，坐门槛上骂半天没有重样的话，是村里一霸。前几年，贫农出身还是个门面，现在又不兴讲这个了。

门不当户不对的，她心情挺复杂。一边琢磨如何应对王怀亮，一边把煤末往烧杯里倒。

王怀亮大大咧咧地掏出了瓜子、花生，放在实验台上，说揣兜里鼓鼓囊囊的碍事，帮忙吃了吧。咣咣当当地走了。

她正迷瞪着，他又转回来了。瓜子、花生原样摆着，没动。说帮忙吃啊，给点面子呗。

王怀亮就开始剥壳，攒一堆瓜子仁，用纸包好，准备往实验台上放，正在巡岗的吴英俊进来了。

吴英俊分管调度室和安全技术科，也抓劳动纪律。王怀亮这下是八哥见了猫，嘴上再怎么抖机灵也没用。

王怀亮上班串岗，岗位上吃东西，违反了安全生产四十一条禁令。被逮了现行的王怀亮，停工学习三天，全厂通报批评。

王怀亮每天笑嘻嘻地去安全技术科学习安全知识、厂规厂纪。在厂门口的通报栏里看针对他的批评稿，像看表扬稿一样，敢一字一句地读出声，还是标兵的范儿。

保卫科长张建新惊得眼珠都鼓出来了，很是感慨万端，见过脸皮厚的，没见过王怀亮这么厚的，换了别人就是把裤子蒙在脸上也不敢这样。

倒是让马海霞感到很内疚，觉得是自己影响了王怀亮，心里晃荡得就像扇儿扇。这内疚的想法一旦埋心里，就变成了一粒慢慢发芽的种子，长出了苗苗。再看到王怀亮，脸上就失措得很。

王怀亮停工学习后，还是吊儿郎当的电工。上班时间不敢去找马海霞了，下班去找。两个人有了默契，马海霞快到下班的时候会在化验室门口拖地擦玻璃，说是等王怀亮，又不像。等王怀亮过来的时候，手里的活儿也干完了，碰巧一样。王怀亮依然像个耗子似的每天往外捣鼓吃的。花生、苹果、糖果，马海霞开始主动吃了。

王怀亮兴奋得半宿半宿地在女工宿舍外溜达，他看到四楼马海霞寝室的气窗只有书本大。如果要钻进去，得把自己变成一只猫。如果钻进去了，是先脱衣服，还是先脱裤子？他的呼吸随着想象急促起来，他面红耳赤地陷入了是先脱上面还是先脱下面的苦恼里。

2

黄政勇不叫指挥长了，变成了厂长。他比以前更忙了。产销人发财，样样都要来。会议应酬真不少，下班不知哪里找。别人找不到，但姜大民能找到。

这天，姜大民就堵住了黄政勇。姜大民现在是供销科长，计划经济时代，买煤卖肥，十天半月在外面奔波，看起来像条流浪狗，在外面过的却是大爷的生活，这是个喷喷香的岗位。姜大民给黄政勇从武汉带回了两双锃亮的皮鞋，鞋面照得见人影子。

黄政勇嫌贵，用手挡住了，一双鞋就是几袋碳铵了，要肥几亩地，太资产阶级腐化堕落了。

姜大民笑着说，黄厂长现在是国营大厂的厂长了，不能再穿解放鞋了。武汉的那些国营厂的厂长，都开始穿西服打领带了。你代表的不是个人形象了，是企业形象，你不穿就是带头搞自私主义。把个人形象与企业形象统一起来，这才是大公无私。就弓着身子，给黄政勇硬穿上了。

黄政勇踩高跷一样试了几步，脚底板硬邦邦的，大公无私的皮鞋踩地上咣咣响，心里也咣咣响，很是不自在。

姜大民跷起大拇指绕了三圈，啧啧啧，峡湾化肥厂的企业形象立马上了一个层次。

两个人说说笑笑往外走，听见广播里传出来刘招娣的声音，正在播报当天的产量。黄政勇感觉到姜大民正在追求刘招娣，就朝广播室努努嘴，去吧，我先走了啊。这弯转得有点快，姜大民差点没接住话茬，反而弄得挺不好意思。

姜大民每次出差回来，都有给刘招娣带礼物的习惯。他很有讲究，做事周全。每次带的都是与播音室有关的东西，有时买两本刚出版的《广播歌选》杂志，有时带盒刚流行的磁带，有时带两包清凉嗓子的喉片，看似送给刘招娣的礼物，又像是配送给播音员这个岗位的福利。

刘招娣收也不是，不收也不是。岗位上又的确用得着。姜大民茶壶里煮着饺子，拿捏着火候，并不急着倒出来。每次轻轻地放在播音台上，稍作停顿，转身就走。停顿的瞬间，也只是那么朦朦胧胧地看刘招娣一眼，眼里是在寻找希望的亮光。亮光一直没找到，只有白光，是刘招娣细嫩的脖颈，像上了乳色釉面的细瓷瓶，仿佛多看一眼都会发出声响。

姜大民的心思，她也明白，几次想拒绝，却连个拒绝的理由都不好找。他们交集的日子很碎。刘招娣朝八晚五，比时钟还准。姜大民一半时间在外面出差，但他的耐心像流水一样，涓涓细流没有停止的意思。其实，他哪里知道刘招娣睡梦里都是吴英俊拉手风琴的样子呢。

吴英俊管生产，起得比鸡早，睡得比狗晚。有时半夜车间生产不正常，他还要去现场，由于休息不好，第二天会生出一种忧郁的眼神。这种眼神在刘招娣看来是十分迷人的，很像电影《第二次握手》里的苏冠兰，而且吴英俊也是知识分子，身份很相符。

吴英俊偶尔一次在播音室看到了一本《广播歌选》杂志，如获至宝，就借回家对着歌本唱，手风琴张张合合，他的声音跟着飘出好远：年轻的朋友们，今天来相会，荡起小船儿，暖风轻轻吹。花儿香，鸟儿鸣，春光惹人醉，欢歌笑语绕着彩云飞。彩云飞啊飞，飞到了刘招娣的心里头。

每次姜大民给刘招娣捎回《广播歌选》杂志后，刘招娣就会第一时间给吴英俊送过去。

她每次去送杂志的时候，会不自觉地给自己喷点花露水，走得又急，衣袂飘飘，风吹满路香。在楼道里她碰到了宣传员尚华东，尚华东吸吸鼻子说，哇噻，好香啊。

她脸一红，想想吴英俊该会有什么反应。到了吴英俊办公室，她握着杂志，并不急着给他，聊会儿音乐，聊会儿诗歌。然后才面呈孩子般的顽皮，用两根玲珑剔透的手指头拈着书脊递过去，眼风掠过尽是春水微澜。

吴英俊说，正想找这首歌词呢。得到的人刚好需要，送礼的人自然格外高兴。

有一次，她居然与吴英俊讨论起了叶文福的《将军，请不要这样》与熊召政的《请举起森林一般的手，制止！》，比较哪首诗更震撼人心。也正因为这一次交流，让吴英俊对刘招娣有了很大的改观，仿佛一下子就提升了她在心目中的档次，审美观捅开了情感的大门。

话题从这里打开了，流水一样，再也停不下来。说的是诗，却离暧昧越来越近了。他终于闻到了刘招娣身上的香水味，两个人的喘息声开始变得粗重又清晰。

中午吃饭的时候，刘招娣都时常绕开姐姐刘梦娜了，端着碗与吴英俊坐一桌，连掌勺的谢小兵都看出来了。在上海出差的姜大民当然不知道这一切，他现在满大街的音像书店找邓丽君的磁带《甜蜜蜜》。他想象着要在午餐时间里让刘招娣在广播里放一放，现场效果该有多么好。打饭的工人们听着《甜蜜蜜》，心里也甜蜜蜜，连谢小兵也会笑得甜蜜蜜，好像花儿开在春风里……你的笑容这样熟悉，我一时想不起，啊，在梦里……

3

等到姜大民如梦初醒，已经是一个月以后的事情了。

峡湾化肥厂买回来了一台东风牌电影放映机，这成了轰动整个卧槽马的一件大事。生活区的篮球场上，下午就支起了白色的幕布，架起了喇叭，过节一样的气氛立马浓了。

连接化肥厂生活区各个方向的路上，都飘荡着呼朋唤友的声音。小孩子们连晚饭也不吃，就早早地坐在了银幕前。讲究一些的年轻工人，下班后也早早地洗了澡，吃完饭，三五成群，聚在一起，抽烟嗑瓜子，等着电影放映。有谈对象的工人更是过节一样，换了洁净的衣服，湿漉漉的头发上还散发出阵阵香皂的味道，两把椅子并在一起，圈出一块情侣的领地。

王怀亮与马海霞十指相扣，迈着鸭子步，浑身的毛细血管都是欢畅的。他几乎是拖着腼腆的马海霞一路招摇而至，马海霞扭腰摆臀的样子蛮像一只刚下过蛋的母鸡。她的内心里一定是充满了幸福的。

王怀亮揣着悄悄从王友忠办公室摸出来的游泳牌香烟沿路撒过来。他太高调了，一条腿恨不得跨到天上去，是那种让别人看一眼都想走桃花运的架势。他一边给那些看着脸熟却叫不出名字的工友让烟，一边大声地介绍自己的罗曼蒂克，我这是用停工学习换来的，你不串串岗、不干点与工作不相关的事情，怎么能收获爱情呢?

他这是故意说给吴英俊听的，说出来的话像打出来的嗝，一定是沤得太久了，一股子馊味。吴英俊听得只差作呕要吐。

吴英俊在不远处的一丛夹竹桃树下抽烟，正远远地看着刘招娣扛着一条板凳走过来，她的姐姐刘梦娜拎把椅子走在前面。

姜大民也看见了，他下午出差才回来，放映机就是他买回来的。他连晚饭都没顾上吃，在小卖部买了几包瓜子、两瓶汽水，用袋子装好。坐在门口用眼光等着刘招娣。老远他看见刘招娣扛条板凳晃过来，几个小碎步就跟了上来。左手把袋子递过去，右手伸过来想接刘招娣肩膀上的板凳。她用手轻轻挡了一下袋子，立马两手抓紧板凳腿，生怕被姜大民抢过去一样。

姜大民愣了一下，笑而不语，以为她认错人了，又重复了一遍动作。刘招娣这下比刚才的动作快了一倍，差点让板凳从肩膀上甩脱下来。一路同行只惦记着抢位置看电影的刘梦娜这才停下脚步，转过身。这一幕让许多人都看到了。

吴英俊在树影下掉转了半个脑袋，朝向了另一个方向，嘴上一明一灭的烟头也跟着划了半个弧。刘招娣急得脸通红，她是生怕吴英俊误会了。姜大民以为她是害羞，就很抒情地把搭在额头上的头发向后捋了捋，作势又准备过来接她肩膀上的板凳。

刘招娣索性放下了板凳，毕竟吃了姜大民那么多喉片，收了那么多《广播歌选》，刘招娣也拿不下面子发脾气，这次是真的羞愧难当了。

刘梦娜一下子明白了怎么回事，连忙伸出手接过了姜大民手中的袋子，说姜科长是活雷锋，替我拿一样，明天照样叫刘招娣同志在广播上表扬。话没说完，已经顺势把椅子递到了姜大民的手上。没容周边的人狡黠发笑，这个背时的男人，只好假装满脸灿烂地握住了椅背，却不动声色地把疑问装进了脑袋。大家又一路说说笑笑朝前走。

篮球场上已经挤满了人，等他们走进去，就像几滴水融入了池塘，没几下就被人流冲散了。刘招娣和吴英俊早就约好了地方，他们在银幕的反面看倒片，那边靠近围墙，人也少。除了有几个小孩零星地散坐在前面，后面几乎都是情侣，两把椅子靠一起，偷偷地牵一下手指头，头也凑一起，你侬我侬，窃窃私语。胆大的才敢笨拙地做些冒险动作。

王怀亮几次想把马海霞抱到大腿上来坐。马海霞又是惊，又是羞，又是恼。一双手像长了羽毛的翅膀，不停地在他身上扑棱。面红耳赤的马海霞好容易挣脱了，却让王怀亮心里更加躁动不安，手忙脚乱。大家的心思都没放在看电影上。

吴英俊和刘招娣刚开始也是坐在板凳的两端，中间留了尺把宽的空当，不知什么时候就一寸一寸地挪到中间了，两个人的大腿隔了不到半个拳头的间隙。刘招娣比较主动，把屁股朝那边再挪挪，大腿就挨一起了，弄得吴英俊触电一样战栗。猫吃到了鱼有多欢，刘招娣这时就有多欢。

这部电影叫《戴手铐的旅客》，剧情十分精彩，表演扣人心弦，刘杰在被诬陷流亡的过程中几次死里逃生，与苏哲不懈地斗智斗勇。随着剧情的变化，下面看电影的气氛也时而紧张，时而兴奋，惊叹声、惋惜声、喝彩声此起彼伏，不断有人站起、坐下，这使后面坐在椅子上的人根本看不到银幕了，只好干脆站在椅子上看。

经过了这一场尴尬闹剧，姜大民早已没有心情跟着起哄的观众喝彩鼓掌了，几次想中途退场，无奈刘梦娜一直陪在他旁边。从接过那个袋子开始，刘梦娜就接过了两项使命。一是要掩护好妹妹刘招娣，不能让姜大民去找她。二是宽慰好姜大民，不能让他觉得丢了多大面子，毕竟人家也是领导。她像个称职的卧底，看一眼银幕，又瞟一眼姜大民，生怕他走失了。又像个保姆，不断地给姜大民递瓜子，不让他闲下来，用食物稳住他。姜大民已经满鼻孔里都是刘梦娜手上散发出的淡淡苏打水味，那是厂医务室的味道。

随着刘杰站在飞机舷梯上，亮出戴着手铐的双手挥别，电影结束了。主题歌声渐起，送战友，踏征程，默默无语两眼泪，耳边响起驼铃声。路漫漫，雾茫茫，革命生涯常分手，一样分别两样情……歌声散尽，意犹未尽的人潮还没退尽。

姜大民在混乱的人群里，发现了刘招娣正和吴英俊肩并肩地走出来，又看着吴英俊扛着那条板凳，迈着鸭子步与刘招娣依依惜别。姜大民多亮堂的人，心里什么都明白了。他的脸上显出一种奇怪的表情，笑容还没绽开就如枯萎的花蒂又脱落了，只剩下一片惨白。

姜大民躺在床上，胃里一阵泛酸，一整天没吃饭，只为等这场电影。刚才发生的一切，就像飞驰的过山车从他脑海里呼啸而过。那么突然，他脑子里一片恍惚。这一宿迷迷怔怔的，一些不着边际的梦境与曾经在部队生活的片段混在了一起。有苏打水的味道，有养猪场的味道，有连队卫生室里身穿白大褂的护士，有连队里那些整齐的宿舍，有厂卫生室的刘梦娜，有空荡荡的广播室，刘招娣哪去了？还有银幕上模糊不清的人在走来走去。早上醒来，像害了场大病一样，大汗淋漓，浑身虚脱。姜大民这次是真病了。

下夜班的胡远方发现公共卫生间的地上躺着一个人，面容苍白，手里握着的漱口杯还在颤抖，低头一看是供销科长姜大民。

胡远方力气大，弓下身子，双手一捞，耸耸腰，站起来，姜大民就像一袋化肥被他扛上了肩，又扛到了厂医务室。刘梦娜正在值班，拿出听诊器和体温表，量血压，测体温，还搭着俩指头捏脉搏，姜大民只是微睁双眼，面无表情，冷汗直冒，一看这阵势她也慌了神，叫来主治医师刘之明。刘之明看了看体温表，用电筒照了照瞳孔，心里有了底，叫刘梦娜去冲了杯红糖水，用勺子慢慢喂了他喝。喂了几勺子，姜大民的脸上渐渐泛出了红，冷汗也收回去了，眼珠开始活泛。

刘之明开处方的时候告诉刘梦娜，也不是什么大毛病，姜科长是严重饥饿引起了低血糖，导致了晕厥。

刘梦娜拿着两盒盐酸二甲双胍片转告医嘱，姜科长啊，人是铁，饭是钢，一顿不吃饿得慌，你这个病是饿出来的啊，光吃瓜子不顶饭呢。只说得姜大民羞愧不已。临走又去药房拿了两盒果糖塞到他手里，目光温润地看着他说，身边常备点糖，姜科长经常出差，饮食无规律，感觉到饿的时候，就含颗糖。低血糖不是什么大毛病，平常注意点就好了，心里不要有压力，注意按时吃饭就行了。

语腔语调都是护士对患者很正常的叮嘱，温柔，体贴。姜大民习惯了制造温暖感动别人，却很少被他人春风吹拂。这是如母爱般殷切的一缕春风，吹开了心门，把他感动得心潮腾涌，热泪盈眶，差点就掉下眼泪。他心里涌起一股巨大的温暖。

刘梦娜和刘招娣在他心里交错隐现，慢慢就只剩下刘梦娜一个人在他脑海里走来走去。他的心猛地一跳，坍塌的天又撑了起来。他想到了一个隐蔽意图的接近办法，为了表示感谢救护之情，请刘梦娜吃饭。他把刘之明也一起叫上了，这样显得不唐突。吃饭是个幌子，三天两头请他们，傻子也能看出来。刘之明就不再参加了。桌上只剩两个人，事情变得简单了。他就吞吞吐吐地讲了自己的想法，扭扭捏捏的样子，让刘梦娜扑哧笑出了声，心知肚明却不知道怎么接话，就很羞涩地捂住脸，从指缝间偷偷看他。姜大民心里像打鼓，突然搂过她的肩，噘起嘴巴在她脸上仓促地啄了一下。她没有拒绝，眼里溢满了幸福。姜大民感觉在做梦。

姜大民长年奔波在外，见的世面广，眼快腿又勤，外面的世界太精彩，他又不能把刘梦娜带出去，就把外面的世界一点一点地往回带。

从五峰的茶叶、长阳的椪柑、秭归的脐橙、洪湖的莲藕、应城的麻糖这些地方特产，到武汉哪家刚开的商场才卖了上海的新品、沙市的百货大楼在搞活动，他都清清楚楚，心里头装了一本地图册。

全家人都托了他的福，刘建设喝的酒、家里炒菜用的油、待客用的茶，都是各地上好的特产。刘建设有了底气，有意无意跟左邻右舍显摆，言语之间就有了春光无限，恨不得展示他衣领里爬的虱子都是双眼皮。

刘梦娜以前护肤用的是贝壳油，有哈喇味。现在用的是上海日化产的百雀羚，那种妖冶、陌生的香气很邪乎，就像有一种隐秘的花在悄悄吐蕊，又散发出诡异的气息。香得令人窒息。

姜大民的狂轰滥炸，不仅是俘虏了刘梦娜的心，几乎让他们全家沦陷。这已经不是简单的礼数周全，不断积累的物资世界就像一览无余的陷阱，刘梦娜软软地掉了下去。

只有刘招娣成了家里最后一片孤傲的疆域，尽管她把自己裹得像只蛹，但那些浸透日常生活的物质，永远在一点一滴地浸润她。这让她很尴尬，也让吴英俊很尴尬。

吴英俊心里暗恋过刘梦娜，但一直没把意思挑明，这是属于他的秘密。

姜大民大张旗鼓地追求过刘招娣，刘招娣却暗度陈仓上了吴英俊的船。姜大民丢盔弃甲的时候却意外收获了刘梦娜。有心栽花的，无心插柳的，都等到了花儿盛开、柳枝发芽，却是摇曳在同一个花园里。

姜大民和吴英俊本来心有芥蒂，这一搅和，两个人关系更加微妙而复杂。

4

沿着卧槽马的山褶皱已经建起了几十幢职工宿舍，又慢慢建起了职工医院、子弟学校、邮政所、供电所、储蓄所、百货商店、电影院、菜市场、餐饮服务部，后来甚至连派出所都有了。除了火葬场，这座新建成的化肥厂生活区完全可以承载一个人从出生到死亡所面临的一切。

那些支援三线建设者的家属，随军转业的家属，还有从农村刚刚农转非过来的家属，扶老携幼，一拨一拨地迁了过来，人口一下子增加了好几倍。家属楼明显不够住，就沿着围墙又搭了许多小棚子，叫偏搭子。矮晃晃的，直起腰能碰到头，打个喷嚏能震飞几片瓦。有的堆放着杂物当仓库，有的摆上床做了住房，有的直接当成厨房使用。

家属们沟通的时候最有生趣，刚开始手语和方言并用，就像温和的诱骗，既要表演又要观察。后来大家尝试着捞出各地方言的碎屑后，操练出一种混合普通话，笨拙地突破了交流的阻塞。

在卧槽马，语言已经成了一种身份的证明，围墙内的人操的是普通话，出了围墙就是方言的天下。不知何时，大家在内心里沿着生活区的围墙勾勒出了一条楚河汉界，他们的世界在围墙内。凡是围墙外的一切，都属于卧槽马。生活区慢慢变成了一个既封闭又完备的小社会。

一群远离故土的人聚在这里，徐徐展开了另一幅姹紫嫣红的人生画卷。先是普通话替代了乡音，显然这是一个很别扭的过程，经过一段时间饶舌逗学，也能够半生不熟地应付。

孩子们对普通话更是有着浓厚的兴趣，很快就打成了一片。他们用碎瓦片在水泥地上画格子，支起一条腿在格子里玩跳房子的游戏。或者蹲在地上看一群蚂蚁拖一条死去的虫子，浩浩荡荡地往洞穴爬。大家的欢笑声都充满了普通话的韵致。

但最难的是改变味蕾，改变胃口。贤惠能干的妇女们，在生活区的野地里开拓出不少荒地，绿的青菜，红的西红柿，紫的茄子，白的萝卜，金黄的南瓜。每到季节，百苗欢腾，硕果累累，菜园里一派勃勃生机。争先恐后地跑到各家各户的餐桌上，酸甜苦辣，各种味道，都饱含着乡村气息的生活，唤起了各家来自故乡的回忆。北方的家属们凉拌了吃，南方的家属们炒了吃。家属们把平常日子的幸福都变成了种种美食，呈现在生活区四季的餐桌。

孩子们最喜欢在春天的季节里，跟着大人们去野外寻找香椿芽，而卧槽马周边的山上长满了香椿树。若干年后，《舌尖上的中国》画外音是这样说的：几乎是一夜之间，一种奇异的香味传来。香椿芽长成只需要两三天，多一天便老。这是很紧张的几个日子。几个轮休在家的男人，扛一把梯子，带着一群院子里的孩子浩浩荡荡地走向野外。

在这样一个万物舒展的春天里，他们的身前身后都落满了卧槽马的孩子们羡慕的眼光——那是一群公社的小社员，生产队里的向阳花，正在庄稼地里帮大人们干农活。他们抬眼看着工人叔叔将梯子搭在粗壮的椿树干上，把那些探头探脑刚刚冒出一点新绿的芽儿，轻轻地摘取，天女散花一样扔下来，让化肥厂的孩子们在下面分拣。那是一种沁人心脾的香，漫山遍野。其实就算同样的一道食材，被孩子们带回院子里后，也有着不同的命运。家属们缓慢的制作家乡菜的动作，更像某种修行的仪式。

来自河南的、山东的家属们，会将这些芽叶紫嫩、尚未舒卷的香椿芽在开水里焯一下，让梗叶变得碧绿，细细切了，糁进捏碎的豆腐，拌一小勺香油，做成凉拌菜，装在小碟里，分送给各家的孩子们。抿一口，齿颊生香，那是北方的味道。

贵州的家属们，会将香椿芽切成小段与鸡蛋搅拌在一起，哗啦啦倒锅里用油煎，黄色绿色翻滚在一起，香气也缠绕在一起，慢慢煿成了一个饼，切一小块，给孩子们分食，还腾腾冒着热气，咬一口，焦香鲜嫩，那是黔菜的味道。

只有四川的家属们最讲究。在等孩子们和香椿芽回家前，早把五花肉用开水滚过，微微透亮的肥夹着酱红的瘦，被片成一沓，码在砧板上等着回锅呢。整苑的嫩椿芽只在开水里微焯一下，挤出水分，都不过刀的，齐齐码好，用热油爆炒了辣椒、花椒、大蒜、姜片，哧溜声里才把五花肉、椿芽一起掀到锅里，油亮翠色里香气四溢。一箸入口，三春难忘。

孩子们嘻嘻哈哈串着门，享受着各家美食的快乐。化肥厂的幸福时光在家属们聚集后的第一个春天，就这样被孩子们的欢声笑语点亮了。

这些家乡的味道，连着岁月，连着孩子们成长的友谊，也连着大人们气象万千的乡愁与回忆。多年过后，化肥厂生活区的这段日子依然散发出童话般的迷人味道。

伴随着幸福快乐的时光，围墙内的孩子们茁壮成长。他们坐在峡湾化肥厂子弟学校窗明几净的课堂，他们在阅读课文的时候，把教室弄得像一个很大的收音机，把普通话整齐地往外播送。他们上音乐课的时候，充满自豪地唱我们是共产主义接班人，继承革命先辈的光荣传统，爱祖国，爱人民，鲜艳的红领巾飘扬在前胸。歌声嘹亮，飘到了干打垒土墙的卧槽马中心小学。声音真有气势，歌词又相当容易激活人的想象力。

那些坐在土坯房里的卧槽马的同学把脖子都扭酸了，有的同学从窗口探出半个身子往外望，望眼欲穿啊，不免无端地自惭形秽，感觉只有化肥厂的子弟们才像共产主义接班人。

羡慕与嫉妒之间本来就只隔着一层薄薄的面纱，心理落差很快就撕破了那层面纱，慢慢又演变成了仇恨和敌视。

卧槽马的孩子们叫化肥厂的孩子，外麻子。化肥厂的孩子们叫卧槽马的孩子，土爪子。语气的轻蔑里充满了敌意。

从互叫绰号到相互对骂，互叫绰号打了个平手，但化肥厂的孩子骂仗不行，很多下流话，用普通话表达出来，就没了钢火，像糖衣炮弹带着甜，威慑力大为消减，还引发对方的阵阵哄笑。

卧槽马的孩子们骂仗很有一套，连大人们听了都脸红的话，他们像打机关枪一样，用粗鄙的方言押着韵还辅以流氓动作，很有专业素养。化肥厂的孩子们经常被骂得落荒而逃。

文攻演变成了武斗。围墙内孩子们的营养好，身强体壮，在力量上占了优势，打他们个鼻青脸肿。围墙外的孩子们出手狠，用牙咬用手抓，挠他们个伤痕累累。双方势均力敌，互有胜负。

　　两个学校的德育老师在课堂上说五讲四美三热爱的时候，院墙内外的孩子们多少有些羞愧的神色。可是一出校园，见面照样干起来，就像黄鼠狼碰到狗，条件反射。

　　围墙内外积聚的各种矛盾也开始慢慢发酵。化肥厂里女工的岗位少，除了化验分析、污水处理及包装岗位外，其他岗位都是男工。

　　谢小兵给艾新华吹牛皮，说他发现了一个秘密，不怨厂里男多女少，连化肥厂里奔跑的老鼠都是公的。

　　艾新华是个认真的人，在仓库里抓到了几只老鼠仔细分辨，果然都是公的。

　　处在懵懂而冲动岁月的青工们，单调的工作消耗不完他们充沛的精力，荷尔蒙带来的烦躁令他们更加不安，也让卧槽马不安。

　　他们在上夜班的时候，成群结队地翻出围墙，偷袭农民的果园，把刚挂果还青涩难咽的柑橘摘回来，在菜地里拔还没成形的萝卜，后来还用竹竿挑取挂在屋檐上的腊肉、香肠，用口袋套笼子里的鸡，连挂在柱头上的几串红辣椒也顺手捎走。并不在意能收获什么，大家图的就是一个快活。

　　村民们都知道是化肥厂的小年轻们干的，提着萝卜缨子和橘树枝丫在厂门口一跳三尺高，拍着屁股骂祖宗十八代，说些断子绝孙的话。刚开始，骂得不起劲，围观的人多了，人多瞎起哄，越骂越起劲。像演员登台演戏一样，观众少时东风无力，观众多时荡气回肠。把戏被戳穿，围观的人自然少了。骂一阵子，围观者寥寥无几，表演不叫座，也觉得无趣，他们就悻悻地离开了。

　　村民们回去开始在柑橘林里扎了棚子轮流值守，一把手电，两根扁担，两人一组，猫着腰在柑橘林里转。

　　有一天，他们还真逮住了一个。两个村民举着扁担围住了一个黑影，这个黑影是胡远方，他的安全帽里装满了青青的果子，手还搭在枝头上，准备揪另一个果子。一束亮光照得他眼睛睁不开，就听见一记沉闷的响声，腰部挨了一下。哎哟声落，又一下，扁担打在安全帽上，咣当一声，帽子裂开大口掉在地上，果子蹦蹦跳跳地滚了一地。

这次声音传得远，密林深处的同伴们听到了。六七个人循声围了过来，枝叶窸窸窣窣地发出乱响，他们的速度很快。寡不敌众，混战中，村民的扁担被夺走了，扔出去的手电筒像一颗拖着尾翼的流星飞向橘林深处。

胡远方看着救兵神勇，已经占了上风，觉得不应该再捂着肚子蹲地上了，就忍住剧痛，跳起来踢了几脚，这几脚带着复仇的力量，所以势大力沉。被踢的村民一边狼狈逃窜，一边用卧槽马最恶毒的语言大声咒骂。

这个被踢的村民是副乡长崔永哲的父亲崔大福。悲愤不已的崔大福连夜跑到了乡政府，擂开儿子的寝室，鼻涕眼泪一把又一把，心酸的话儿说不完。从凌晨三点控诉到鸡叫三遍、天光大亮，他还没有走出心中无垠的黑暗。

看着父亲额头上刀刻似的皱纹，崔永哲心里比挨了刀伤还要痛楚。他找到乡党委书记王友忠，说村里的一个老汉，以前还是军属，昨晚被化肥厂偷柑橘的青工们打了，他没有说这个老汉是他的父亲。

他又针对化肥厂的青工们近期所发生的各种现象，罗列了五条罪状，偷盗、抢劫、寻衅滋事、扰乱社会治安、故意伤害，每一条都足以抓人判刑入狱，现在已经发展到了更加猖狂的地步，再不制止就会纵容他们在卧槽马杀人放火。

王友忠的脸在崔永哲的汇报里越拉越长，眼看比驴脸还长了，有着驴脾气的王友忠就把杯子砸了，把桌上的报纸也撸地上了。

他气冲冲地站起来就要去化肥厂，崔永哲拉住了袖子，说王书记等消消气再去吧。

王友忠用肩头簸了簸身上的军大衣，呸，就是要让化肥厂的人看看卧槽马人的火气！

这一次事情闹大了。王友忠带着几个副乡长去找黄政勇讨要说法了。论级别，黄政勇是县处级，王友忠是乡科级。所以尽管王友忠的驴脸很长，也很凝重，但语气还是充满了平和。他说主要给黄厂长汇报工作，看还有哪些地方支持企业做得不到位的方面，请黄厂长多指导。开始从地方支持企业建设所付出了巨大牺牲，那是应该的；然后到地方支持企业发展所做出了重要贡献，那是必须的；最后表态地方支持企业做强的坚定理念，那是绝对的。说得黄政勇满面春风，点头称是，感谢不已。

接着王友忠过渡了一下，说只有企业与地方搞好关系，企地共建，才能创造美好明天。话锋这才拐了个弯，说现在出现了一些不好的苗头，把近期青工们所干的事情一五一十地和盘托出了，最后才抖出了昨晚的事件。他顿住不说了，又好像说完了，埋下头噗噗地吹起了茶杯里的茶沫。

黄政勇有红有白的脸变成了铁青色。黄政勇铁青着脸，吐出的话比铁还要硬。他说，友忠书记不说，我真不知道，但一说我是吓一跳。首先感谢乡里对化肥厂长期以来的支持，同时感谢乡里对化肥厂党委的信任，国有国法厂有厂规。对于你们反映的这些情况，我们一定会迅速调查，严肃处理。一句话，不护短，不手软。

厂里很快就有了处理结果，胡远方被开除厂籍留厂察看一年，工资降一级，当天晚上参与偷摘柑橘的员工都被行政记大过处分，工资降半级。通过发动群众检举揭发，以前翻过围墙拔过萝卜摘过柑橘偷过腊肉的员工们，都受到了警告、严重警告、记过、记大过等不同程度的处分。处分很重，那年月评上省劳模才能加一级工资，市劳模就加半级。公告栏里贴出了密密麻麻的名字，又通过广播室滚动播出，刘招娣念完一个人的名字后，会停顿一下，再念第二个，字正腔圆，清清楚楚。胡远方处分最重，又排在第一个，每听到喇叭里叫一次自己的名字，他就捂住受伤的腰部打个冷战，咧着嘴哑哑地吸凉气，好像疼痛的不是腰，而是嘴。

经过这次严肃处理后，青工们安静下来了，卧槽马也迎来了一段太平时光。

5

姜大民和刘梦娜的婚礼成了轰动全厂的盛典。他们的婚礼在厂大礼堂举办的，虽然大礼堂已经举办过好多场婚礼了。一般厂里的工友结婚，都是顶要好的同事们凑钱买了被子、床单、开水瓶、脸盆、煤油炉，用红布裹上，贴个大红喜字，有人登记，再归拢到新娘的嫁妆里，转身嘻嘻哈哈地讨根喜烟，要儿把喜糖，然后簇拥着新郎新娘闹场子。无非要他们当众亲个嘴，逼着讲恋爱经过，顶多再给新郎画个大花脸，裤腰上系根胡萝卜，讲几句带点黄色的笑话。文雅一点的就在新房门口贴副对联，横批是迫不及待，上联是手按银扣含羞解，下联是面对红烛带笑吹，让两口子模仿动作。真是穷快活，既浪漫又富有工人阶级的小情趣。

刘梦娜的嫁妆全是姜大民置办的。刘建设四个女儿，刘雪娜嫁到了山东，刘安娜嫁到了吉林，一个比一个远，剩下两个女儿他就希望留在身边，任凭说媒的踏破了门槛，他都咬着牙不同意。

说媒的偏死皮赖脸不走，刘建设看着媒人带来的两瓶酒一斤白糖，动了心思。他爽快地说，看你一片真心，聘礼我收下，但有缘没缘看命中注定。他笑眯眯地要媒人猜黄豆。猜中有就同意相亲，猜不中就回去退话，这也是顺承天意。

他把一粒黄豆放在掌心里倒腾几下，绕到背后变出来两个拳头。来了几拨媒人，都没猜中，灰头土脸地走了。过段时间，桌上的礼物居然堆满了。春天来了，床底下长出密密麻麻的豆芽。他的老婆才恍然大悟。原来刘建设把黄豆都扔床旮旯里了，他伸出去的是两个空拳头。真是精明得过了分。

从大女儿开始，就几乎是唾手出嫁，两床棉被，一身红衣服。要添置点别的陪嫁，他也没钱。有钱也不舍得，他要攒着买酒。再说女婿也不让他置办，只盼快点娶回去，谁叫他的女儿个个都出落得这般水灵呢。都说鸡窝里飞出金凤凰，他的女儿两臂一张就变成了凤凰展翅。现在一个找了大学生，一个嫁了供销科长，都是干部。用喜从天降和喜出望外来双倍形容刘建设的心情都不过分。

那时候结婚流行置办三转一响，三转是自行车、手表、缝纫机，一响是收音机。姜大民置办的是三转三响，比别人的多了两响。一台三洋牌双卡录音机和一台熊猫牌黑白电视机，像两个耀武扬威的将军坐在一堆花花绿绿的床单、开水瓶和脸盆中间，得到了无数惊艳目光的抚摸。

比这更耀眼的，是人。那才叫多，礼堂内外到处是摩肩接踵的人，走到哪里都是欢声笑语一片。那天婚礼上来了不少城里人，有沙市的，有武汉的，还有上海的。城里人才真叫洋气。

化肥厂的人一直体面地生活在卧槽马，走到哪里都是别人艳羡的目光。第一个穿喇叭裤的，最先烫了鬈发的，第一次穿了花格子衬衣的，都是化肥厂的人。卧槽马的风光都被化肥厂的人占尽了，但和大城市里的人一比较，又显出了土气。同样的牛仔服，上海的客人穿着就显得干练、整洁，高了一个等级一样。王怀亮也有，但穿在身上给人的感觉不过是一套变了颜色的工作服。还有上海人闲适的步伐里透出的那种自信与笃定，模仿不了。连武汉人方建华给姜大民敬酒时说，个板板的，干一个噻。这粗犷的嗓门所展现出的那份坦荡与豪气，也模仿不了。看姜大民牵着刘梦娜，自由自在地游走于这些城里人中间，称兄道弟，亲热得没有方寸。他们把对城里人的仰慕变成了对姜大民的佩服。

只有吴英俊显得很落寞，他默默地坐在角落里抽烟。他心里装着别人难以洞穿的秘密。他与刘招娣先去领的证，但刘梦娜是姐姐，按习俗，姐姐应该先嫁。后领证的刘梦娜就与姜大民先办仪式了。

关键是这个仪式办得太隆重了，隆重得让吴英俊觉得他再举办仪式就成了绿叶，他才不愿意去衬这朵红花。他多了种被羞辱的愤怒。他心里冒出来一个想法，这个想法像一块不规整的石头开始从山顶往下滚，滚到半山腰蹦弹了好几次，感觉要落不下来了。他就又续上一支烟，在脑子里让这个石头继续往下滚，终于落到了谷底。他摁灭了烟头，把跌落心底的想法又稳了稳，才悄悄地凑到刘招娣耳边讲，他看到刘招娣的脸慢慢红了，一直红到了耳根，和他红色的嘴巴连在了一起。

玫瑰已经凋谢，芬芳还弥漫在空气里久久不散。姜大民的婚礼都过去一个多月了，人们还沉浸在城里人带给他们的时尚气息里津津乐道。吴英俊却带着刘招娣悄悄地到了武汉，他们选择旅行结婚。

这是化肥厂第一对旅行结婚的夫妇，引起了大家浓厚的兴趣。多么浪漫又刺激的事情啊，把洞房花烛夜放在了千人睡万人眠的旅社床上，还打一枪换一个地方，啧啧啧，只有知识分子才想得出来啊。王怀亮促狭地讲给别人听，惊得人家嘴巴里可以塞进一个鸡蛋。他又跃跃欲试地看看马海霞，马海霞没有觉察出他隐秘的意图，她用双手抚摸了一下浑圆的肚子，仿佛在小心翼翼地抚摸着一只易碎的花瓶。这段时间，她经常张嘴做出要呕吐的样子，听上去像鸭子在稻田里啄食了泥鳅后发出的那种欢快叫声。她已经有了三个月的身孕，他们半个月前刚在乡政府领了证。

王友忠在他们办理结婚证后，还带着他们去将军垴的一个土堆前放了鞭炮，坟上的野草闲花经年累月，要炸开一般野蛮生长着。他挂着满脸的泪水跪在坟堆前给父亲王谋远报喜，许诺得了孙子再来给父亲立碑。王友忠抬起头，看到将军垴挡住了一小块缓缓下移的日影，仿佛要遮掩住一个秘密，但这盖不住他心里面掩埋的那半截疼痛。马海霞看到王怀亮的嘴动了动，似乎想问什么。王友忠寒着脸望了他一眼，他又抿紧了嘴。

吴英俊和刘招娣两个人坐在长途汽车里，微曦里看着卧槽马一点一点往后退，化肥厂的烟筒慢慢瘦成了一根火柴梗，直到最后完全消失。刘招娣心里突然有了种逃奔成功的轻松，是失败后的逃跑。她的挫败感来自姐姐婚礼上不可匹敌的风光。吴英俊心里是不可抑制的一种得意，那是用敌进我退的游击战术完胜了敌人后的成就感。

到武汉已经是傍晚六点了。等他们下车，正是下班的高峰，到处是自行车的铃声、公共汽车的喇叭声、小贩推着板车的叫卖吆喝声，吴英俊拎着旅行袋牵着刘招娣的手，像两条随波逐流在涌动人流里的鱼。他把她的手捏得更紧了，生怕她被身边的人流吞噬了。走了半条街，才找到了一家国营的长青旅社。拿出单位介绍信和结婚证，登记了一个房间。服务员把他们领到了三楼，打开房门，看见里面摆一张大床，两个开水瓶，一个脸盆，一张书桌，一把椅子，一盏台灯。刘招娣幻想过无数回新婚之夜，她会慌张，害怕，羞涩，紧张，却没想到会是在这样一个离家千里的旅社里。

吴英俊充满歉意又饱含深情地望着刘招娣，正是华灯初上，路灯透过乳白色的窗帘透进来，像朦胧的月光罩着两人。平静里隐藏着焦灼，两个人的手碰到了一起。弹了一下，又抓得更紧了。刘招娣的指尖都是湿漉漉的，但她一动不动。不动其实是一种等待。吴英俊把脸埋进她秀美的头发里，紧紧地抱住了她，不肯松开。直把刘招娣抱得浑身酥麻柔软，蔓延全身，发出了轻微的喘息声，只感觉身体里的热气找不到出口了，都往嘴里跑。他才想用嘴去堵住她的声音，她把他的舌头都吞了进去，哪里堵得住。吴英俊的双手也开始迷了路似的到处乱窜，脖颈、双肩、锁骨、乳房、小腹、臀部、大腿，她温热的身体早已经变成了一个巨大的柔软陷阱，他的双手已经找不到出路了。刘招娣两只坚挺的乳房颤颤地起伏着，也像是要从衣服里逃出来。吴英俊的心神更加急剧地荡漾，又不知道怎么才能抚平这种荡漾。他笨拙地弯腰前倾，仿佛一张紧绷绷的弓，正在无限接近弦断。两个人一下子就轰然坍塌在了床上。双方似乎犹像了一下，又开始了更疯狂的忙碌，像撕毁包装一样互扯着衣服，差不多就要完全地剥开了彼此。眼看两个张皇失措的人马上就要埋进窒息般的晕眩迷乱里了。突然，隔壁传来了一声巨大的爆响，是开水瓶摔地上了。紧跟着是男人发出了一声怒吼，吓得小孩哇哇地大哭，然后是女人开始骂男人，接着摔打什么东西的声音，稍微停顿一下，就听见了扫帚与撮箕忙乱的碰撞声，最后传出来的是那种玻璃碎片与水泥地面发出的刮擦声，简直是揪心揪肺地刺耳。是隔壁房客的孩子碰翻了开水瓶。刘招娣像只受惊的野兔，瞪着眼睛看着同样惊慌的吴英俊。吴英俊的肩膀上已经留下了深深的啃噬痕迹，那是一排紫色的牙印。他身体里的烈火轰雷似乎被隔壁刚才爆裂的开水瓶淋灭了，他感到身体里的某根弹簧松了，自己无法遏制地软了下去，像一锅煮烂的面条。

好容易等隔壁收拾完了玻璃的碎片，孩子却哭闹得更欢实了。两口子又开始轮番哄孩子，一会儿讲故事，一会儿学狗叫，一会儿哼儿歌，折腾了半夜，隔壁才慢慢安静下来。趁这个时候，吴英俊出去打了热水，两个人用毛巾草草地洗了一下，又像两个饺子一样偎依在床上。世界陷入死一般的静寂。歇息片刻后，吴英俊的身体开始膨胀了，像一尾搁浅在岸边的鱼重新跳进了水里。刘招娣睁大了眼睛四处看，竖起了耳朵到处听，总感觉有人在窥探。不免有点害羞，有点紧张，夹也不是，捂也不是，身体扭来扭去。吴英俊所有的体重都没有压住她的抖动。他像个笨拙的开锁匠，越急反而越是找不到锁眼，拿着钥匙乱捅一气。细碎的火花在两具身体间噼里啪啦地闪烁。突破，摩擦，水流，刘招娣开始意识模糊。直到悬浮在身上的吴英俊扑簌簌一阵乱抖，喉咙里发出模糊不清的连串号叫。刘招娣浑身还绷着力气，却听到了身体内部的坍塌声、撕裂声，脑子里一片空白。她像含了一颗浸过蜜又被黄连泡过的枣，是说不出的甜蜜与苦涩交织的味道。这一晚，她失眠了。一个人在黑夜里久久地凝视着黑暗，直到天光大亮。

第二天上午，他们逛了黄鹤楼，下午又去了归元寺。刘招娣一整天都是恍恍惚惚的，像个梦游的人游荡了一天，晚上回到长青旅社，连脱鞋的力气都没有了，倒头便沉沉地睡了过去。等到半夜，又被吴英俊摇醒了。看着躺在身边的刘招娣，对他是一种无形的诱惑和致命的勾引，他实在抵抗不了。他像一名刚刚学会捕鱼的渔夫，哪里禁得住一条在面前游来游去的鱼的诱惑呢？他脑海里全是那些温热的回合。刘招娣就在半梦半醒间迎合了他一次。她不知道吴英俊已经沉浸在了那种飘飘欲仙的感觉里，根本不能自拔。这一晚，贪得无厌的吴英俊又急急乱乱地起伏了两次，每次都带着巨大的颤劲。几个回合下来，刘招娣早已经累成了一摊烂泥。刚刚迷糊一会儿，就听到服务员咚咚咚地在敲隔壁的门，是催促客人赶早去火车站的，接着楼道里又传来了噼里啪啦的一串脚步声。等她早上起床，浑身酸软无力，脚底下像踩了两团棉花一样虚。他们本来计划今天上午去东湖划船，下午再去动物园。但现在刘招娣心里只想着两个字：回家。她觉得所谓的蜜月旅行，其实就是两具身体的进攻与防守。吴英俊粗壮的胳膊像两根擀面杖，每天晚上都要在她松软的身体上碾上几遍。再这样下去，自己就要被碾成一张面皮了。所以，无论吴英俊怎么劝说，她都是沉默不语，眼里含满了坚定。想想这几天的遭遇，吴英俊也理解了她的意兴阑珊，快快地买了第二天返程的票。

虽然才短短四天，却若星移斗转了好几个轮回一样。他们回到卧槽马的时候，那些熟悉的厂房、烟筒正在夕阳下静静流淌，还有碎散在天池河里的霞光像鱼鳞一样浮动。

刘招娣看着天池河水哗哗地流向远方，眼泪也莫名其妙哗哗地流淌，抹一把，满脸的湿漉漉，心里一阵钝痛。吴英俊心里空荡荡的，像丢失了一样什么东西，想不起来也找不着了，或许是出发时那种胜利的喜悦被她的眼泪冲走了。

6

清闲了一段时间，充斥在社会上的各种躁动又开始在化肥厂蔓延。厂里的青工与社会青年之间的斗殴又开始变得频繁。电影院，舞厅，球场，厂大门口，甚至外面的马路上，都成了双方武斗的战场。

电影《少林寺》已经连续放映十场了，依然场场爆满。外面还有人在等着散场后，进入下一场。广播里循环播放主题歌，日出嵩山坳，晨钟惊飞鸟，林间小溪水潺潺，坡上青青草……黄花正年少，腰身壮胆气豪。空气里弥漫着一股快意恩仇的味道。

保卫科长张建新浑身的肌肉都绷紧了，好像闻到了大战来临前的滚滚硝烟味道。军绿色的挎斗摩托车每天都停在电影院门口，他表情严肃地带着几名联防队员在周围巡逻。果然是越担心越出事。出场的人往外拥，进场的人往里挤，就是两股水在这样逼仄的空间里遭遇，也会产生巨大的旋涡。

先是听到几声怒吼，接着几个人就扭打在了一起，像波浪簇拥着旋涡一样。但很快，人流竟然泾渭分明，自动退成了摩拳擦掌的两支队伍，劳动人民的阶级立场立马就显现出来了。是化肥厂的工人和卧槽马的年轻人拧在了一起。

双方的人开始各自往外退，形成了一个圆，圈住了中间几个手忙脚乱的人。化肥厂的人与外面的人打群架，仗着人多，又是主场，会围成团呐喊助威，再趁乱递冷拳。每到这时候，胡远方就显得最兴奋。他跳得最高，叫得最响，沸腾的血液在身上乱窜。跑到眼睛里，眼睛就红得怕人，跑到手心里，手就痒得不行，好像这样的场合就是给他这样的人准备的。而他又像一只嗅觉灵敏的猎犬，总是能不停地捕捉到这样的机会。

刚刚从电影院出来的胡远方血红的眼睛正闪闪发亮，还沉浸在觉远和尚痛杀王仁则的畅快里，化肥厂的人群一看到胡远方走过来，感觉心里有了主心骨，顿时群情激昂，自觉给他闪出了一道人缝。

胡远方摆出了刚刚在电影里学会的一个招式，叫白鹤展翅，马步下沉，双臂向后反转着张开，手呈鸡爪。大家更兴奋了，等着看一场好戏开演。张建新粗暴的喊声已经从远处像机关枪的子弹一样扫射过来了，团团嚷嚷的人群像盾牌一样挡住了这串子弹，子弹穿透不了嘈杂的人声。等他挤进人群时，看到胡远方揪住一个人的衣领子，老鹰捉鸡一样，那人正伸着一张表情怪异的脸，准备迎接胡远方高高扬起的拳头。

张建新穿着公安的制服，双手上抬，再使劲地压下去，像音乐指挥一样，一次，两次，沸腾的人群一下一下地安静下来。胡远方拎着那个人的动作也像雕塑一样静止，高举的拳头被张建新一把握住。几个联防队员过来七手八脚地把人带出了人群。武打戏看不成了，人们很失望，就兴味索然地散了。

保卫科有个审讯室，放了两把条椅，胡远方他们几个蹲坐在上面。张建新进来了，目光凶狠地扫射着蹲在条椅上的人，大声问谁先动的手。

一遍又一遍。他的声音在墙壁上发出嗡嗡的回响，他们也只是仰起半边脸看着他不敢作声。张建新一边问就一边将自己的袖管卷起来，卷完了左手的袖管，又开始卷起右手的袖管，做出的是要左右开弓的样子。气势很吓人，不是吓人，他是真的准备打人。

张建新经常说，伟大领袖毛主席教导我们，枪杆子里面出政权，拳头下面有稳定。当地的一些村民，有时窜到工厂车间里偷盗一些物资拿出去变卖。起先是废铜烂铁，后来发展到直接拆卸机器零件，甚至到肥场上去偷肥。此类事情屡禁不止，黄政勇头痛至极却也毫无办法，就鼓励保卫科的人加强巡逻，抓典型，杀一儆百。

有次就捉了个现行，张建新就在这个人脖子上挂一块生铁，几十斤的铁块压得身体都弯成了虾米，联防队员架着虾米的胳膊在厂区里游行，最后一直游行到了卧槽马乡政府门口，羞得王友忠都不好意思开门，这种方法很是摧残一个人的颜面。有时逮住了，就现场打人，他喜欢脱了鞋，拿着臭烘烘的鞋在人家脸上抽出鞋底子的印花来，像盖了戳一样，红肿几天不得消散。虽不使人致残，却是极易毁掉一个人的尊严。张建新用残暴的手段赢得了令人震慑的威严。黄政勇很满意，说对待敌人就是要像秋风扫落叶一样。

姜大民刚刚送走几个客户，正从门口往回返，扭头看见了蹲坐在条椅上的胡远方。胡远方刚刚摘掉留厂察看的处分恢复了厂籍。但近期有几次参与打架后都趁乱逃离了现场，保卫科已经有过备案。这次打架再上报到厂里肯定被开除。

胡远方想着可能面临的结局，刚才满腔的热血早就凝固了，浑身爬满了蚂蚁一样难受，肢体扭动，把自己的脑袋拍得砰砰砰直响，像是在拍打一个还没有熟透的西瓜。

姜大民顿住脚，拐了进去。张建新感觉进来人了，转过脸看见是姜大民，就捋下衣袖。他暂时放了这几个胆战心惊的人。

两个人亲热地走到外面抽烟，三言两语，姜大民就知道了事情的大概经过。姜大民心里琢磨还承着胡远方一个人情，他那次低血糖晕倒，是胡远方救了他。你来我往，像下棋一样，张建新就摸准了姜大民的想法。他走进审讯室，叫出了胡远方。胡远方像只斗败的公鸡，耷拉着脑袋出来了。

张建新平静的神情里依然藏着一股不怒自威的气势，他大声地训斥，他其实是说给屋里的人在听。他们打架，你去劝架本来是件好事，劝架要注意方式方法。要不是姜科长亲眼看见，谁能给你证明清楚。下次再这样和稀泥，饶不了你，快走吧。

胡远方愣了半天，看看姜大民，终于明白过来。这才感恩戴德地作揖称是，跟着姜大民离开了这个让人恐怖的地方。

姜大民没事似的拍了拍胡远方的肩膀，有时候冲动不是好事啊，留着力气多干点活，争取当个劳模。

胡远方很不好意思地笑了，是一个单纯羞怯的表情，露出了满口白牙。临走却冒出来一句没头没脑的话，今后姜科长有用得着我胡远方的地方，尽管开口。声音像远方的雾霾，缥缈还带点说不出来的味道，飘散在他越来越远的背影里。

刘梦娜已经身怀六甲，挺着肚子在家里做了满满一桌子的菜，还熬了粥。姜大民经常出差，应酬也多，饮食无规律，胃不太好。主治医师刘之明很有经验地告诉她，一个结婚的女人，应该像一株藤本植物，根须触角必须牢牢攀附于这个男人，首先得把他的胃抓牢。这是一个体面而有趣的办法。刘之明的老婆正在食堂跟着谢小兵学做厨师，每天在家里换着花样做实验，把刘之明的体形实验成了膨胀的发糕。

刘梦娜就在厂图书室借了几本菜谱，没事就在医务室里认真学习，还准备了一个笔记本，记满了烹饪技巧的要领，回家就试着做。日复一日，月复一月，厨艺大有长进。刘梦娜不仅用厨艺拴住了姜大民的胃，还用身体勾住了他的魂。姜大民经常出差，暂时的分离，却要付出更长久的惦念。刘梦娜就很珍惜两个人在一起的夜晚，每一夜的结束都让她伤感，似乎每一夜的结束对她都是一次告别。她的眼睛、舌头、手指头、脚指头、胳膊、腿、胸脯，就成了一群调皮好动的动物，跑到姜大民的脖子、耳朵、肚皮、大腿根部，哪里敏感往哪里跑，跑得姜大民浑身酥酥麻麻地痒。她的柔软，她的火热，她的热情奔放，她的默契配合，都没法不让他斗志昂扬地投入，彻头彻尾地投入，寸金寸光阴地投入。两口子每次都恩爱得不行的样子，如痴如醉。

姜大民一边幸福地喝着粥，一边给刘梦娜兴奋地讲着外面的精彩。一张喜悦的脸，一直绽放着笑。饭快要吃完的时候，姜大民突然问了句，你妹妹还没怀上吗？他指的是刘招娣。

他从来不在她面前提刘招娣和吴英俊的名字，用的是你妹妹和你妹夫。虽然现在是一家人，就像长在一个园子里的作物。但他和吴英俊的关系，丝瓜藤是丝瓜藤，南瓜须是南瓜须，就算搭在一个架子上，终归还是各绕各，互不纠缠。

大家聚在刘建设家里一起吃饭。每次都是刘建设坐中间，姜大民和吴英俊就分坐一左一右。喝酒的时候，三个人同时举起杯子，但有两只杯子很难直接相碰，是刘建设的杯子逢中一撞俩，像打台球一样分出来双花球。三只杯子在空中轻巧地碰一下，迅速弹离。两个人的目光也是，装了弹簧一样，碰一眼，马上跳开。

只有喝到醉意蒙眬的时候，两个人才相互碰杯，道出的肺腑之言里又暗含了许多双关语，只有两个人才明白的意思。对方的眼里和酒杯里似乎都还盛着话，那不是爱，也不是恨，那是一种说不清楚的东西，它经历了反复无常的变化和积累，双方又都能感受到对方目光中深深的窘态。连说出来的话也是干巴巴的，像旧扫帚扫出来的垃圾疙瘩。

这让刘梦娜总有种堵滞的感觉，她悄悄地问过刘招娣，也是这种感觉。连她们也始终闹不明白这两个男人到底是哪根筋扭出了什么毛病，连襟里生出来这么一道间隙。她们的猜测是抽象的、表观的，只能看见森林但看不见树木，只能看见水但看不见鱼。那是男人们之间的秘密。

刘梦娜轻轻地喝了一口汤，嘟囔着说了一句，好像是没有。

姜大民装作没听见，也不接话，自顾自地去舀汤。坐下来，给刘梦娜说了一个带点黄色味道的谜语，让她猜一物。又坏笑着提示她，这可是个你天天想用天天用的物件啊。谜题是，五寸长个硬棒棒，一头有毛一头光。伸进去戳它几下，只见水里冒白浆。刘梦娜的脸红了，把筷子往碗上一扣，假装生气却是娇嗔的口吻，抚摸着隆起的肚皮，说你真坏，莫把儿子带坏了。姜大民就知道她上当了，轻轻地刮了一下她的鼻子，笑眯眯地说，你才是好坏，想成什么了啊？这是一把牙刷。刘梦娜愣了一下才恍然大悟，心里说真是形象啊，脸上却笑开了花。姜大民眉眼里都是欢喜。

第三章　厂庆

1

化肥厂的效益好。职工们真是幸福，逢年过节发放的福利都是双份的，工会里刚发了两床被单，厂办公室又发了两袋大米，两壶油，两大箱椪柑，两大箱苹果，两大箱梨，两条大草鱼，还有两张十斤的肉票。双职工就成四份了，全家人再怎么使劲吃也吃不完，最后只能眼睁睁地看着它们烂掉。

千家万户的烂水果跑到了垃圾堆，挤作一团又沤在一起，发了酵的甜味开始在生活区里弥漫，后来忍不住还翻出围墙跑到了卧槽马。卧槽马的空气里也有了一种甜丝丝的味道，这让村民们又嫉妒又气愤，赶紧关紧了大门说，这是腐败的味道。腐败好像成了一个无限丰富的潜台词。

腐败其实还是个刚刚流行起来的热词，羞答答的，有点怕丑，搭着一层遮羞布，顶多叫不正之风。主要在人事安排这个层面上扭扭捏捏，物质利益也不过是吃香喝辣，烟酒糖茶。化肥厂的效益好，福利好，奖金多，有关系的人都想往这里调。

连化工局长覃大贵都想申请到化肥厂来接替那个行将退休的党委书记，行署没同意，他黯然神伤了好长时间。

楚大银连高中老师也不愿意当了，跑到厂办公室谋了个宣传干事。以前办公室只有尚华东一个宣传干事。后来又托关系来了一个美术院校毕业的崔远洋。人越来越多，一个厂办公室装不下这么多人，就慢慢分成了党办、厂办、工会办、宣传处、后勤处、人事处、政工处，原来的办公室主任就变成了行政副厂长。

财务科也不甘示弱，立马改成了财务部，里面分了会计处、稽核处、票据处、核算处，原来的财务科长变成了财务副厂长。

紧接着供销科也分成了原料供应处、设备供应处、主产品销售处、副产品销售处，姜大民改成了经营副厂长。

生产部门也在不断进人，机构不断扩张，生产科分成了设备处、动力处、技术处、计量处、调度室，吴英俊变成了生产副厂长。

车间变成了分厂，原来的工段改成了车间。虽然事还是那些事，但干事的人越来越多了，看人干事的干部也越来越多了，要管理看人干事的干部的领导也越来越多了。现在化肥厂里上班的人，后面不带个长都觉得不好意思介绍自己了。

化肥厂慢慢变得越来越像印度火车，每个部门就像每节车厢，座位早就占满了，过道里是人，连车顶上也密密麻麻地挤满了人。

黄政勇曾经负隅抵抗过，慢慢他就招架不住了，直到溃不成军。他办公桌的抽屉里码了一沓行署里很多局长科长写的各种便条，有请他帮忙给亲属关系调换一下岗位的，有想从其他单位调动到化肥厂的，还有希望临时工转正的。这个正直的军转干部，刚开始他心里的那碗水宁静得连一丝波纹都不曾漾过。

他觉得最不可思议的是连王友忠都托人捎话，希望他帮忙把王怀亮调到供销科。凭交情，他完全可以亲自说，但他请的是公安局长帮忙捎的话。黄政勇始终笑而不语，像个瞎子对递过来的纸条视而不见，像个聋子对捎过来的话也是听而不闻，其实心里却是吃了黄连一样，苦不堪言。

备受煎熬的黄政勇就找老领导李春海聊天诉苦，退休在家的李春海每天侍弄花花草草，对外面一些情况其实也有耳闻。大汗衫，大裤衩子，摇着蒲扇仰在躺椅上，眼皮耷拉着，听黄政勇在那絮絮叨叨，似听非听，嘴角的哈喇子都吊起了丝，像是躺在一堆往事里要睡过去了。

黄政勇就停下来，不讲了，让老领导休息一会儿。话刚停，躺椅却发出一片岁月的咯吱声响，老领导挪了下身子，换个睡姿后又半睁开了眼，说继续讲嘛。老领导把身子沉稳住，躺椅就安静不动了。

黄政勇又开始讲他的担心与隐忧，该讲的似乎都讲完了。黄政勇心里还是一团恍惚，就低头喝茶。聊天就应该像下棋一样，图个你来我往，见招拆招，任你连环炮卧槽马，老领导就是按兵不动。黄政勇心里很是落寞，便起身告辞。老领导这才全睁开了眼，目光很深刻地看着黄政勇，说时代在变，规则在变，要懂得随势顺变。堵不住，就疏嘛。扛不住，就放嘛。糊涂庙里食糊涂。说完，又耷拉下眼帘，这次是真睡着了。

太阳西移，窗外的一抹斜阳洒在李春海安详的脸上，光柱里有许多岁月的尘埃在静静地跳跃。

这个夏天，黄政勇的儿子黄祖华报考了峡湾地区重点高中，中考分数刚刚够录取线，有点悬。他老婆心里不踏实，让他去教育局疏通疏通，天天吹枕头风。在省城工作的女儿黄华丽也给他写来长信，苦口婆心语重心长的语气里，倒像在规劝一个不懂事的孩子。唠叨多了，他很不耐烦，说话的声音就有点大。他就大着声给老婆讲，考试是一场公平竞争的游戏，不要破坏规矩。已经过线了，该录取自然会录取。这时候去找人就是丢人，我丢不起这个人。隔墙有耳，儿子在隔壁听得清清楚楚。

第二天见他像见了仇人一样，寒意森森的眼神让人心里打冷战，直看得黄政勇心里一凛一凛地难受。也是鬼使神差，刚好那天要去外地开会，又恰好路过教育局。黄政勇就贼一样找到了教育局长刘小杰，两个人其实也没什么特别的交情，都是人大代表，只在一起开过两次会。刘小杰却兴奋得像见到了久违的亲人一样，嘘寒问暖，倒让黄政勇忐忑不安，不知从何说起。还是刘小杰先递了梯子过来，说黄厂长无事不登三宝殿，是孩子上学的事吧？黄政勇更窘迫了，滔滔不绝的口才变得语无伦次了。刘小杰打捞出了他的意思，马上从笔记本上撕下一页纸，写了个条子，折好，又让办公室主任带黄政勇到楼下的招生办，客气的感觉仿佛是他在求黄政勇办事。

事情办得很顺利。招生办王主任看到局长便笺上龙飞凤舞的字，就埋头在厚厚的一堆档案里翻找出黄祖华的档案，现场就办好了录取通知书。黄政勇很感动，就寻思着请大家吃顿便饭。刚出门就碰到一个人，差点撞个满怀。那个人是办公室主任，一直站在门口等他。伸出手，退后半步，礼貌地做出个请的手势，说刘局长已经安排好午饭了，让我过来接您，车已经停在了楼下。

这一顿饭，让黄政勇吃得很不自在。刘局长和王主任轮番给他夹菜、敬酒，那是贵宾一样的礼遇，走时又拎出两盒采花毛尖硬塞进了他汽车的后备厢里。

略带醉意的黄政勇回到卧槽马的时候，阳光正洒落在高耸入云的烟囱上，基调明亮，发出暖白的光，与天上的白云连在了一起。邻近围墙的厂幼儿园传来一阵稚嫩的童声，你拍一我拍一，一个小孩坐飞机。你拍二我拍二，二个小孩梳小辫儿。你拍三我拍三，三个小孩吃饼干。他陡然生出一种陌生感，恍惚如在梦里头。

儿子到峡湾中学报到后不到一周的时间，一天下午刘小杰说是去省城开会回来，顺道拐到了化肥厂。他很关心地问了儿子在哪个班，想读文科还是理科，还讲了家长应该如何面临孩子青春期的教育问题，表情永远是春风拂面的微笑，把黄政勇的心里暖得热乎乎的。眼看就到了要吃晚饭的时候，刘小杰抬腕看了一下表，作势要走。黄政勇哪里肯依，讲了来而不往非礼也，贵客临门喜上眉梢，一大堆体面的客套话喷涌而出。刘小杰搓搓手说盛情难却，那就恭敬不如从命啦。

美酒佳肴，主宾相谈甚欢，眼看最后一杯酒下肚就该散场了。刘小杰才侧过半个身子在黄政勇耳边细语了一下，说他有个妹妹现在环卫所工作，太辛苦了，看能不能帮忙调到化肥厂来。如果为难，这话就权当没说过。然后，还是面带春风的笑容，反客为主，把杯中的酒一饮而尽，朗声说这杯酒我要先干为敬啊。黄政勇脑海里是电闪雷鸣，这可是容不得他思考的一杯酒。黄政勇心里痛苦万状，豪气地喝下这杯酒，却像吞了毒药一样难受。他回去犹豫了很久，内心里充满了负罪感。

挨了一个月，黄祖华每周回来汇报学习情况时，说校长这周亲自找他谈话了，说这周班主任送给了他一本辅导书，说这周教务主任又表扬了他。温度越来越高，就是石头也要被烤红了，内心焦灼的黄政勇辗转反侧了一宿，虽然痛恨这种光鲜外表下的旁门左道，还是把刘小杰的妹妹刘小娟从臭烘烘的垃圾站调到了化肥厂香喷喷的图书室。

化肥厂党委书记的老伴儿突发脑梗，送进了医院，几天人事不省。院长是心脑血管专家，妙手回春救了她。出院没几日，书记过来找到黄政勇，从革命史讲到企业史，最后才吞吞吐吐地说，马上就要退休了，这一辈子没求过人，没说过矮人的话，老伴儿跟了他一辈子也只求过他这一次，说着眼圈就红了。抖抖索索地拿出来一张纸，上面趴满了蜘蛛一样大的字，好几个横行霸道的字都爬到格子外面去了，架势十分生猛。这是书记亲笔写的字。书记没读过几句书，一辈子枪林弹雨。枪法好，杀过不少敌人。书法不行，没写过几行字。黄政勇在上面签字时，也是一阵鼻子发酸，差点握不住笔。没过几天，院长的小舅子就到化肥厂来上班了。

虽已入秋，暑气未尽，秋老虎仍有几分淫威。质检局派人过来抽样检查，在厂里取了几个样带走了。第二天，给厂里送来了一张检验报告单，说部分产品不合格，然后直接拐到了仓库，掏出来大红公章，盖在白色的长封条上，当场就查封了几垛说是抽检不合格的化肥。这几垛化肥像一群受伤的士兵，身上缠满了绷带一样的封条。临走扔下一句话，比白封条的白更直白。谁动了封条，法律后果自负。

进入白露，气温渐凉，就进入了化肥生产的黄金期。正是生产旺季，全厂的职工们都憋足了劲，盼望着在这几个月里能多拿超产奖。压力容器检验所过来了几个人，在管道间穿梭往返，像医生一样拿着诊断器械，东听听西摸摸，终于兴奋地探测到了几根压力管道的焊缝不达标。很严肃地拿出了停产通知书，要主管厂长吴英俊在上面签字确认，要求限期停产检修。毫不客气地批评了吴英俊安全意识淡薄，尖酸刻薄的语气让吴英俊无地自容，他的脸红一阵白一阵。

秋分来到雁南飞，这也才算真正进入了秋天。大雁在天上一会儿飞成一字形，一会儿又飞成人字形，煞是好看。物价局的同志们也戴着大盖帽整齐地走过来了，在进厂的时候呈一字形，进入厂区后就乱了队形。他们的队形没有天上的大雁整齐划一。但他们一身正气满脸严肃，说接到举报，你们有扰乱社会主义市场物价的嫌疑，果然从销售科查到了几单废料处理的买卖合同。未经报批擅自低价销售，要处以销售额十倍的罚款。这是一句比落单孤雁悲鸣更悲凉的声音。

这真是一个多事之秋。各种麻烦像流水一样往黄政勇的脑袋里灌，黄政勇感觉脑袋里的水已经盛不下了，在哗哗地往外流。从眼睛里流出来，眼睛不瞎了，看到的是百花争艳。从耳朵里流出来，耳朵不聋了，听到的是百鸟啁啾。他赶紧从抽屉里翻出了那一沓关于招工的纸条，上面已经蒙上了一层灰，像新生的细密绒毛。

他噗噗地吹净了落在上面的灰尘，一张一张仔细地琢磨，像个高明的医生在给危重病人诊断病情研究处方。药到病除，真是灵丹妙药。质检局长的外甥上午报到，下午就有人过来说，上次抽检化验结果不准确。被查封的那几垛化肥，很利落地被揭了绷带，伤兵们重新体检后又成了合格的战士。压力容器检验所更诡异，不仅取走了限期停产通知书，还说这种情况可以不用全面停车，局部检修就行。还神色羞愧地强调这是黄金生产期，千万千万不要耽误生产。感觉比磅房里那个刚调来的羞答答的女孩还要腼腆，女孩叫马海燕，她的叔叔就是压力容器检验所的所长。物价局的罚款也免了，理由是残次产品可以调低价格销售，到物价局报备一下就行。没有人知道这个副局长的表弟刚刚调到了销售科。

秋寒不动声色，却有着别样的凛冽。黄政勇刚刚松完一口气，又碰到了更大的麻烦。化肥厂在检修管道时，发生了一次氨气轻微泄漏，刺鼻的气味惊动了卧槽马的村民。村民们像暗地里有人组织一样，呼朋唤友浩浩荡荡地聚集到了化肥厂的大门口，刚开始是梗着脖子进行咳嗽比赛，看谁的声音最大。貌似被氨气刺激过的嗓子，喀喀咔咔此起彼伏，听得黄政勇浑身起鸡皮疙瘩。不断围拢来的人就像是被风吹过来的，就像是雪花那样密集，越积越多。

村民们开始扯起了横幅，像电影镜头里游行示威的革命群众，举着粘在小棍上的标语喊口号，一浪又一浪，直喊得人心慌意乱。更恼火的是他们把化肥厂围得水泄不通，煤不能进，肥不能出，厂里的工人要翻围墙上下班，眼看活人就要被一泡尿憋死。

第二天早上，王怀亮却神奇地从电工班跑到了设备供应科上班了。傍晚时分，神气活现的王友忠带着派出所的人倾巢出动，把标语横幅扯过来一把火烧了，村民们像参加篝火晚会一样，围着熊熊大火载歌载舞，丝毫没有散去的意思。驴脾气的王友忠终于拉长了驴脸，驴脸在火光的映照下显得十分滑稽，大家闹腾得更欢了。他把驴脸拉得更长了，变成了马脸，挤出来的声音皱巴巴的，在风中发着抖。滚，快滚。气急败坏的王友忠指挥派出所长把闹得最欢的两个人铐了起来，塞进了警车。砰砰，派出所长又朝天放了两枪，人群安静了。王友忠这才威风凛凛地叉着腰站到了台阶上，把过节一样意犹未尽的村民们骂得落花流水，落荒而逃。没等篝火灰飞烟灭，化肥厂就恢复了车水马龙的繁荣景象。

2

化肥厂新上了一套十八万吨合成氨三十万吨的尿素装置，那些年国内尿素主要靠进口，卖得比白糖还金贵，揣着钱也不一定能拿到货。到厂里来拖肥的车排起了长龙，周边县里的农资公司干脆派了业务员长驻厂里催货。厂里的招待所住满了，就跑厂外面住。

卧槽马一下子冒出来这么多天南地北的人，大街小巷变得活跃起来。周边的村民们纷纷紧邻着厂区自行搭建房子，雨后春笋一样，一溜溜的铺面沿着围墙连到了厂门口，看起来更像一些杂乱无章的火柴盒子，但整个卧槽马的繁华似乎都被吸引到这里。

小方桌、八仙桌、长条桌铺上了塑料布，花花绿绿当街一摆，围上高高矮矮的椅子凳子，吆喝声里，湖南的米粉，贵州的酸汤鱼，重庆的火锅，武汉的热干面，五峰的土家菜，把各种地方特色小吃都聚拢来了。

过几天，街上冒出来一家叫意乱情迷的录像厅，播放的是港台的枪战片、艳情片，枪声呐喊声呻吟声一阵紧一阵地从垂下的帘子里钻出来。紧跟着隔壁又开了一家叫夜色玫瑰的歌舞厅，嘭嚓嚓嘭嚓嚓，魔球灯旋转，人们在五颜六色的灯光里像鱼一样欢快地游来游去。

卧槽马变成了充满诱惑的夜香港，好些戴着面具的奢靡也都藏在了这热闹里。卧槽马的风光消融了化肥厂工人文化宫、电影院曾经的热闹，围墙内的喧嚣开始往围墙外流失，像决了堤一样。

居住在生活区里的人们，每天要上班、上学、购物、会友，那些埋伏在拥挤纷乱中的日常生活就会浮现出商机。卧槽马街道两侧的门面像中药铺的小抽屉，全胜商店，卫东肉铺，北门红油面馆，晓华服饰，云超大药房，三分钟配钥匙，火补轮胎，六福珠宝，每个抽屉里装着不同的一目了然的生活功能。卧槽马的生活就实实在在地隐藏在那些挂着不同招牌的门面里，成了肢解人们零碎生活的商业现场。现在似乎整个卧槽马的繁华都拥挤在了这段几公里的街道上。

每到下午，装满了尿素的货车从厂大门摇晃着开出去。有点像老母猪下崽，一个接着一个来。黄政勇看着这一切，开心得鼻头发酸，所有的付出都值了。他忍不住笑了一下，像被谁挠到了胳肢窝。

姜大民坐在调度会议室，剔着牙花子，梗着脖子打了一个酒嗝。他手里拿了一沓订货单等黄政勇叫他报销售计划，这时候他更像一个下达作战命令的指挥官。

黄政勇现在每天都参加生产调度会，供不应求，产销不平衡，每天的生产计划满满当当，排到了一个月后，订单还像雪花一样在飘。黄政勇兴奋地搓着双手，把目光投向吴英俊。

雪花从姜大民的嘴里一片一片地都落到了管生产的吴英俊的身上，身上白了，脑袋白了，连睫毛上都落满了雪花。吴英俊像个清扫积雪的清洁工，这是一场无止境的消耗。刚刚清理干净前面的一片，一回头，身前身后又落雪成毯了。这让吴英俊急火攻心一样难受。

黄政勇还在苦口婆心地讲，是尿素养活了化肥厂三千多名员工，大家要齐心协力让装置生产更多的尿素。他说大家的时候，别人的目光都齐刷刷看向了吴英俊，仿佛吴英俊是代表了大家。只有姜大民垂下了眼帘，心绪复杂，莫名其妙地生出一丝愧疚，好像是他带给了吴英俊巨大的压力。这样的下午过于漫长，吴英俊甚至试图逃避每天的调度会。他特别忍受不了姜大民居高临下般的怜悯眼神。

千万台生产装置铆足了劲在运行，吴英俊带着工人们挥汗如雨，为了让冒着热气的造粒塔不断地喷射出白花花的尿素，吴英俊在操作室的休息间摆了一张行军床，把自己囚禁在车间。只是每周回家换两次衣服，在他眼里，家也只是个睡觉的地方。他倒乐意天天伴着机器的轰鸣入眠，梦里头都是产量的曲线图，各种消耗指标在变化。半夜里他听到一阵猫叫声，从窗户外倏忽而过。这是猫发情的信号。他翻了个身，再也睡不着了。

吴英俊和刘招娣的关系也不知从什么时候开始变成了白开水，寡淡无味。新婚蜜月，应该是比蜜还要甜的日子，他们却过出了苦涩的味道。他们从武汉回来后，他就感觉那种幸福时光像小蜜蜂一样嗡嗡地飞走了，两个人再怎么折腾也酿不出蜜的味道了。

刘招娣好像沉浸在一场电影里出不来了一样，两人刚一上床，还没热身，她的耳边便响起了开水瓶的爆裂声，孩子的哭闹声，粗暴的呵斥声，特别是清扫玻璃碴子刮锅底一样的刺啦声，心里直发慌。浑身的肌肉立马紧绷绷，一种说不出的恐惧感让她把脸埋在了吴英俊的肩头，双手紧箍他的腰，任他怎么也掰不开。如果他想亲热，会像猫捉老鼠一样，要经历耐心的等待。刘招娣像只躲藏在角落里的老鼠，一直在和他进行某种难以启齿的周旋。见他上床了，才去洗头，她会用干毛巾搓揉半天，再用吹风机呼呼地吹，吹完又用梳子细细地捋头发。以为要结束了，她却跑到厨房去切黄瓜，薄如纸片，左边一片，右边一片，一片压住一片地贴，费尽工夫地贴，然后满脸碧绿地看书，等黄瓜片干透。书也翻完了，又去卫生间揭黄瓜皮，再细细地洗。

好多次，吴英俊被她临睡前烦琐拖沓的节奏熬得疲惫不堪，感觉都要迷迷糊糊地睡着了。她才蹑手蹑脚地上床，还是惊醒了他。他是假装睡着，心里早火烧火燎一样，翻转身子就逮住了她，却是异常地艰涩，像年久失修的连杆在没有润滑油的缸体里运动。好容易完成了这桩事。转身却听见哭声，一抽一抽的，仿佛受了什么委屈。他就转过身去扳她身体，很关切地追问到底怎么啦，可越问她越哭得厉害，到后来，都快哭成了泪人，甚至发出了肝肠寸断的哀号。他就明白她还没有从旅行结婚的阴影里走出来，往事成了她的心病。他就安慰她，细细地抚摸，他想时间终究会消融掉心中的那些阴影，就耐着性子让欲火把自己烧成了炭，也不去碰她。

他相信炭也是激情燃烧后慢热的火，只要再放进炉子里还会生出熊熊烈焰。事情恰恰相反。随着时间的推移，刘招娣却是越跋涉越深，已经完全陷到了那些夜晚的淤泥里。淤泥越积越深，火苗没了，把炭也埋了。夫妻恩爱里应该有一种潮湿的甜味，是身体交融的多滋多味的甜味。两人世界里一旦失去了那种甜味，就像两个探险的人突然跑到悬崖，万丈深渊已然尽收眼底，小心翼翼的脚步都会乱了方寸。

站在悬崖边上的吴英俊，感觉没有甜味的屋子已经清澈见底，每样家具都现出了清冷和寂寞，锅、碗、瓢、盆、桌子、沙发、蒙着灰的手风琴，都显出的是神态各异的落魄样子，甚至连镜子里的自己也在一呼百应着某种苦涩的气味。更苦涩的是姜大民的儿子姜军已经能够甜甜地叫他姨父了，他和刘招娣还是对影成双人，心里面更是五味杂陈。想着自己这边田地龟裂寸苗不生，姜大民那边肥田沃土稻穗结实，心里充满了看不到面积也看不到体积的压抑。两口子去了好多家医院，找了好多位专家，怎么检查，两个人都没问题，种子撒了不少，就是没一粒发芽的。刘建设几次偷偷摸摸地跑回湖南老家，寻偏方找苗药，隔一段时间就神神秘秘地拎回来几袋中草药，都是背着吴英俊干的。但刘招娣弄得满屋子都是中药味飘荡，久久不散，这瞒不了他。

吴英俊下班后就歪躺在沙发上看书，等刘招娣把菜端上来，都不用抬头看，菜的花样不会超过三种，即使偶有变化也是随着节令换换时蔬。刘招娣买土豆都是成袋地买，从丝到片到块的变化在三百六十五天里。然后是鸡蛋汤，鸡蛋随着季节配西红柿、丝瓜、白菜，冬天了就配紫菜。然后是肉丝，轮番配了青椒、芹菜、胡萝卜、白菜梗子甚至土豆丝。她要保护嗓子，菜也是格外清淡。吴英俊说我嘴里长了个鸟窝，里面有一只鸟。刘招娣还真去找手电筒要看他的嘴，以为起泡了。他苦笑着用手挡住了手电筒，我是说嘴里都淡出了鸟味。刘招娣也没了恋爱时研究探讨诗歌的激情与敏感，顺口就说了句那你可以去食堂吃啊。空气就停顿了一下，然后又是吧唧的咀嚼声。淡而无味，就像吴英俊和刘招娣现在的境遇。

一场秋雨一场寒，天气一天天变冷。吴英俊真搬到厂里去住了，心里又不禁生出几分悲凉。特别是夜风吹来，轻寒浸润，让他猝不及防地就陷入某种失重感，晚上睡在车间，白天吃在食堂，整日穿梭在管道设备中间，感觉自己也成了车间里某个在旋转的机器，头重脚轻。他在夜色中凝视远处的造粒塔，仿佛看见一根巨大的阳具正插入夜空。这让他为自己一塌糊涂的婚姻生活感到脸红。他刚参加工作时的那种浪漫，仿佛也被婚姻和工作消磨殆尽。浪漫是一种缥缈的情怀，充满轻盈的感觉。虽然装在脑袋里，却可以听到鸟叫就想到飞翔的翅膀，看到落叶就想到秋天的风，见到乌云也会想起雨后的彩虹，它能把沉重压抑的东西变轻，让你的心情像羽毛一样飘浮。但现实成了一块沉甸甸的石头，压住了吴英俊轻飘飘的浪漫。

轻飘飘的浪漫现在都飞到姜大民那里去了。他在客厅里织毛衣，是灰色马海毛。马海毛在他怀里毛茸茸地蓬松成一团，像抱了一只灰色的猫。刘梦娜辅导儿子姜军写作文。

姜军的名字是请黄政勇帮忙取的。黄政勇说工农商学兵，你都干过，小时候是农民，现在是工人，负责供销，干的又是经商的活，念过书，当过兵，但没当过将军，一代要比一代强，取个谐音，姜军。威风凛凛的将军，挺好。黄政勇是中校转业，离将军还隔着上校、大校两个级别呢。

姜大民心花怒放，感觉现实已经超过他的理想生活了。温柔体贴的妻子，虎头虎脑的儿子，满屋子的家具都有种说不出的亲热，都在笑眯眯地看着他，一回家就通体舒泰。这才是属于他的殷实生活。

姜军写的作文，叫《我的理想》。其实也算不上作文，才二年级，应该是练笔。他一笔一画狠着劲，笔头把作文本都戳出了好多窟窿，棍棍棒棒地架了有百十来个字，伸胳膊踢腿的，很欢实。更欢实的是内容，写的是我长大后要做个像爸爸这样对社会有用的人，天天坐小车，喝好酒，抽好烟，下馆子，认识好多有钱的朋友，有好多的叔叔还给我们家送苹果呀、香烟呀、酒呀、鱼呀，好多好吃的、好玩的，把家里都堆得满满的，我们怎么吃也吃不完，就往姥姥家里送，一家人都跟着觉得幸福。

刘梦娜看得冷汗直冒、后背发凉，赶紧喊姜大民过来看。姜大民放下手中织了一半的毛衣，赶紧过来看，脸上的肌肉也开始抽搐起来。这不是作文，这简直是举报信。他满脸郑重又小心翼翼地教导姜军，儿子呀，你这么写老师和同学们要笑话你呢，说你小小年纪没有远大理想，要写将来读好多的书，考个好大学，懂得好多的知识，做个有理想、有知识的人，要用知识为社会作贡献，这才是受社会尊重的人。姜军的眼睛扑闪扑闪，仿佛明白了，说就是要我做个像姨父那样的人吗？你们不是说他就是名牌大学生吗？可我感觉不到他受到了社会的尊重啊。我看姥爷就喜欢你一些啊，好酒都给你留着，自己都不舍得喝。你们在骗我吧？顶撞得巧妙，稚嫩的童声里是理直气壮的质问。

两口子猛一下居然不知所措了。姜大民心里也在想，如果儿子的理想将来是做个像吴英俊这样的人，一个不明白人情世故的人，那就辜负了姜军这个名，连姜小兵都不配。刘梦娜赶紧说，你将来要做个像老师这样的人，比姑父对社会更有贡献，教好多的小朋友，桃李满天下，又光荣又受人尊重。而且这样写呢，老师还会好高兴好高兴的哦。

姜军看着将要完成的作文，被爸妈推翻了，很是不快，不愿意再重新写了。孩子的童真体现在执着上，不会轻易变通。这让姜大民很为难，感觉自己不光彩的尾巴被儿子无意间踩住了，不但不放，还想示众，出丑败相事小，惹出别的麻烦就很可怕了。姜大民的声音虽然相当平静，语调也很柔和，但姜军还是听出了其中的不平静、其中的凌厉。这个作文肯定不行，你今天什么时候重新写完什么时候睡觉。

姜军受了天大的委屈一样，气鼓鼓地看着姜大民，目光里有着与他年龄极不相称的寒光。姜大民愣住了，空气里凝了一层冰。刘梦娜赶紧把姜大民拖出了房间，反锁了门。用母亲的温柔一点一点地吹散着冷风，替他擦拭完眼角的泪水，又握住他的小手，一笔一画地朝着当老师的理想重新写了一遍。这篇作文是刘梦娜借儿子的手完成的，她也借用这双小手清除了一颗小小的炸弹。世风对社会的侵入是从每个家庭开始，表现在一点一滴由表及里的日常生活，那些隐秘的腐败差点被这个毫无人生经验的孩子揭穿了。

3

春天一冒头，一种奇异的香味开始飘散在卧槽马，仿佛是一场相反的风把去年的味道又刮了回来，这是椿树芽的暗香。鸟叫声从天空一掠而过，仿佛衔着香气在报喜。化肥厂的孩子们浩浩荡荡地走向野外，摘椿树芽。

回家的时候，大家会把篮子放在一起，排队一样摆整齐。一双小手会将篮子里堆成山的嫩紫色匀出一些到没填满的篮子里，直到看上去都差不多了。但香气还徘徊在篮子里，仿佛有一种流连与不舍。

下山的路上，王丽君牵着姜军的手，是姐姐呵护弟弟的小心翼翼，手心里的温暖融化着姜军，使他感受到一种除了父母之外从未有过的亲近、亲切。王丽君是王怀亮的女儿，大他不到半岁。他把一块不舍得吃的完整的核桃仁，塞到她的手心里，像握着一只褐色的蝴蝶，咬一口，唇齿间还弥漫着他手心里的汗味，心里却快活得像扇儿扇。

化肥厂的封闭造就了它的纯洁，院子里的每个孩子都相互认识，吃饭的点上，端碗米饭颠颠地跑，东家夹菜西家拈肉，等转回来碗也空了，叫吃百家饭。大人们亲热得像一家人，化肥厂孩子们的友情也像小火炉一样散发着温暖。这是生活区的一段幸福时光。

在这片生机勃勃的景象里，化肥厂即将迎来建厂十周年庆典。化肥厂创建之初就差点胎死腹中，历经周折，从无到有，从小到大，化肥厂人在这十年里付出了太多。十年披荆斩棘，十年筚路蓝缕啊。黄政勇专门向行署作了汇报。

行署很重视，要求厂里成立十周年庆典筹备小组，指定黄政勇亲自挂帅，并将方案报审。最后由行署邀请峡湾地委、行署在职及已离退休主要领导参加。特别是听到最后一句话，那是一出口即成大局的一句话，庆典规格立马爬上了峡湾地区的最高层次。

黄政勇很兴奋，心里面绽放出亮晶晶的礼花。这看似行署对化肥厂的重视，也体现了对他黄政勇的高度认可。不论权位高低，每个人在职业生涯中都会揣着最辉煌的梦想，那就是得到上级的赏识和认可。黄政勇心醉神迷，说不出地惬意。

黄政勇连夜召开了庆典筹备工作紧急会议，他的声音高亢激昂，像部队出征前誓师。除了详尽分工，还对节目选送提出了具体要求。一是内容要丰富，二是主题要健康，三是效果要精彩。最后特别强调各部门近期一切要围绕庆典工作开展，无条件积极配合庆典工作。

会议精神经过层层部署，化肥厂迎接庆典节日的心情已经喷涌而出了，所有人的快乐汇成了一条河流，兴奋在旋涡里飞溅着泡沫，还跳跃出浪花，从厂里一直漫延到了卧槽马。扫马路、挂横幅、贴标语、插彩旗、刷墙壁、冲沟渠，喇叭里播放的喜庆歌曲也是刘招娣精心挑选过的。

每个参与者的脸上都漾起一团团红晕，这红晕既是汗珠飞溅的酣畅，更是心里欢快的底色。在大家忙年一样迎接庆典的日子里，卧槽马的人和化肥厂的人心情是不一样的。

卧槽马的人目光里是充满敌意的，是拒绝与情景中的场面沟通与共鸣的敌意，心里在想，化肥厂又在烧钱，烧吧，总有一天要烧熄火！化肥厂的人是真心投入，是极尽所能地去感受、去贴近这热闹的，这是自家的喜事，感怀过去，憧憬未来啊。他们的目光像烟雾一样缥缈，风一吹都能拐弯。

波光荡漾的幸福日子，也感染着化肥厂的每一个人。刘招娣要做节目主持，吴英俊要拉手风琴，两个人都要上舞台演出。

这天两人约好一起去商场挑选服装。刘招娣三十刚冒头，又没有生育过小孩，还处在风姿绰约的年岁边上。高挑的个子，微耸的胸脯，身材依然能释放出凹凸有致的韵致美。轻盈的步履，微翘的臀部，妖娆的背影又泄露了她蚀骨的性感。就这么风摆杨柳地走在街上，那么得体，又那么突兀，连女人都忍不住回头多看一眼。万种风情里释放出的好像都是她对苍白生活的挑衅。

吴英俊心里咯噔一下，突然想起好多年没同她一起逛过街了，更别说浪费了多少个月明星稀的夜晚，有种想法像隔年的韭菜一样从心底冒了出来。逛到中午，服装鞋子都置办齐全了。吴英俊捉住她的手拖进了一个小饭馆，拿着菜单琢磨出来四道菜，又要了一瓶半斤装的豫缘春白酒。

一盆清炖的长江肥鱼坐在烛光袅袅的明炉上，雾气腾腾，微卷的鱼块卧在奶白色的汤汁里，上面漾着碧色的葱花。一盘上汤马齿苋，叶色略显紫红，加了肥白的蒜瓣，亮闪闪的油花里冒着热气。一盘腊肉炒辣椒，肉是六分肥四分瘦，肥白透亮，瘦红见紫，与褐色豆豉一起融在青椒的春色里。一碟油炸臭豆腐，黑色的豆腐炸出隐约可见的焦黄，上面点缀着四样作料，红辣椒酱、细白蒜泥、青翠香菜、淡黄节节根。

虽只两荤两素，却琳琅满目地摆满了一桌子。可见这一顿饭，吴英俊用的心简直可以熬参汤。

他给刘招娣匀了一两多白酒。两个酒杯中间摆了几道菜，就像隔着楚河汉界。刘招娣的眼里莫名地冒出来一股雾气，心里一酸，突然看到了过往，这么多年，她为了图方便省事，长年土豆宴，有时候自己都烦腻了。好像他们的日子早已被生活碾轧成了一张面目模糊的土豆饼。

但这一桌的色香味唤醒了她胃的记忆，也唤醒了她对过日子的理解。怎么过日子，就是人生态度。

刘招娣举起酒杯，眼里盈满了歉意，说我敬你，这么多年，都没让你吃饱过。

吴英俊很坏地笑了一下，说上面倒是吃饱了，就是下面一直饿着。

刘招娣的脸红了一下，眼睛里跑出一截惊慌，用嘴努了一下周围，你看你，这么多人呢。

吴英俊挤了挤眼，不再说话，低头捞出一块肥鱼，在骨碟里用筷子捋出了刺，送到刘招娣碗里。刘招娣则给吴英俊舀了一碗鱼汤。

这顿饭吃出了恋爱一样的感觉。当吴英俊捏着刘招娣的手走在大街上的时候，刘招娣居然调皮地用手指头轻轻地抠着他的手心，弄得他心里痒痒的，触电一样。微醺的感觉是美好的，比爱还要暧昧。

他们回去的时候天上下起了蒙蒙细雨，出门没带雨具。回到家，衣服已洇得湿漉漉。互相给对方脱下外套，却是不约而同地把脸伸给对方的动作，两张被酒精炙烤过的脸颊蹭在了一起。

刘招娣微微醉态的眼神里是放浪痴迷的神色，颤颤的嘴唇像微风中的花瓣，在等着翩翩的蝴蝶。吴英俊的眼睛和舌头团结一致，目光落处，舌头已经歇上了花瓣。捕捉，吮吸。他们从一个入口开始，在急切地寻找着另一个入口。舌头燃烧出的火焰，很快融化了身体，在她另一处温润滑嫩的入口，已经紧紧地裹住了吴英俊充满致命快感的袭击，一进一出，一张一弛，似乎弄疼了痒处，刘招娣禁不住浑身颤抖。这颤抖不是痛苦而是难以言明的愉悦，好像沉寂了多年的激情突然升腾了，火光冲天。

吴英俊上午就开始蓄积的激情，早如脱缰的野马在体内凶猛狂奔。现在是野马钻进了火圈，两个炽热的身体不断扭曲翻滚。从客厅的沙发上，纠缠到了床上。床像个巨大的温暖的子宫，接纳了他们，等着两具身体包容成一个整体，颠簸、冲撞、喘息，仿佛在幸福的晕眩里穿越梦境。

刘招娣终于彻底消除了陌生感，把过去的七年和今天连在了一起，她感到一股潮水在自己体内汹涌撞击，完成了自己无限快意的人生体验。吴英俊让刘招娣颤颤的花苞像荷花一样完全绽放的时候，也给了自己从未有过的销魂。

如果没有这爱情，要这身体做什么。如果没有这身体，要这夜晚做什么。突然间觉得两个人的夜晚是如此地美好。两个人就那么依偎着，像两只鸭子把脑袋互相埋进对方的翅膀下，暖和又温馨，黑色也变成了暖色。

打开灯，再看屋里所有的器物，都是那么低眉顺眼、温润迷人，就像更新过一样。珠宝不是新的，但发现装珠宝的匣子已经变成了新的。两个人禁不住再次拥抱在一起，把七年时光的疏离都挤出了身体的缝隙。

离厂庆只剩最后一周时间了，黄政勇亲自到大礼堂去看彩排，审节目。工人们的积极性是单纯的、质朴的、率性的，过了缤纷的明天，庆典一结束，热闹就会离他们远去，伴着机器轰鸣的清寂日子就大海退潮一样水落石出了。越是内心压制越是表现汹涌。他们充满了热情，像抓产量一样，弄出来一大堆节目，把舞台撑得满满当当，也把演出时间拖得老长。

黄政勇看看表，皱了皱眉，拿起笔在节目单上删减，他几乎删掉了所有的单人表演节目，集体节目更凸显气势。化肥厂是峡湾地区最大的国营企业，他知道领导们希望看到什么。场面要宏大，激情要高昂，气势要雄浑，要的是震撼人心催人奋进的效果。这与纯粹的文艺表演有区别，这是一场带有政治色彩的演出。单人节目里，他只保留了吴英俊的手风琴独奏。吴英俊代表了班子成员与民同乐，这也是政治的需要。

庆典很盛大，成了卧槽马有史以来最轰动的一件大事。化肥厂的大门在卧槽马的东面，车队过来必须由西向东经过长长的街道，这场盛大庆典的热闹就从西街开始铺展，迎宾乐队也是夹着马路从东朝西一溜延伸过去，拐入厂大门就变成了黄政勇带领厂里的人在列队欢迎。

卧槽马的人早已倾巢出动，街道两侧房屋的门脸里挤满了人，楼顶上也是密密麻麻的脑袋，他们不能进入厂区，就像看一场大戏，没有门票的人只能在场外听到几声锣鼓，很有些让人失落。

大家交头接耳，议论纷纷，卧槽马热闹得像个被捅开了的马蜂窝。鼓乐声顺着长长的街道一浪一浪传过来，有拿着照相机的记者开始奔跑起来。大家知道领导们的车队马上就要出现了。随着嘀嘀声，一条长长的车队蛇一样从远处爬行过来。

人们把目光从鼓乐响起的西头伸过去，搭上移动的车队一直拐进了厂大门，十送红军似的，迷恋的目光却在这里断裂，热闹经街道一下子溜进了厂区。

卧槽马的群众还意犹未尽，恍惚在梦里头，消失的车辆却像秋风里的落叶，在他们眼里一片一片地飘逝了，心里居然莫名地生出些怅惘和无奈。很快又开始兴致勃勃地讨论车的数量，有的说三十七辆，有的说三十八辆。有的说打头是领导的车，有的说压轴的才是领导的车。还有人信誓旦旦地说中央都来了人，大家更吃惊了，大脑的沟回里却荡起了涟漪——渴望成为化肥厂的工人，这可是比以往任何羡慕、嫉妒都更加妥帖的想法。

黄政勇率厂班子成员与李春海等离退休老干部一一握手，然后是现任地委、行署领导，然后各局委办，他脸上的肌肉都笑得僵硬了，握手的胳膊都酸麻了。

大礼堂里人声鼎沸，蓝色的幕布上悬挂着几个红纸黑字，排列成了彩虹一样的弧度：峡湾地区化肥厂十周年庆典暨文艺汇演。

前排领导落座后，刘招娣一袭红裙，袅袅登台，煽情开幕：十度春秋的更替，十载辛勤的努力，有欢乐也有泪水，多少次的日升月落，造就了今天的辉煌。男主持是地区电视台的新闻主播，他从幕布那头缓缓而来，声音铿锵：十年风雨的洗礼，十轮奋斗的历程，有付出也有收获，多少次的斗转星移，奠定了今天的成功。然后是行署领导讲话，肯定，鼓励，期盼。

黄政勇上台致辞前，早已心潮澎湃，回首十年，历历在目，眼睛像两汪找不到水沟的泉眼，好多感情涸湿在了眼眶里。真正等他上台讲完十年规划、百年目标的宏伟蓝图后，又感觉心里身外的激动好像瞬间放空了自己，虚脱得很。

开场舞是自编自导的《大厂之歌》，穿云裂帛的音乐、绚丽多姿的舞蹈席卷而来，一下子把时间与梦想融合在了一起，仿佛看到理想的光芒照进了现实，人们沉浸其中，忘情高呼。

接着是诗朗诵《难忘十年》，身穿工作服头戴安全帽的百名工人代表低吟浅唱，把十年的光阴画卷一样徐徐展开，虚幻的场景对应着另一个真实的空间。大家仿佛从微观的舞台上看到了宏观的十年过往。这是一个虚幻得脱离了真实的时刻，所有人把曾经在工作中受过的委屈、付出的汗水甚至个人之间积蓄的矛盾，都统统割断了联系，那些不快的事情正在变得遥远而模糊，只剩下了干净而轻盈的快乐，大家舒展在眉眼间的只有笑容，叫人刻骨铭心得不知何去何从。

接下来的每个节目都充满了张力，抒情的力量让每个人的眼窝里都盈满泪花，台上台下、戏里戏外都是一片投入的、忘我的幸福。

晚会取得了巨大成功，李春海激动得眼角绽放出菊花一样的笑纹，紧紧握住黄政勇的手不放，他握住的是过去十年的光阴，这光阴里有着他们共同的温暖。一场热闹的庆典既是结束又是开始，结束的是化肥厂过去的十年，开始的是化肥厂另一段美好的未来。

这一场庆典也促成了刘招娣和吴英俊一段人生的结束和开始，结束的是他们过去生活的阴影，开始的是他们阳光明媚的新生活。

第四章　衰败

1

化肥厂的效益像芝麻开花一样，一年比一年好。还在不断扩建，那些新建的车间厂房像搭积木一样，很快就堆满了厂区，又顺着卧槽马的褶皱向外延展，烙饼一样摊满了半个卧槽马。

沿厂区蜿蜒而筑的围墙像一根南瓜藤，长着蔓吐着须，一圈圈往远处爬，爬到国道上就瓜熟蒂落，那是国道两侧搭建的挤挤挨挨的铺面。

以前细瘦的乡间小道也像个软绵绵的器官迅速勃起，变成了宽阔的马路，纵横交错的马路上行色匆匆的人，都是到化肥厂去或者从化肥厂出来。

这时候化肥厂的效益就像溢满了河道的洪水，漫天漫地，工人们的荷包装不下，都淌到了卧槽马，化肥厂让卧槽马变成了热闹的小镇。发了小财的商户开始翻修门面，那些贴满瓷砖或浓艳涂料的楼房，像极尽张扬的新贵，富字显在用不锈钢制作的门脸上，镂花与玻璃相间，显得天真浮浅而非老于世故。既要拒人于门外，又想招人进来参观，有点沉不住气的意思。这一年，峡湾地区正式更名为峡湾市。卧槽马乡也摇身一变改成了卧槽马区。村民变成了居民，好像成了城里人。

不知什么时候，有个幽灵样的东西正从遥远的城市跟随这些天南地北的业务员，悄无声息地来到了热闹的卧槽马。这个东西，看不见摸不着，你跳舞它就跟着身体左右晃动，你唱歌它就围绕在你的身旁，你喝酒它就落在你发硬的舌头上，它没有形状，看不出方圆，也不是影子，影子跟在人的身后，它好像跑到了人的心里头。你定睛看时，不见身影，你仔细想时，它又无所不在，还让人随了它亦步亦趋，好像幽灵附体一样。这个隐蔽的、神秘的幽灵一旦从人们的心里面跑出来，就变成了魔鬼。

夜色玫瑰歌舞厅刚开业的时候，才两块钱的门票，一张门票还可以免费带一名伴舞的女性。来这里跳舞的人大部分是化肥厂的青工和周边年轻时尚的村民，男多女少，三天两头有人为争抢舞伴大打出手，都是血气方刚的年岁，斗起狠来不计后果。高脚凳子，汽水瓶子，甚至舞厅里的音响，都遭了大殃。一动手就是蜂拥而至的群架，打完架就散伙，舞厅老板于天文哭丧着脸都不知道该找谁赔付。有好心的业务员就告诉于天文，要找人保护，城市里都这样。于天文就开始找能镇得住场的人护场子，护场子的人不光要敢白刀子进红刀子出，还要名声响。

卧槽马的街道上经常游走着一些光头文身的人，多半是当地中学毕业没事干或者被化肥厂技校开除的子弟。白天在家睡觉，晚上在街上逛荡。手里捏一把弹簧刀，玩打火机一样，吧嗒一声，弹出一道寒光。见到摊贩就围拢过来，露出瘆人的笑，要几包烟或者拿几根雪糕，有时也要钱。不多要，五块十块的。大家图个安稳，彼此配合。有人仗着是低头不见抬头见的几个熟人，就冷着脸不想搭理他们，却被他们当场掀了摊子，打得头破血流。他们成了卧槽马的小混混。

夜路走多了总会碰到鬼，这个鬼就是胡远方。胡远方是个体力旺盛的人，别人上班搬运一天肥，身上的肌肉都僵硬成了疙瘩团块，酸得发胀。只要歇息就靠着墙根蹲一会儿，重新攒点力气。只有他生怕力气没用完会浪费掉，别人就看着他抓两袋化肥做广播体操，一二三四，二二三四，复习以前的体育课。稍一用劲，全身的肌肉团就像老鼠一样乱窜。如果屁股夹紧，估计连屁都休想逃出来。别人吃核桃也找他，他握紧的拳头就是一把铁锤，放水泥地上一捣，再硬的壳也裂了。

那天他下了班没事干，就抱着膀子在街上乱转，像一只趾高气扬的公鸡在踱步。一看穿着工作服，就知道是化肥厂的工人。谁不知道化肥厂的人有钱。几个混混就嬉皮笑脸地围拢过来，找他讨包烟。

胡远方眼睛望着别处，是不想正眼瞧他们的神情。这分明是挑衅的意思。其实他心里早有一群蚂蚁在兴奋地爬来爬去，痒得慌。在包装岗位搬运化肥练出来的胸大肌肱二头肌正在皮下快活地弹跳。

一个小光头跳起来朝他踢了一脚，他捉住脚一拧一送，只听咔嚓一声，是骨头断裂的声音。人已经飞出去老远。旁边的两个同伙飞快地扑上来，手里还拿着刀子。

胡远方像一只张开翅膀的大鸟，呼扇一下，胳膊肘已重重地砸在了他们的肩头，像是碰倒了两根没栽稳的柱子。剩下的两个想跑，胡远方又拎小鸡一样抓住他们的衣领，一手一个，掂了掂，双脚已经离地。手一扬，像扔两袋化肥样掼在了地上。最后那个胖子，早已吓傻，满脸无辜地被胡远方反剪双手，稍往上提，头已垂地，再一用劲，伸出的舌头能舔着地面。胖子闻到了一股青草的味道。

周围的无数双眼睛，像围绕餐桌伸向火锅的无数双筷子，不断交叉着戳向胡远方。大家就这样看稀奇看古怪，看胡远方耍猴一样把几个街头小混混揍得哭爹叫娘，然后一步三摇地扬长而去。大家望着他远去的背影，感觉像是碰到了一个没见过的怪物。大家眼中的惊讶不亚于看到了一只三条腿的青蛙，或者一颗能站立的鸡蛋。

胡远方从此名气大噪，成了卧槽马的英雄人物。无数双躲在暗处的眼睛目露凶光，凶光追踪了他很长时间。看着他牯牛一样健壮的背影，他们默默地盘算了一下，放慢了脚步。接着发现他的后脑勺上有三个旋。一个旋愣，两个旋硬，三个旋打架不要命。他们迟疑了。再发觉他不是裤腰里别着用钢管自制的三节棍，就是胳膊下夹着用报纸包好的菜刀，有时手里拿把半米长的管道扳手，是一副随时准备投入战斗的架势。

胡远方摆好了战场，却没有等到作战的对手。没几天，小光头领着一帮人喊他胡大侠，那一声喊差点把他吓住了，想不到小光头竟有这么大的声音，像是把胸腔都喊破了。他的名声从化肥厂一下子翻墙越壁跑到了卧槽马，胡大侠成了威震半条街的风云人物。成了人物就要拿出一点派头，小光头给他脖子上挂了一条比筷子还粗的金项链，又带他去城里文了一条龙，从后背盘绕到了胳膊肘，举手投足间都在活灵活现地动。

胡远方很快就成了舞厅老板于天文请来辟邪的门神，麻木而霸气地站在大厅里。平时他照样上班，下班才过来转转。他不转的时候，有下面的兄弟拿他的名声，依然能稳住场子。胡远方传奇般地成了化肥厂第一个挣双份工资的人。

　　舞厅又恢复了平静。开始重新装修，金碧辉煌，夜色玫瑰四个大字在白天是刺眼的猩红，到了晚上就赤橙黄绿青蓝紫，七彩缤纷地变换闪烁，又招了专门陪舞的小姐。门票一下子跳到十块，免费的茶水也没有了，汽水换成可乐雪碧，和门票一样贵。陪舞的小姐，还要小费，也是十块。点首歌，也是十块。有些吃人的意思。青工们嫌贵，来的人便少了，他们又退回到化肥厂两块钱门票的工人文化宫去了。

　　这里慢慢就变成了给化肥厂做各种生意的业务员们的娱乐场所，他们拿着公家的业务招待费在这里陪客户开心，也被客户请到这里快活。开心和快活又不用自己掏腰包，都是公费开支，大家就更开心更快活了。夜色玫瑰歌舞厅突然成了卧槽马最大的蜂巢，吸引着南来北往的人像蜜蜂一样飞进飞出。

　　胡远方罩了一段时间场子后，就办了停薪留职，他早就起了心思。每天要陪舞厅老板于天文下班时数钱，老板把唾沫都舔干了，钱还没数完，厚嘴唇仍在吧嗒吧嗒响，响得胡远方心里难受，好像在吃他身上的肉。钱整整齐齐地码在保险柜里，第二天早上存到银行。胡远方又跟着去银行，戳在那里看钞票在点钞机上嘣嚓嚓地跳舞，心里更难受，感觉自己身上的肉都被于天文吃光了。

　　穿靴子的吃肉，打赤脚的赶兔子。他不想打赤脚赶兔子了，他也想穿着靴子吃肉。这种念想一起，他就感觉自己成了一个已经得逞的杀人犯，心中一凛。这个血腥的想法成了一粒冰冻的种子。心里面的种子不发芽，也就罢了。如果长出来就挺可怕，能把心脏撑破。

　　很多事情想起来挺复杂，办起来其实也简单。那天他陪于天文从武汉开车回来，出了车祸，他毫发未损，于天文却从车窗里甩出去撞上了路边的水泥墩，脑浆迸裂。于老板命大，没有死，让他紧张了一段时间。

　　正要超车，前面的一辆车突然紧急刹车，他一踩刹车，没系安全带的老板于天文就从窗口飞了出去。胡远方反复背诵这段话，对每一个问他的人都这样讲。他每次都一字不差地复述着这场惊心动魄的车祸，从未有过差错。他说，不信，你去问于老板。

于老板瞪着空洞的眼睛不说话，沉默就是默认。倒让问话的人面面相觑。于天文在医院躺了两个月后，依然昏迷不醒。他陪着哭哭啼啼的老板娘马雪花把天文拖回卧槽马，浑身插满了管子。于天文从此成了介于植物和人之间的一种奇特生物，僵卧不起。

胡远方接管了舞厅，每月给马雪花按时分红，他说这个舞厅永远都是她马雪花的，他只是帮忙打理。说完这话仿佛卸了一车化肥，浑身一阵冒汗。看着毫无知觉地躺在床上的于天文，他心里有了一丝愧意与不安，说这话的眼神是真诚的，忏悔的声音也充满了慈悲情怀。

马雪花正像一叶在大海里漂荡的小舟，周围是无边无际的黑暗，听到胡远方的话就像突然看到了灯塔，猛然就抱住了他。她每天守着一株不再生长的植物，连个说话的人都没有，耐心像流水一样，流着流着就枯竭了。这个空旷的房子里早已装不下她的孤独与张皇了。

她抱住胡远方眼泪哗哗地流，似乎想给自己冲刷出一条逃生的路来。胡远方两眼通红，内心像被什么催化了。两个人就抱得更紧了，巨大的夜幕淹没了他们，他们像两只浮游在黑暗海底的古生物，顷刻间就相互吞噬得片甲不留。

从此，胡远方和马雪花就出双入对，像夫妻一样出现在卧槽马。胡远方这回真正成了夜色玫瑰歌舞厅的老板，走到哪儿都是两眼放光，像换了新电池的手电筒。

2

意乱情迷录像厅只在白天播放港台枪战功夫片。周润发、成龙、刘德华他们在太阳落山前出现在卧槽马。到了晚上，就换成了光屁股的三级片，两块钱一个人。如果进去看到快要结尾了，大家也不用着急，接着会从片头重新开始一遍，是循环放映。叶玉卿、叶子楣、温碧霞她们晚上出来，那个白，那个翘，那个凸，那个凹，那个嗷嗷叫，那个翻云覆雨，都实在让年轻人受不了。

演习看多了，就有了练姿势的冲动，到处找靶场。旁边开始有了发廊，温州松骨，泰式按摩，一家紧邻一家，像一场春雨后出的蘑菇，一朵朵长满了半条街。发廊门口站着浓妆艳抹的女子，烫着鸡窝头，漂着红嘴唇，文着黑眉毛，穿着皮短裙。有的隔着玻璃门向路上的行人抛媚眼，打飞吻，甚至撩大腿。胆小的路过这里，脸红得像一团火，做贼似的迈紧了脚步，里面就传来一阵咯咯的笑。

有一天，崔大福赶着母猪去邻村配种。这是一桩贴钱的生意，他要倒贴半袋粮食让自家的母猪去陪种猪睡觉。路过发廊门口时，差点被一个穿黑色皮短裙的女子拽进去。他儿子崔永哲已经当了卧槽马区的副区长。

大家看到是区领导的父亲，就兴奋起哄，说加把劲，把母猪配种的粮食挣回来啊。母猪用充满鼓励的眼神看着主人，哼哼了两声。

崔大福害臊得不行，脸发青，腿打战，头一仰一啄，狠狠地呸了一口，不要脸！

皮短裙吓一跳，她理直气壮地说，买卖不成仁义在嘛，真是白活了几十岁。也呸一口，把玻璃门合上了。

崔大福下午扛着犁铧走向明晃晃的水田时，噘着粪瓢嘴，逢人便讲，卧槽马这下坏了，几千年的民风被化肥厂弄臭了。他把腐臭的脓根指向了化肥厂，充满恨意。这句话听起来好像有点道理，就如穿羊肉串的铁扦子，各种现象穿一起，似要穿透本质。

黄政勇可不这么认为，改革开放培育的珍珠里混进了许多鱼眼睛，他的任务是要阻止这些鱼眼睛混进来。他能做的最大努力，就是保护化肥厂生活区不能被社会上的坏风气污染。可惜他的疆域只是围墙内一块小小的领地，净化空气的工具也只有厂里的有线电视和广播。

他让刘招娣每天在厂里的有线电视台播放解放战争片、抗日战争片，都是爱国主义的红色题材电视剧。这种有声有色的抗争没有多大作用，年轻人烦透了，就拔了电视屁股眼里的天线接上了录放机。在外面租录像带，叶子楣陈宝莲舒淇们还是大摇大摆地走进了化肥厂的院子。

那些隐秘的欲望呀，像一团野火，像一群小怪兽，鱼儿在水里跳跃，小鸟在纵情歌唱，黄政勇辛辛苦苦扎的篱笆门锁不住人们的心。人们的心已经势不可挡地乱了。他内心里排斥日益泛滥的生活作风腐败，心事重重地大叹人心不古，却也无可奈何。

正对厂大门口有个书店，叫四味书屋，比鲁迅小时候上学的三味书屋多了一道味，所以暗藏玄机。进门的柜台上摆满了畅销的《读者文摘》《知音》《家庭》《今古传奇》《故事会》，有整套的金庸、古龙、梁羽生的武打小说，琼瑶的言情小说，也有舒婷、席慕蓉的诗集，还有一摞摞张学友郭富城等四大天王以及港姐们穿着比基尼的明星照，印得比以前挂在墙上的领袖像还要大，还要精美。还有一些书不放报摊上，放床底下。遇到熟人才拿出来，很神秘的口气，都是欲海横流的黄色书刊，五块钱一本，十块钱三本。也租录像带，枪战片，功夫片，也有三级片，还有日本的、欧美的毛片。

有了这些教材，卧槽马的年轻人开始自学成才，如饥似渴地汲取书本上的知识、录像里的经验，这些知识和经验是一剂春药，也是一剂毒药，顺着人们的眼睛往心里灌，往脑袋里灌，剂量越来越大，好多化肥厂的工人就中了毒。中了毒的工人满眼春色，浑身上下冒火星，男男女女碰在一起，就轰地燃烧成一团了。

特别是在夜班时候，黑夜给了他们黑色的眼睛，他们却用黑色的眼睛到处寻找火星。在包装车间的后院里，在码得整整齐齐的肥堆上，在厂围墙边的树林里，在车间的值班室里，到处是毕毕剥剥火星四溅的声音。第二天早上，那些沾染了激情与烈焰之液的卫生纸团，被风一吹，在草丛里飘，在肥堆上飞，像白色的蝴蝶翩翩起舞。有的扬上了树梢，就像白色的小鸟歇落枝头。卧槽马的居民们传播化肥厂里的风流韵事时，无不绘声绘色、活灵活现，心里却充满了艳羡。化肥厂的桃色新闻就像化粪池堵塞倒灌出的秽物一样，流遍了卧槽马。

王怀亮突然诗兴大发，像只发情的蜜蜂在磅房里飞来飞去，磅房里上班的是马海燕。她像花蕊一样吸引着王怀亮。王怀亮找到了一册刘德华的歌本，如获至宝，在《给我一点真爱》的歌词上东拼西凑，自鸣得意地写下了：没有谁不需要爱情／谁都渴望爱情／孤单在埋怨我们不要清醒／如果找不到爱情／活着也像影子一样孤单／不要怪我如此清醒／谁会有空开玩笑／我真的愿意孤独十秒／只是因为烦恼太多／真想把爱的火焰燃烧。

他把这首诗献给了马海燕，前几天他还给马海燕送了一块天王牌女表。手表是客户送给他的，说给嫂子带个心意。客户说的嫂子是马海霞。他转手就把客户送给马海霞的心意给了马海燕。那段时间，王怀亮感觉到生活里都有股甜味，四面八方过来的客户带着礼物像一群蜜蜂在为他酿蜜。

王怀亮第一次见到马海燕就眼前一亮，心里一颤，咋看她都长得像舒淇一样性感。他是一次采购钢材到磅房复秤偶然发现的，心就被这个磅房西施迷住了。马海燕那时到化肥厂上班都快两年了，磅房里每天接触的都是些走东闯西南腔北调的司机，两年的时光把马海燕从开口羞答答调教成了张口娇滴滴。司机们也喜欢马海燕，喜欢也只是简单的喜欢，拿得起放得下，嘴巴上快活快活，心里就满足了。这下坏了，王怀亮是从心里喜欢，把她喜欢到心里头了，像害了病一样，三天两头地往磅房里跑。

马海燕人长得美，说话又娇柔，王怀亮心里就跑进来一只活蹦乱跳的小鹿。马海燕和马海霞没有半毛钱的关系，除了名字中有两个字一样。王怀亮心火烧得旺，嘴里就姨妹子长姨妹子短的叫得怪甜，又经常给马海燕送这送那。黑色健美裤，黄色萝卜裤，市面上流行什么就送什么。BP机刚嘀嘀嘀流行到卧槽马，他也买一部，还是带中文字幕的摩托罗拉。她编条红绳索把BP机挂脖子上，吊在胸前一晃一荡地张扬，在司机眼里转得不得了。有了面子的马海燕也就把他当姐夫一样，再看他的眼神就有了三分柔情，波光粼粼。

那天马海燕值夜班，正百无聊赖，一只手托着下巴，另一只手握着摩托罗拉把玩，眼睛对着放在室内的一个大秤盘发呆。秤盘安详，似在等待着一些重量压上来。王怀亮醉眼迷离地钻了进来，先给她讲了一个笑话，说农村里第一次放电影，村长是个热情的人，看到银幕上又打仗又开荒的，全是部队上的人，就安排村里蒸了几笼馒头办招待。等电影散场，却只剩下一个放映的小伙子。这才知道上了当，连声说，电影都是骗人的。逗得马海燕咯咯地笑。

王怀亮又紧跟了一句，说古人讲姨妹子是姐夫的一半，该不会也是骗人的吧？马海燕一眼就看穿了王怀亮心里的鬼把戏，脸都羞红了。眼中的笑闪着羞怯的波光，越发显得娇艳欲滴，妩媚得不行。正是求偶交配的季节，外面昆虫的叫声格外绵软。叫得王怀亮心慌意乱，两眼发直，感觉一股热气正在游向丹田。心一横，就把马海燕按在了秤盘上。那是一只饥饿的猫逮到了老鼠。

马海燕象征性地抵抗了一阵，就无师自通地进入了配合状态。双脚钩着他的后背，手指要掐进他的骨肉。她发出的声音不像一个没结过婚的姑娘，倒像一个憋了很久的活寡妇。一浪高过一浪，两个人就使了吃奶的劲在秤盘上翻腾。力量忽大忽小，黑饼子一样的秤砣晃来晃去，没有一千斤的重量摇不动五百公斤的砣。两个气喘吁吁的人，就像小猫第一次偷鱼吃。一旦舔口搭嘴地尝到了鱼的滋味，就再也忘不了，三天两头惦记着偷腥。这一下，把两个人的主观能动性都发挥了出来。

好长一段时间，磅房里的秤砣就像上了发条的钟摆，隔几天晃荡一回。每次他都把马海燕弄得杀猪一样嚎叫，上气不接下气的，感觉是一刀没有捅到要害的地方，在半死不活地哀嚎。磅房变成了屠宰场。

有时候马海燕轮休，还跟着王怀亮出差，蜜月旅行一样。王怀亮像一头蒙了眼的驴，只一心一意围着马海燕这块磨。他早就忘记了家里还有一块磨。家里的磨快要生锈了。马海霞也实在是忍不住了，那天晚上主动用手在他裤裆里摸索了半天。不论怎么去拽，去捏，都感觉是握着一只跑风漏气的气球，咋弄也鼓胀不起来。她就愤怒地松开了手，凭着一个女人的敏感直觉嗅到了什么，开始像猎犬一样悄悄跟踪王怀亮。

功夫不负有心人。在一个月落星稀的晚上，她把他们堵在磅房了。磅房在化肥厂的后门，紧邻煤场，平常只有物资进出，半夜三更几乎没什么人过来。马海霞从窗帘的缝隙里看到了大秤砣正在荡秋千。

这情景戳得马海霞眼睛流血，用一千斤的力气摇秤砣，比拉一斗车煤爬上坡还要费劲。呻吟把灯光搅成碎片，秤盘上像一堆白色的泡沫在翻滚。她心里雷公火闪，提了一块砖头，使劲往门上砸。磅房的铁门咣咣响。

她一边砸，一边恶生生地喊着王怀亮的名字。前面还加了狗日的三个字，十分刺耳。猫还知道等天黑，狗也晓得要找个角落。你们在磅秤上就干起来了，猫狗都不如。声音幸好被远处破碎机的轰鸣吞没了，飘不出二十米。

王怀亮的热汗一下子爬上脸，又从脖颈处往下流。马海燕的脸上早已是一片听天由命的苍白，浑身发抖。两个笼中困兽慌乱一团，看着地上的几团卫生纸，宛若开败了的白玉兰花，都是一副风雨中不知所措的模样。危急时刻，王怀亮像个勇士抱住了冲进门的马海霞，砖头也夺了。马海燕如轻盈的蝙蝠飞向了夜幕深处。

看着猎物从眼皮底下逃走，马海霞却被王怀亮箍得动弹不得，气得她喉咙里都要伸出爪子来。两只手就变成了拉耙子，东一拉耙西一拉耙。王怀亮的脸上脖子上就钻出来好多条红色的蚯蚓，在灯光下一晃一晃，感觉还在蠕动。

马海霞不依不饶，拖着满脸蚯蚓的王怀亮回家继续斗争。从小在农村里长大的马海霞三岁开始跟着母亲学骂人，是过路的人踩了她们家的秧苗。她继承了母亲阴狠泼辣的骂人风格。六岁尝试独立作战，是她的花头绳被邻居家的猫当玩具抓跑了，边追边骂一直把猫撵上树。后来在学校里与同学发生矛盾也主要靠骂人来解决，骂一阵又和好，闹翻了再骂。骂久必和，和久必骂。汉语拼音都没认全的时候，就能把惹她的同学骂得祖坟冒烟，同学见到她就像撞见了鬼，低头绕路走。童子功操练得相当扎实。只是后来到了化肥厂，天天憋着劲讲普通话，把骂人这个本领荒疏了。再说这个本领在化肥厂也无用武之地。但是经过这事一激怒，本能的冲动又把扎实的基本功唤醒了，肚子里立马恶语滚滚翻江倒海，骂人的词句排着队等她差遣。不骂实在难解心头之恨，心里窝着一团火直烧得她嗓子眼冒青烟，从祖宗十八代到王麻子，骂王麻子这个美帝特务吃枪子是活该，到王友忠，再到王怀亮，又拐个弯追上马海燕，挂了号——对应地骂，说出来的话能毒死一条河的鱼。

可怜的王怀亮现在像一根孤零零的枯茅草，在突然刮过来的大风里东倒西歪，眼看就要在她猛烈的咒骂声里飘摇凋零了。他竟然慢慢被她骂清醒了，回过神，枯草逢春一样，眼睛有了绿色，还发出了绿光。手指头点着她的鼻子，说你打也打了，骂也骂了，要懂得节制，戏也该收场了。现在都什么时代了？

他把时代两个字咬得很重。意思是说，在这个时代，发生点男女关系没有什么大不了，不发生点什么倒对不起这个时代了。新时代的人怎么能做旧时代的守墓人呢？

马海霞正在兴头上，感觉骂人的功夫正在满血复活，恶毒的语言像灵感一样不断闪现，不借题发挥简直就是和自己过不去。她马上伸出一根食指，仿佛是要把他的时代论顶回去。在他面前挑衅似的摇啊摇，像在炫耀一指禅的功夫，却不急于进攻。当然她的功力并不在指头上，在嘴上。

她把指头又虚晃了一下说，王友忠是朝天打了一炮，用这个指头把你捅出来的，你的妈是闭了眼瞎生，才生出你这么一个野杂种。

王怀亮眼里的绿光刚开始还是追着她的指头看，绿光冷不丁被这句奇耻大辱的话拦腰打断，目光掉地上了。嘭的一声，不是目光掉地上发出的响声，是他的拳头擂上了她的腹部。这一拳势大力沉，她被打得一个趔趄，捣出去好远才站稳。她刚张开嘴，一句更恶毒的话还含在口里，没等吐出来，脸上又挨了一记耳光。蹿上去再一脚，直接把她踹翻在了墙角落里。

马海霞骂人很在行，打架却不行。王怀亮只用了一拳一掌一脚，三招过后，马海霞就像明亮的灯泡断了钨丝，暗了下去。王怀亮还举着拳头在示威。歪在墙旮旯里的马海霞眼一黑，叫声妈呀晕了过去。等醒过来的时候，看到王怀亮还站在面前，头一扬，又要晕过去。她的嘴巴闭上了，但眼泪出来了，骂声变成了哭声，呜呜咽咽一直哭到天大亮，眼泪流干了，嗓子哭哑了，才拍拍屁股上的灰，站起来跺跺脚，又匆匆忙忙洗了一把脸，肿着两颗灯泡一样的眼睛去上班。

她上班的时候特意绕到了磅房，看到马海燕正若无其事地指挥几个司机在修门。她用血红的目光凌厉地戳着马海燕，对峙了一阵，马海燕的眼神里居然毫无羞愧的意思，她用若无其事掩盖着自己的心虚。马海燕现在的样子，很像个做错了事有点后悔但又不愿意认错的孩子。泪水突然间溢满了马海霞的眼眶，想了想，终于没有让它流出来，倒是蓄积在口腔深处的一股力量像被什么堵住了，化成一口浓痰喷射而出，差一点就射到了马海燕的脸上，却被她腰肢一闪灵活地躲开了。

马海燕毕竟心里装着惊慌，脚下乱了方寸，倒退两步才稳住了重心，差点撞上正在修门的几个司机。司机们停下手里的活，好奇地转过脸，目光里揣着探询，也怀有期待，以为一场好戏才开头。但马海霞迟疑了一下，没有继续发射浓痰。抬腕看下表，马上就要迟到了。不是她无心恋战，而是心想再为这个不要脸的女人扣五块钱不值得。她扭头走了，像个瘸子在赶夜路，深一脚浅一脚地往化验室奔过去，路在她的脚下打着哆嗦。

这一晚，幸亏他们的女儿王丽君不在家，马海霞在化验室要值夜班，王怀亮当采购员后又经常出差，女儿从上幼儿园开始就跟着爷爷奶奶。王丽君出生的那一年，满大街都飘荡着邓丽君充满磁性又脆快清冽的声音：昨夜的星辰已坠落，消失在遥远的银河，想记起偏又已忘记，那份爱换来的是寂寞。王友忠给孙女取了个名，叫王丽君。他希望孙女能像邓丽君一样名满天下。王丽君现在都读小学四年级了。中午放学回家，王怀亮抢在女儿提出疑问之前，捷足先登地指着脸上的蚯蚓说，昨天晚上爸爸被什么毒虫子爬了，火辣辣地疼了一晚。王丽君很疑惑地问，是什么虫子这么大的毒啊？太可怕了！

3

比毒虫子更可怕的腐败撕开了羞答答的面具，气势汹汹地来到了卧槽马。化肥厂变成了运动场，大家表面上在这里参加比赛、角逐，暗地里却通过各种手段耍奸、投机。一个再强壮的人也经不起病毒的不断侵蚀，化肥厂很快就百病缠身，奄奄一息。黄政勇总想阻止这些野蛮生长的腐败，但腐败像洪水溃坝一样漫天漫地地往化肥厂里涌。

供应商经销商拿着成捆的钞票，像背着炸药包，不断地往厂里冲锋陷阵。供应商方建华还进行了经验总结，给领导成扎地送叫扔炸药包，给员工按张地数叫打子弹。

化肥厂看不到硝烟，却成了炮火连天的战场，大小有点权势的人都处在了供应商经销商的枪林弹雨中，化肥厂被他们进攻得千疮百孔，效益像血液一样从孔眼里汩汩往外冒，染红了卧槽马的半条街。

卧槽马沿街的 KTV、舞厅、饭店、发廊像雨后的青蛙，呱呱地叫，招揽生意，铺在门口的红地毯像青蛙捕食蚊蝇伸出的长舌头，迎接着从化肥厂出来消夜的人。那是一群仰着头，闭着眼，走路晃晃悠悠的人。他们是化肥厂大大小小的领导，他们冶荡的体态里正散发出各种权力的迷人味道。街道上灯火通明，彻夜不眠，黑夜已经暗沉不到卧槽马了。

吴英俊嗅到腐败的味道是从煤开始的。锅炉煤的硫含量验收指标没变，但空气里二氧化硫刺鼻的味道越来越浓了。然后是原料煤，碳含量、挥发分，化验报告看起来都是正常的指标，产量一天比一天低，消耗却一天比一天高。以前供应煤的都是国有矿，矿长说质量是生命的大堤，丁就是丁，卯就是卯，质量出了问题就要扣钱，不敢马虎。进炉子的煤油亮亮，烧出来的渣白煞煞。现在换成了煤炭公司，都是个体户挂靠经营的。计划经济时代叫投机倒把分子，时代变了，他们改了个很洋气的名字，叫供应商。

供应商有好多个，他们像运动员竞技一样争取供应量。他们既是竞争对手，又是同盟。同盟的是他们在取样、送检、化验每个环节，都做手脚。分析化验的样品是从矿上精选的高价优质煤，送货验收的是低价劣质煤还掺了煤矸石，狸猫换了太子。他们每天夹着公文包在煤场上转，像老鼠钻进了粮仓。他们沿着煤的路线走，从磅房走到取样室，经过化验室，再到原料仓库，一直看着煤进了炉子，又扬起头看它们喷着火冒着烟地跑到空中，才笑眯眯地往回走。每个岗位都是一道哨所，岗位上的人说煤有问题，叫煤停下来，煤就得停下来。

供应商不愿意叫自己的煤停下来，停下来就是断了财源。供应商们开始竞争，包包里的票子哗啦啦地唱着歌跳着舞，把岗位上班的人心都唱乱了。接过供应商的票子后心就更乱了，心一乱，磅房的秤就不准了，取的样就变了，化验的指标就合格了。工人们看见供应商就嘴短，手软，心里痒，他们的小心思早被供应商紧握在手里。

黄政勇心急火燎，心里头有锥子在戳着一样痛，感觉满口里都是一股血腥味。他最担心的是劣质配件给设备带来的安全隐患。他像个坚守上甘岭的勇士，有着顽强的斗志，冒着供应商的枪林弹雨，勇往直前，艰难反击。黄政勇管得住一二三，还有六七八，十个手指头再灵活也按不住一百个跳蚤。他手忙脚乱，忙到吐血也顶不住。

他把吴英俊提拔为常务副厂长，帮他分担了一些职责。吴英俊疾恶如仇，接连开除了四五个人，风气没有扭转的迹象。薅来薅去，还是只能薅自己生产系统的那一亩三分地。经营系统是姜大民的领地，还没动手，姜大民就跑到黄政勇那里讲客观，跑风漏气。黄政勇在会上手一挥，各人自扫门前雪。吴英俊气得直打嗝。

姜大民象征性地给供应商们开了一些罚单，罚款扣钱。供应商根本不在乎，羊毛出在羊身上，只要剪刀还在手里，想剪多少就剪多少，咔咔咔，只是迟早的事。其实他们就像孙悟空找铁扇公主借芭蕉扇，早就钻进了分管领导们肚子里。不给就揪心、扯肝，不从还不行。全厂上下，被他们盘得团团转。仓库主管艾新华就这样都被他们拿下了。

艾新华的儿子艾如涛已经二十岁了。艾如涛以前不叫艾如涛，叫黄小华。艾新华当兵转业前，在农村结过一次婚。老婆是个民办教师，个子高高大大，说话张牙舞爪，动手就是巴掌，扇在脸上生疼。教书不行，管学生很有一套，一学期要用断几根教鞭。学生们白天看她像撞见了鬼，头皮直发麻。晚上做梦都在挨打，常在惊恐万状中醒来。这倒在其次，但她把对付学生的这一套拿来对付艾新华的母亲就很不对头了。

艾新华的父亲去世得早，是母亲一手把他拉扯大，又送到了部队。看儿子娶了媳妇，做梦都在笑，是一副急等着享福的样子。媳妇刚进门就没把瘦小干枯的婆婆放在眼里，觉得比教室里坐后排的学生个子还小。婆婆可不这么想，含辛茹苦把儿子拉扯大，又在部队当了兵，媳妇终于熬成了婆。两个人都在争夺家庭领导权。

艾新华在千里之外的部队，对此一无所知。婆媳本来就是一对天敌。两个女人现在把精力都用在了唱对台戏。从背地里说对方坏话，逐渐发展到面对面交锋。两个敌人从暗处走到了明处。各自寻找机会，积蓄力量，从横眉竖眼演变成大打出手。婆婆嘴快，经常骂得媳妇面红耳赤。媳妇手狠，经常打得婆婆鼻青脸肿。

艾新华转业的那年，两个女人已经到了水火不容的地步。他是个孝子，毅然与媳妇离了婚，净身出户，只带了母亲随转。

到化肥厂的第二年，经人介绍，认识了卧槽马的丧偶妇女李静，正式就任黄小华的继父，并将黄小华改名艾如涛。那年艾如涛才五岁。再婚后，两人未再生育，艾新华视艾如涛如同己出。艾如涛读书不开窍，但对上山摘椿树芽、爬树掏鸟窝、和卧槽马的孩子干仗充满了兴趣，是化肥厂院子里的孩子王。他的童年好像在成年里停滞了一样，身体比过去长得高大壮实，言行举止却还留在童年里。好容易从化肥厂技校混到毕业，化肥厂却停止分配了。

艾如涛在机修车间干了半年临时工，先是守着一个飞速旋转的砂轮机磨销子，只要灰黑的金属一凑过去，马上擦出一束细碎的火星，像流星雨。车间里摆着形状各异的床，钻床、刨床、车床、铣床、镗床，虽然都叫床，却没有一张床上能躺人，倒是发出来各种刺耳的怪叫声。角落里是一堆更换下来的旧法兰盘、阀门、管道、弯头、散热器，工作服里沾满了机油、柴油、铁锈的混合味道，很快就让他厌倦透顶。

他迫不及待地成了混迹卧槽马的专职街头混混，拎着一颗不安分的野心到处晃荡，隔三岔五再惹出点是非。那个手插裤兜在卧槽马游荡的背影，慢慢变成了压在艾新华全家人心里的一块石头。

设备供应商钓鱼一样，轻松钩住了艾如涛。艾如涛摇身一变，成了供应商的业务员。艾新华是个原则性很强的人，设备配件从数量、质量到验收入库程序，都是一丝不苟的。供应商玩的以次充好和重复入账增加数量的把戏，每次都在艾新华这里卡住了。谁给艾新华送钱，艾新华就敢当面用钱砸谁的脸。艾新华在供应商眼中就像粪坑里又硬又臭的石头。

新来的业务员艾如涛对付艾新华只用了一句话，你收不收？收下就是我老子。不收，就没我这个儿子。你死了找别人扶棺抱灵去。

艾新华眼睛里像端了两碗满满的盐水漾在那里，一荡一荡的，咬咬牙，没有洒出来一滴。但他伸长脖子沉默了半天，似乎想把每个字都咬烂嚼碎了吞咽下去。这个忤逆的养子成了他这辈子的喉中鲠。

艾如涛很快成了供应商打开化肥厂大门的一把金钥匙，整车的以旧翻新的阀门、连杆、箱体拖进了仓库，码得整整齐齐。

艾新华被抓走的一周前，化肥厂发生了爆炸。带着压力和高温的蒸汽把一个阀门挤出来一条缝，后来查明这条缝是一道旧伤。更多的压力往这里聚，势如破竹，很快撕裂了管道，轰的一声，断裂的管道像个喷气式飞机从车间的窗口里冲了出去，又翱翔了半圈才一头栽落下来。在山崩地裂的响声里，灼热的气浪翻滚如蘑菇云直冲云霄，冲击波震碎了玻璃，掀翻了车间操作室。带着高温的气体宛若一条游走的巨龙，泛着大波浪在车间里翻滚穿梭。当场就烫死了三个人。倒塌的厂房又砸伤了五个人。萦绕在化肥厂上空的梦魇终于露出了魔鬼般的狰狞面目。

事故惊动了峡湾市委市政府。安监、公安部门对现场进行了勘验调查，最后得出的结论是配件承压能力不够，那个带着旧伤的阀门成了罪魁祸首。进一步调查，仓库里同批次的阀门都是以旧翻新，光滑的表面是打磨出来的假象，下面布满了道道暗伤。每一道暗伤都潜藏着巨大的危险，足以让无数的生命瞬间灰飞烟灭，沿着暗伤的轨迹追查过去，一条诡异的供应、验收链条水落石出。

这段时间让姜大民很是紧张了一阵，幸好没有接着顺藤摸瓜。最后只是抓了与这次安全事故直接相关的四个人。艾新华的责任最大，被判了三年刑期。张建新带人去抓他的时候，眼里闪过了一丝哀愁，就像鸟儿看着折翼的同类。他们在部队的时候曾经在一个连队待过。

4

化肥厂现在像个头上长疮脚下流脓的病人，不仅在供应、销售的两端，散发出腐臭的味道，连肌体也有了开始腐烂的迹象。爆炸事故像个撕裂性的伤口，让化肥厂元气大伤。先是银行对化肥厂降低信用评级，收紧了贷款额度。工人们的工资以前是靠银行借贷，后来靠经销商预付的货款支撑，坚持了一段时间后，开始打白条。白条让人心里很不踏实。揣着白条上班的工人，走路开始晃晃悠悠，像一群醉汉。见谁心烦就动手。被管理者对管理者天生怀有敌意，有着天然的阶级矛盾。这么一来，领导干部就成为阶级敌人，成了员工们斗争的对象。

斗争最先是从原料车间开始的。原料车间的工作主要是运煤、拌煤，不要技术，只要力气，都是推得动千多斤煤车的人。四肢发达的工人，头脑发热得也快。大家拈着白条，迎着阳光看，左看右看，眼球像算盘珠子一样滑来滑去，上面除了自己的名字和欠发的工资数额，再就是一个化肥厂财务处的公章，红公章越看越像泡在水里的红月亮。这张白条已经超出了他们平庸、日常的理解和经验，他们希望得到一次验证，要不然，这张不牢靠的白条就是阳光下的一缕雾气，可能随时消散。

大家就怂恿一个叫李大威的工人去找车间主任谢小军兑换试试。谢小军是谢小兵的哥哥，司号兵转业，没什么文化，吹冲锋号的本领派不上用场，烧了几年锅炉。平时话不多，做事勤奋踏实。车间改革时，被提拔成主任。大家都说他是在招待所当大厨的弟弟给领导煨汤煨出来的主任。

谢小兵是招待所的门面，重要的接待都是他掌勺，市委书记当着黄政勇的面夸过谢小兵煲的乌龟养生汤，说这道菜可以上中南海。后来谢小军又阴差阳错当上原料车间主任。大家就把他与这件事联系在了一起。

李大威的名字很威风，却是个老实胆小的人，还口吃木讷。这时候，老实胆小成了他的信用招牌，口吃木讷降低了沟通成本。李大威找到了谢小军，手里捏着白条，低头看着自己沾满了煤灰的鞋，鞋帮上有两根探头探脑的脚指头钻了出来，整个一副怯怯的样子。谢小军是个实诚人，就真相信了老实胆小的李大威真的碰到了什么难处，目光温润地看着他。他把手伸向了工作服的口袋，口袋缩水了，费了老大劲才把钱掏出来，看上去像很不情愿似的。他用自己的钱兑换了李大威的白条。李大威很不好意思地接过钱就回去了。谢小军不知道，他这是把一根燃烧的火柴棍猛然扔进了油锅。

李大威真的把手里的白条换成了红彤彤的钞票，这让大家眼里落满了惊喜。惊喜只是一瞬间的事情，很快就变成了冲动的火焰。

大家理直气壮地举着白条围住了谢小军，怒目而视，要他兑换白条。平时温顺的工人变成了造反有理的红卫兵，谢小军没见过这阵势，平时训工人像在部队里吹小号一样吹习惯了，现在面对工人的声声质问，显得疲惫而惶恐。虽然急得青筋直暴，一脸憋屈却有口难辩。说不清楚，就是有隐情。立马就有人一跳三尺高，一下蹦到了办公桌上，口气里充满了火药味。场面顿时乱成了一锅粥。谢小军瞬间成了这锅粥里的一粒老鼠屎。

有人拉袖子，有人揪领子，有人扯头发。等保卫处的人赶过来，衣衫褴褛的谢小军已经被大家抓得像个稻草人，皮松肉垮的身体上尽是血印子，陡然间仿佛老了十岁。

厂里怎么处理这次事件，让黄政勇很为难。吴英俊忧心忡忡地说，一颗带坏两颗，两颗带坏一窝。不处理好，恐怕要出大事。

黄政勇没作声，他在心里盘算了一下，毕竟欠着工资，工人讨要工资引发了矛盾冲突，但又不能简单定性为劳资纠纷，按反管理事件处理又有些牵强。

他想了想，安排政工处去开个现场会，主要是宣传法律法规，息事宁人。政工处长楚大银是老师出身，他把坐在下面黑压压的工人当成了课堂上的学生，刚开个头，工友同志们，今天我们来普及一下法律常识，有不懂的散会后可以去政工处当面解答……工人马上打断话，你这是牛头不对马嘴。我只问《劳动法》算不算法。

他一愣，还没张口。又有人忽地站起身，问白条什么时候兑现。工人们击鼓鸣冤一样接连地急切发问。楚大银无话可答，脸红一阵白一阵。他绕了一个弯，说企业暂时碰到了困难，大家要共同克服，关于工资的事情，我们会同财务和人事部门迅速拿出方案。

这种回答既不勇敢也不真诚，但也算是个答复。工人们还在回味他话里面的意思时，楚大银已经夹着公文包匆匆离开了会议室。

这次会议草草收场后，也没有重打鼓另升堂。对闹事员工的不了了之，让谢小军的颜面扫地，车间的管理权威像捏碎的饼干末子，撒了一地。这意味着原料车间的工人们向管理阶层的斗争取得了胜利。

谢小军再看工人的目光就柔和多了，是四类分子讨好贫下中农的眼神。工人一夜间翻身做了主人。做主人的感觉真好，厂里东西就变成了主人家的。上夜班的时候把车间里成捆的电焊条、编织袋，藏到围墙外的草丛里，等下班后去捡拾。还有的把电缆线在腰里一转转地绕，裹得像个粽子，再套上工作服，大摇大摆地带回家。大家更多的是从车间管理的垮台中尝到了自由的甜头，上班可以迟到早退，想睡觉了操作室的条椅就变成床，以前打个盹都像老鼠躲着猫，生怕被谢小军看见。谢小军那时可是威风凛凛的猫。可现在猫脸上的胡子、嘴里的牙齿都被老鼠们拔光了。车间成了养精蓄锐的休息室，养足了精神的工人下班后就上街摆地摊，或者买辆摩托车载客跑摩的。

卧槽马的街道上突然多了一道风景线，到处是穿着化肥厂工作服的工人在做小买卖。卧槽马的人开始幸灾乐祸，以前街道上昂首挺胸的工人形象，走路都不正眼瞧他们的神态，买东西时挑三拣四的傲慢，连普通话都充满了居高临下的味道，他们曾经多么像卧槽马的主人，在这里过着养尊处优的生活。那时化肥厂的每个人走在卧槽马的街道上都像飞错了林子的小鸟，是扑棱棱的骄傲。

生存环境对人的改变，并没有不可阻挡的耐力和韧性。那些幸福的过去像影子一样消失了，他们现在也成了向马路讨生活的一员。村民们像出了一口恶气，有的人故意走到他们的摊位前东挑西选，就是找不到一件中意的。好容易相中个钥匙扣，又故意用蹩脚的普通话讨价还价。表面在还价，心里在磨刀，说出去的话有着剔骨的锋利，你们在化肥厂挣了那么多白条，还来挣我们的钱哪？把摆摊子的工人们噎得半天喘不过气。讽刺归讽刺，叫花子不能跟钱较劲，五块的生意也是生意。如果不低头，只能自找苦吃。毕竟工人和农民有着天然的阶级感情。时间长了，一来二往，他们很快又融到了一起。

工人们甚至开始虚心地向当地人学习卧槽马的方言，把问别人想买什么也说成俩想要个化之。问别人干什么说成想搞豁儿。方言就像同类昆虫接头用的触角，碰一碰，就接上头了。

卧槽马的人听见化肥厂的人用普通话吐出半生不熟的方言时，脸上就露出来爆米花一样的笑容。假装欣赏，又假装惊讶，心里却是看戏一样的惬意。改变语言，通过对某种语音的不断模仿品咂，自我融入式地去构建新的交流通道，这掩饰不了讨好的意图，这是一个最具有质感的信号，化肥厂工人的优越感在学习卧槽马的方言里已经消失殆尽。化肥厂工人的骄傲，仿佛一夜之间成了一枚过时的徽章。

他们在卧槽马重新拥有了另一种难以言喻的身份，不是下岗工人，也不是失业工人。他们成了一群前途无光亮的人。

上班变成了副业，挣白条，下班再挣外快，赚钞票，倒也有滋有味。其他车间的工人们看到了原料车间工人的幸福模样，像水中的鱼望着天上自由飞翔的鸟儿，羡慕得眼睛都红了，纷纷揭竿而起，他们也要通过斗争获得自由解放，就拿着工资白条找领导。领导走到哪里，他们就跟到哪里。白条像追捕令，追得领导们像老鼠一样东躲西藏。

工人们一鼓作气，摧枯拉朽地攻克了车间级管理，眼看就要向厂部发起总攻了。已经有人在厂门口扯起了横幅，不要白条要工资，谁也不愿当白痴。还有人在橱窗里贴出了大字报，工人在流汗，领导旁边站。干活像头牛，领导像耍猴。白条握在手，工资跟着走。要想俱欢颜，还我血汗钱！化肥厂里已经弥漫出一种山雨欲来风满楼的气象。工人们眼睛里燃烧着怒火，隔了窗子在外面大声嚷嚷，虽听不太清楚，但看口型，知道他们在用脏话骂人。

这段时间，厂里大烟筒里冒出的烟也是斜斜的，感觉这根长了二十年的烟筒是要倒下来的样子。看着化肥厂一点点沦陷，黄政勇心里十分悲怆。化肥厂更像一个他含辛茹苦哺育拉扯大的孩子，他付出了那么多的心血，倾注了那么多的感情，曾经多么健康苗壮的一个孩子，眼看着却要奄奄一息。亏损，破产，每个词都充满了陷落的语义，都足以让黄政勇汗毛倒竖。

黄政勇悄悄地爬上了七十多米高的造粒塔顶，整个厂区一览无余。从变脱塔洗气塔合成塔这些林立之物，到远处各种管线蜿蜒，像是在俯瞰一片巨大的丛林，穿梭往返的工人就像生活在丛林里的一群小动物，他就是这片丛林的森林之王。这些曾经给过他无限骄傲和自豪的领地，现在遇到了不小的麻烦。

他在塔顶久久站着，像个巫师一样仰观天象，天上群星璀璨。一阵风从远处刮过来。墙歪还不用众人推，大风就能。他心里一激灵，仿佛看到了一个清楚的可怕的现实正在亦步亦趋地赶过来。

他赶紧下去组织厂部连夜开会商量对策，吴英俊说只要把工人的工资白条兑现，他是有信心把生产管理恢复起来的。他说这话的时候，好像那些疲惫的神经又开始兴奋地紧绷。钱从哪里来？问题的关键不是办法，而是钱。只要提到钱，黄政勇就想撞墙。

大家就把目光又投向了姜大民。好像姜大民就是钱。他管进管出，产品都交给他了，他换回来钱，又把钱付出去换了煤，换了配件。大家恍然大悟一样，像找到了救星。姜大民目光里充满了难以捕捉的困顿。他像一个局外人，揸开五指缓缓地梳理着脑袋上几缕可怜的头发，仿佛在抠着一个秃瓢。他现在就是把脑袋抠出一个洞，也抠不来一分钱。

一个响雷，像炸弹在窗外爆裂，一场大雨即将来临。黄政勇心里忍不住打了一个寒战。散会了，他还像个泥菩萨一样枯坐在会议室。

第五章　改革

1

化肥厂的艰难状况早已引起了峡湾市委的高度关注。那时候，仿佛来了一场倒春寒，一夜之间，红火了好多年的乡镇企业突然一下子就不景气了。但毕竟规模小，涉及人数不多，关一批，卖一批，转岗一批，慢慢也就消化了。但峡湾化肥厂是市里最大的国营企业，有几十个亿的资产，三四千号人，这一破产不得了，那是地动山摇的大事。

市政府在化肥厂改革方向上出现了分歧，一种意见是以现有班底为基础，确保稳定，再通过银行输血解决燃眉之急，让化肥厂渡过难关。另一种意见比较大胆，是改组现有班底，剥离不良资产，通过重组新生力量增强自我造血功能，实现自救。市政府组织国资委、化工局向市委作了几次专题汇报，市委书记陈亚楠从省发改委主任刚调任过来，是改革派，年轻有魄力。他的意见很明确，救活化肥厂不能通过改良缓解矛盾，要通过改革扭转局面。市政府根据市委的意见，确定了对化肥厂进行改革的方案。

主管工业的副市长伍云峰带领工作组正式进驻化肥厂改革。他当粮食局长的时候就和黄政勇私交很好，每年秋收时节找黄政勇批条子拿平价化肥给农场换粮食。那时候，两个人级别相当，都是县处级干部。但那是伍云峰求黄政勇办事，人在屋檐下，低头矮三分，黄政勇是个爽快人，从没让他感觉到低三下四。肥都是一车一车地批，给足了面子。而且每次到化肥厂来都被黄政勇请到招待所好吃好喝地招待，里子也衬得满满当当。那时候化肥厂正是辉煌灿烂的光景，别说一个局长，就是峡湾市长过来找黄政勇办事都是笑眉顺眼，一口一个政勇兄弟。县官不如现管，黄政勇手中的权力不能用行政级别来简单概括。黄政勇讲的是感情，而他讲感情最大的筹码就是手中的权力。

伍云峰此时的心情很复杂。论级别，现在伍云峰升任了副市长，成了黄政勇的领导。论机会，这个副市长是黄政勇让给他的。市委找黄政勇谈过几次话，意思很明确，让黄政勇任主管工业和交通的副市长。黄政勇委婉拒绝了，那时候化肥厂效益好不是主要原因，重要的是他对化肥厂的感情已经浓得化不开，化肥厂甚至已经成了他生命的依托。伍云峰从粮食局长升任了副市长，本来是预备主管农业的，班子调整分工时阴差阳错成了主管工业和交通的副市长。论感情，他这次过来是要摘了黄政勇的厂长帽子，没收他的权力。

改革意味着革命，伍云峰现在成了残忍的屠夫，他手里的刀子寒意森森，却不知道该怎么亮出来。他想起外科医生在手术前会先用麻醉药，是为了让病人在迷蒙的状态中减轻痛苦。

伍云峰想到的这个麻醉剂是酒。天上飘着蒙蒙细雨，感觉空气里也扩散着雾一样的忧伤。工作组一进化肥厂，这种隐隐的忧伤就钻进了许多人的心里，也包括黄政勇。两个人在招待所找了个包厢，掏出烟，对上火。

黄政勇是东道主，正在想找句什么暖场的话来打开局面。伍云峰吐出一口浓烟，声音从白雾里钻了出来，今天没有领导，只有兄弟，今晚只喝酒，不说公家事。黄政勇说声好，就喜欢兄弟这个痛快劲。他已经站起身准备开酒。

伍云峰伸出手挡住了。他从公文包里变戏法一样掏出来两瓶酒，是两瓶去了包装盒的茅台。伍云峰咧嘴笑着说，估计要过期了，都放八年了。酒是陈年好，过期肯定是玩笑话。

黄政勇知道他在开玩笑，配合着摇了摇头，说估计颜色都发黄了，就怕味道变馊了。两个人都笑了，气氛一下子欢快起来。很快一瓶就见底了。

伍云峰又旋开了第二瓶，黄政勇作势要阻拦，说恰好最好。伍云峰手中的酒瓶躲了一下，说没有最好，只有更好。索性用双手把酒瓶摁在了桌上，说我写了首七绝，你说好，我们就喝，你说不好，我们就收场。

黄政勇知道伍云峰是打油诗高手，在市政府开会就喜欢用打油诗总结，押韵又贴切，大家喜欢听他讲。想今天又不是开会，没有内容装，看他能作出个什么稀奇古怪的诗。就说声好！伍云峰仰起脸，眼睛朝着吊灯眨了两下，像在和灯泡交流。他脑子里的灯泡突然亮了，声音光一样从嘴巴里漏了出来：外面雨点像跳舞，屋里喝酒欲叫苦。兄弟不喝我打赌，气死李白与杜甫。

服气，喝！黄政勇笑得差点从椅上掉下来，一双手把桌面搐得直打战，桌上的杯盘碗碟欢快地跳起了舞。推杯换盏，友情在彼此间轮番传递。这个晚上的交流是痛快酣畅的，酒干话稠也没有提及改革。

两个人摇摇摆摆地出来，又晃晃悠悠地告别，好像又回到了以前的场景。伍云峰来找黄政勇批条拉肥，也是这个样子，也是在厂招待所。黄政勇一直就是这么枯瘦高挑，只是现在背已经微驼，更像一根略弯的钓鱼竿。恍惚间，许多情境既像结束，又像开始。伍云峰既像是带着一种救赎的心情陪黄政勇开心，又像是在偿还一笔欠了很久的人情，更多的是一种说不清楚的悲悯。

黄政勇的开心是装出来的，他是想通过喝酒来坐实他心中的想法。如果是继续留任化肥厂，伍云峰喝酒时就会兜底。越不提，就越证明形势微妙，隐藏的正是某种足以摧毁一切的力量。他想起化肥厂从三线企业转型成支农企业，一步步发展到今天，其中经历的苦涩，付出的艰辛，面对世风入侵孱弱而无力的抗争，面对各种蚕食企业行径的温柔抵制，终究是没能阻止管理体系的轰然坍塌，企业效益江河日下。二十年的时光叠影成了一幕幕镜像，在他脑海里放着电影。感觉自己恍若成了一个被时代追逐的人，孤独而苦闷，还有一点不甘心。

时间像流水一样，所有隐藏的想法不过是暂时卧在水里的石头，很快一切都将水落石出。第二天上午，伍云峰准备给黄政勇摊牌了。他在办公室和黄政勇面对面坐着，准备谈话。但黄政勇的表情是一种躲避什么的冷漠，这种含在黄政勇表情里的冷漠，在两人之间划出来一道距离。

两个人直直地看着隔在他们中间的茶几。茶几上是两杯采花毛尖，茶叶正在往杯底缓缓坠落，渐渐生出来一片郁郁葱葱的绿色丛林，茶的汤色里马上荡漾出了几分春天的翠意。阳光从窗户里斜进来，屋子里的一切寂静如黑白默片，仿佛这两杯绿茶成了影片里唯一的色彩和温度。

茶里藏了禅的静，品味的是寂寞，使人越发清醒，人在清醒的时候更容易感受到痛楚。而酒不一样，里面藏着动的火，体会的是喧闹，使人陶醉，人在陶醉的神态里更容易捕捉到快乐。今天和昨天，还是这两个人，但横陈在他们面前的饮品不一样了，似乎两个人的心情也就大不一样了。

现在两个人就像坐在语言的荒野里，默默地抽烟，等待着谁先打破寂静。黄政勇呆呆地看着眼前的茶杯，好像从来没有喝过这么好的绿茶，已经沉溺于这杯采花毛尖了。

许久，伍云峰张开嘴，好像终于在荒野上看见了什么。他看到了光阴。他说，政勇兄弟，你在化肥厂快二十年了吧？黄政勇说，整二十年啊，伍市长。他把握着分寸，很有秩序感。伍云峰现在是领导，得喊职务。

伍云峰听出了他语气里的苦涩，微微一笑，说我们这个时代的人啊，出生在解放前，长在红旗下。幸而不幸。长身体的时候碰上三年自然灾害，长身体缺营养。长知识的时候又经过十年"文革"，长学问缺机会。不能说生不逢时，但是先天不足是事实。到了壮年，我们敢拿青春赌明天，靠一股子不服输的拼劲，走到了今天。再干几年，我们都要退休了。人这一辈子呀，拗不过命。你比我值。你在部队干了十几年，三十几岁又转业到地方，横跨半个中国，见的世面广。在地方又干了二十年企业，风生水起的二十年啊，经历的事也多。你让化肥厂托起了峡湾地区工业的半边天，你是峡湾人民的功臣。我在地方干了三十多年，从粮食局打字员干到局长，几十年屁股没挪窝，现在到政府，转的圈半天就走完了。干的事一句话就交代完了。说白了就是跟着混，高调一点就叫不断地去完成历史使命。其实这也是命。他把完成历史使命这几个字咬得比较重，好像那一大堆话就只是为了衬托这几个字。包括昨天喝过的酒，今天说的这些话，都只是铺垫，都是在为释放这几个字打基础。

这些话像浸种一样在伍云峰的心里泡了好久，只等着绿白尖细的芽一吐出来，就变成一根瓜秧，瓜秧又变成藤，一截一截地吐须、爬行，他希望能快速爬到黄政勇的心坎上去结出一个瓜，这个瓜叫使命。市委给他的使命就是让黄政勇平静退位，黄政勇的使命就是能平静地接受这个使命。使命完成，则瓜熟蒂落。大家各自相安。

黄政勇的气场还在，气可以撑一个人的场，场也可以泄一个人的气。他如果想干什么或者拒绝什么，必须准备充足的理由，如果理由不成熟，他宁愿让想法像温水里的青蛙一样先稳住。但现在，他听到完成历史使命这几个字时，明显是稳不住了。这句话带着烧心烙肺的炽热一下子就煮熟了他，黄政勇理解其中的意思。

他缓慢地摇了摇头，他的摇头说不上是对组织的安排感到意外，还是对伍云峰讲话的内容表示质疑。他没有接上伍云峰的话，却抬头看着天花板，天花板像哑剧里的白色幕布，他竟然看得忘我而投入。过了许久，他才文不对题似是而非地补了一句，其实我也能理解，只要有利于化肥厂的发展，我愿意服从组织的安排。他已经从心里接受了现实。

黄政勇平静地接受了辞去化肥厂厂长的职务，到市国资委任党委书记，正县级平移。伍云峰的安排很用心，化肥厂是国资委主管的企业，他去国资委当书记，好像是女儿变成了媳妇，亲娘变成了婆婆，还是一家人，感情的筋脉还连着，会少了那种众叛亲离的孤独感。

2

化肥厂在迎来建厂二十一周年的时候，也迎来了一场轰轰烈烈的改革。国企改革的时代洪流正在席卷全国，有着惊涛骇浪的气势。有的企业直接破产，员工们拿着买断工龄的钱自谋生路，炒盒饭，摆地摊，南下珠三角，各显神通。有的企业被同行业兼并，以前市场上见面红眼的对手成了一家人。有的企业被以前的厂长经理一块钱买来，变成私营企业。报纸上整版的新闻，一边介绍下岗明星的创业传奇，一边报道领导看望慰问失业贫困户，送温暖，送鼓励。化肥厂以停车检修的名义把生产装置全部停了下来，员工全部放假待命，等候通知。

这场改革从一开始就充满了震撼人心的仪式感。

化肥厂停车了，员工放假了，企业似乎要垮掉了。谢小兵开起了餐馆，叫谢总。尚华东租下了厂里的体育场，教小朋友打乒乓球，改称尚教练。只要有想法，条条大路通罗马。销售的卖保健品，采购的贩土鸡野鸭，有几分姿色的女工跑到东莞当保健技师。悲观的人在家里哭，眼泡肿得像金鱼。辛苦几十年，一砖一瓦地盖车间，一钉一铆地装设备，好日子突然说没就没了，心里难受。

卧槽马的人开始还有点幸灾乐祸的意思在里头，谁不希望自己过得比别人好？做再小的生意也是老板，比放假的工人要强出许多。他们从优越感里打捞出幸福感，忍不住抒情地发起感慨，落草的凤凰不如鸡啊。化肥厂二十年养尊处优的优越感虽然从发工资打白条开始抽丝剥茧，但直到现在才完全裸露。

化肥厂的人现在的目光是暗淡无光的，走在街道上也是低头沉思的样子，像是进入了高深的哲学思考状态。他们在想今天我从哪里来，明天要到哪里去，这种空洞的眼神叫茫然。风水轮流转啊，优越感现在归了卧槽马的人。鹊巢鸠占的日子一去不复返了。卧槽马的人的眼睛里是波光潋滟的，内心里盛满了沾沾自喜的欢愉和失而复得的欣喜。但这种情形像轻风拂过水面，很快就风过涟漪散。随着波纹不兴水平如镜的是卧槽马的生意突然变得冷清，街道上的人少了，过往的车少了。肉铺的生意冷清下来，以前一天可以卖几头猪的，现在半扇猪都卖不完。以前流水席一样火爆的饭馆，安静下来。流连饭店的顾客突然不见了，以前备菜都把冰箱里塞得满满的，现在都不敢备菜，要等着客人点了菜才匆匆去买。连早点铺的生意都黯淡了许多，先是牛肉面突然卖不动，后来连吃素面条的人都少了。这才恍然大悟，化肥厂的人自己在家煮面条呢。

大家从虚无缥缈的幸福感里没有捞到半点好处，倒是生意一落千丈，如釜底抽薪一样，所谓的幸福感一下子消弭于无形。这才醒悟过来，心里突然就塞满了失落，又怀上了深深的挫败感。卧槽马的人被现实狠狠地奚落了一顿。

厂区的大道两侧，全是停产了的车间厂房，门上挂着大铁锁，风一吹咣当当地响，窗户上的玻璃碎成冰碴子，尖利的锐气还在。生产线被空气腐蚀得斑驳陆离。有个工具箱掉在地上，露出一张1976年油印的简报，有不少繁体字，标题是大干快上争上游，报眼里是黄政勇手写贺词的影印件。医务室的地上还有打过点滴的瓶子，滚在地上，东倒西歪。工人文化宫的舞台，塌了一半，还有一半斜着，台下的座椅也缺胳膊少腿的。一片枯叶在夕阳里的风中盘旋，凋敝的厂区越发显露出一派荒芜景象。

化肥厂是一条看不见的大河，它流到哪里，哪里就滋润。在流经卧槽马的时候，汇聚了多少条小河小溪啊。现在大河的水断流了，小河小溪的水立马干了，眼看河床都出现龟裂的迹象。卧槽马的人这才开始慌张起来，心急如焚，巴巴地望着化肥厂的烟筒，惶惶地期盼化肥厂早日开车。化肥厂里冒了烟，生意才会好起来。

化肥厂的改革紧锣密鼓地推进了一个多月，资产重组工作才结束。化肥厂好比一棵大树，资产重组就是将岔开的三个枝丫进行清理。一个枝丫被砍掉了，还有两个枝丫连着根。被砍掉的枝丫，是医院和学校，连人带资产成建制地划给卧槽马区，交给地方管理。一个枝丫是生产经营相关的资产，是化肥厂的主要固定资产，自主经营。一个枝丫是社会服务相关的资产，是体育馆、工人文化宫、电影院、招待所等存量资产，承包经营。

资产重组后，化肥厂改了名字，叫峡湾泰丰化工有限责任公司。资产拆分容易，汤汤水水端来端去，多点少点，要么在碗里要么在盆里，肉炖烂了也都在锅里。锅是国家的，谁也端不走。工作组清算资产的时候，伍云峰带队在外面考察，国企改革正在全国如火如荼地开展，学习的典型经验很多，但法宝就一个，竞争上岗，下岗分流。人盘活，资产也就盘活了。

伍云峰带着考察取得的经验回来了。他代表市委市政府宣布了班子调整结果，吴英俊任泰丰公司总经理，法人代表。吴英俊是黄政勇推荐的，国资委考察的对象是吴英俊和姜大民。黄政勇曾经很犹豫，姜大民除了不懂生产，社会资源更丰富，活动能量大，控制组织的能力更强，其实更适合做一把手。吴英俊懂生产，能吃苦耐劳，执行能力强，刚正不阿但不够圆融，驾驭组织的手段不够，其实更适合做二把手。但他心里有着更深的隐忧，姜大民一旦做了总经理，没人能够监督控制他，他将成为一匹脱缰的野马。他给伍云峰发出吴英俊更合适的这条短消息时，心里头充满着一种事与愿违的别扭。

黄政勇到国资委上班没几天，知道了学校和医院被整体划拨给卧槽马，就像眼睁睁看着他栽培的两盆花被人连花钵子一起端走了。一双无奈的眼睛里装满惆怅。他呆坐办公室，在万丈空虚里惦念建学校建医院的日子，他一趟趟找上面要人要钱要器材，腿都跑短了一截，像春燕筑巢一样衔泥吐沫。现在燕飞窝离物是人非，似要断了黄政勇用生命和情感缔结的关系。

他闭眼在心里一遍遍咀嚼回忆时，突然想起了伍云峰说的历史使命。学校和医院的归宿不也是在完成历史使命？！这么理解的时候，黄政勇心里又坦然了。可是，当他睁开眼来，看到陌生的办公室，他一下子又蒙了，一下子又难受了。好长时间都神情恍惚，搞不清楚自己为什么会来到这里，来到这里干什么，搞不清楚自己跟这里有什么关系，剩下的日子还将干什么。

黄政勇在办公室里走着，转着，一会儿打开一份报纸，找里面的新闻，一会儿又放下手里的茶杯，冲着墙壁愣神，丢了魂一样。这时候手机铃声响了，是伍云峰打过来的。他希望黄政勇对政府的考察对象拿主意，电话里说，黄书记的建议是决定性的，谁当这个总经理，黄书记最有发言权。他的潜台词是谁当总经理黄政勇说了算。

伍云峰打这个电话，是经过了深思熟虑的。他完全可以让黄政勇去他办公室当面商量。但这样显得摆架子，不合适。打他办公室电话吧，公务的味道重了。他选择了打手机，拉家常一样讨论人事安排，恰恰在随意里更能显出朋友间的平等与信任。现在要黄政勇推荐总经理，又饱含了尊重他的意思。他推荐谁，谁事后都将感恩于他，人情留给他不说，又让他往化肥厂这个感情的池子里蓄了水，不至于人走茶凉。

这个貌似不拘小节却是用了心思的电话，着着实实让黄政勇感到格外熨帖，有种舒心的暖意在心里涌动。但伍云峰说这个建议是决定性的，口气里的毋庸置疑让黄政勇犯了难。伍云峰煮好了豆浆，让黄政勇来点卤水。毕竟不能卤水点豆腐那么随意，黄政勇说事关重大，你让我想想吧。电话里说，那行。等对方挂了电话，他合上了手机。

姜大民这段时间三天两头往黄政勇这里跑，他对趋势的判断像他的嗅觉一样灵敏。他想当总经理，但他不会很直接地表示出来，他会铆足了劲让你先松口。他永远是个表面淡定，内心澎湃的人。他也知道组织上会充分征求黄政勇的意见。黄政勇的意见有着秤砣一样的分量。

黄政勇到国资委后，机关的清闲自在让他有点不适应，就像个从前线战场上逃跑的士兵，突然逃到了疗养所，一伸胳膊一踢腿，却又不像个伤兵。只是一愣神的工夫，他就又会走进化肥厂的时时刻刻。

姜大民抱着一盆墨兰进来了，两片上举的叶子像一双小手，一只挺拔的鹅黄色花苞似开非开，充满了青春的活力。上面吊了张小卡片，一悠一晃。他把墨兰放在阳光充足的窗台上，说兰有灵性，您没事可与它说说话，它能听得懂。说这话的口气像大人在哄一个小孩儿，充满了温情。他不提黄政勇的孤独，却巴心巴肝地给他找来一盆墨兰做伴。

黄政勇拿着卡片，看上面写着两行字：蕙心兰质独含章，寄意空谷含幽香。心里暖和得像煨了个小火炉，细细地看着他，从他身上寻找着他与吴英俊的不同。吴英俊会给他天天打电话，讲他离开后化肥厂的各种变化，汇报工作的口气。他断然不会想到他的孤独，不会说句暖心窝的话。

姜大民见面却绝口不提化肥厂的事，他看透不说破，但是起眼动眉间都是能润透人心的绵密细雨。一种说不清楚的权衡开始在黄政勇的心里较量，从两个人性格分析到领导力比较，一个世故精明，一个勤奋自信，结果越往上攀比想法就越往心底深处沉，两种相反力量的周旋形成了一个巨大旋涡。两个人在旋涡里打着转，浮上来又沉下去。他却只能拉一个人上岸，但他不知道该伸手把哪个人从旋涡中拖上来。这让他疲惫不堪。

手机嘀嘀了两声，是伍云峰发过来的一条短信：兄弟，人选确定了吗？正准备给亚楠书记汇报，定好舵手赶紧开桨划大船。急，云峰。他拿手机的手抖了一下，心里一颤。他刚写下姜大民三个字，就按退格键删掉了。重新写，还是姜大民。他又删掉。他像是被某种力量控制着。当他写下吴英俊三个字后，像用尽了浑身的力气。发送前的一瞬间，又加了更合适三个字。表明了他是经过周密考虑后的谨慎选择，其实两个都合适，只是一个更合适。

信息发出去之后，他似乎想急着逃离那股控制的力量，就把手机关了。但他能想象得到伍云峰收到短信后会怎么给书记汇报。伍云峰给领导汇报的水平，是滴水不漏密不透风的。他含着软舌头，能玩出硬实力。只要确定目标，他就能顺着目标指引的方向，从山重水复拐到柳暗花明，再说得领导心花怒放，最后一锤定音。吴英俊任泰丰化工公司总经理的事，就这样一锤定音了。

3

化肥厂停下来的这段时间，卧槽马的人吃惊地发现了一些变化，先是感觉对面山上的将军垴像发酵的面团在膨大，往近前里逼近了许多，突兀嶙峋地挤占了卧槽马的空间，像是也在往这日子里蜷伏，让人觉得压抑得喘不过气。然后又觉着空气里突然飘散出一股子霉味。

他们看见街道上的几家宾馆天天在晾晒客房的被子，由于体温的长久疏离而吸吮了空气中太多的潮湿，被子变得湿漉漉的。房间的地毯上也长出了地图样的花纹，墙纸鼓起了包，这些房间里的器官因为缺少了人的抚摸，好像要腐烂一样，囤积着一屋子发霉的气味。门一打开，气味就跑出来了，现在满大街都飘散着这种阴沉的霉味。

人在这种环境里，心情也容易发霉，走路都是跌跌撞撞的样子，好像默默地怀有重重心事。在这些深深的忧虑之外沉淀于人们心底的，还是掩饰不住对火辣日子的期盼，就像雨天过后缭绕在将军垴上的云雾，怎么也掩不住明媚的阳光一下子透射到卧槽马。这种期盼马上就变成了实实在在的等待，等待着化肥厂早日开车点火。

大家把目光又投向了化肥厂的烟筒。这段时间，烟筒就像竖在卧槽马的一根拴马桩，时不时就缰绳一样地牵扯一下这些游移的目光。

谁当上泰丰化工的总经理，对于吴英俊和姜大民都像运动员临赛前的备战，心里头埋着期盼，也有过准备。吴英俊的态度是冷静的、平和的，还有一点无所谓的意思。姜大民的态度是积极的、火热的，但捂在心里，是诱人而揪心的等待。

好消息和坏消息的突然到来，给每个人的感受都是差不多的，是防不胜防的防不住。伍云峰宣布组织决定吴英俊任总经理的时候，吴英俊和姜大民几乎同时呆怔了一下，大脑里瞬间短了路。

姜大民目光虚焦地看着桌对面的吴英俊，仿佛隔了一层膜，又似乎是透过磨砂玻璃在看他，眼里是一种伪造的清晰。一种失望、焦虑的颜色在姜大民脸上只是很快地闪烁了一下，就熄灭了。他的脑袋马上像烈士就义般高扬了起来，并带头鼓起了掌。掌声及时，引发了全场掌声雷动，这是大家对组织决定信任与共鸣的回响。既是给伍云峰在捧哏，也是给吴英俊在捧场。

姜大民的这个掌声拿捏得非常到位，是迅速进入角色的主动配合。吴英俊这才像个梦游的人突然被惊醒，感觉是别人把他心里话挤压了出来。他赶紧站起来鞠躬，连声说谢谢，决不辜负组织和同志们的信任。声音低沉，似乎在刻意压制着那一股几乎要脱壳而出的惊喜。

伍云峰宣布完组织决定后，吴英俊开始着手泰丰化工的改革与复产工作。就像演戏，他现在成了孙猴子，锣鼓一响，就该他翻跟斗了。之前的雄心勃勃、踌躇满志，在面对千疮百孔的问题时，又显得心力交瘁、一筹莫展。

第一件事就是裁员。他清理了一下后方管理岗位和车间辅助管理岗位，超过了一千人。他扳指一算，这意味着三个生产岗要养着一个管理岗。起码要减一千人。

第二件事是找钱。给工人兑换工资白条及生产启动资金，大约需要五千万。这是两件最紧要的事，沉在吴英俊的心里头，一晃一晃的，像卧在清水里的两把刀子，睁眼闭眼都是炫目的寒光。

最兴奋的要数刘招娣，自从吴英俊当上了泰丰化工的总经理，她的脸上就浮着两朵病态的红晕，突兀地贴在面颊上，像感冒了在发烧一样，心里燃烧的是近乎昏厥的幸福感。谁心里不会有点夫贵妻荣的念想呢。她生育得迟，是中年得子，倍觉幸福。现在抱着才刚满一岁的儿子吴一凡，越看越有成就感，就像是抱着吴英俊的翻版。饱满的乳房还像汁水充盈的水蜜桃，碰一下，就会有汁液喷溅。屋子里充满了一股奶腥味、尿臊味、痱子粉和花露水混合的奇怪味道，她在视觉与嗅觉里感知着这种幸福，心里不断涌出来一股甜蜜的暖潮。

吴英俊回来的时候，已经有人安排备好了晚餐送过来。表面看起来像是政工处长楚大银作势要讨好总经理的心机，其实是姜大民悄悄怂恿他干的。姜大民是在琢磨着怎么打开一个缺口，或者还有什么别的目的。他是个心思复杂的人。

餐厅里的吊灯像轮满月悬在上面，吴英俊揭开餐桌上的纱罩，看到盘子里的鱼、瓦罐里的鸡汤，还有他喜欢吃的榨菜肉丝，以及情态各异的餐具，显得既熟悉又陌生。招待所里熟悉的样子和味道，突然跑到家里，就变得陌生了。他的眉头皱了一下，接着变成了一张紧绷绷的厉害脸色。

他像审犯人一样问道，这是谁安排送来的？企业都成这样了，紧要关头，传出去，我怎么开展工作？

刘招娣惊愕地看着他，像受了极大的委屈，怀里的吴一凡也配合着哇哇地哭了起来。她搂着孩子一步三摇地晃着肩不停地哄着，眼泪也簌簌地滴了下来。

看着妻子弯腰曲背搂着孩子的姿势，眼泪和身形无不流露出可怜的样子。吴英俊心又软了，把脸埋进碗里大口地吃。等喂饱自己，脸上震怒的神色并未完全退去，隐约还有阴云，他放下碗去接孩子，换刘招娣吃饭。

刘招娣望着他迟疑了一下，还是把吴一凡递给了他。一接过儿子，吴英俊就感觉有一种温暖的东西从身体里流了出来，立马和怀里的儿子融在了一起，笑意从嘴角里跑出来。

吴英俊躺在床上想着公司里的事，翻来覆去睡不着。黑暗中，刘招娣像母亲一样摩挲着他的头，突然一阵心疼。刚结婚的时候，她的手指头插进头发里就像埋进了一堆草丛。二十年的时光，他的头发已经稀疏得包不住指头了。吴英俊以前工作压力大的时候，她只需轻声说，乖乖，转过去，睡着，吴英俊就听话地翻转身体，把后背对着她，等她伸出拉把一样的手在背上轻轻地挠，只要几个回合，渐渐地就能听到吴英俊均匀的鼾声。但现在不灵了。吴英俊心里装了两把刀子，折磨着他。一把刀子是那么多人怎么安置，一把刀子是从哪里去找那么多钱。

他以前多么渴望拥有权力，权力能让人变得更有力量，却不知道权力上面拴了更大的责任，是悬殊于力量的重量。想着这四千多人的活路一下子框在了他的身上，简直强悍得没有退路。他心里甚至开始质疑自己为什么当初会有当总经理的想法，真是虚妄。这样想时，心里的某个部位像是忽然裂开了一道缝隙，透过缝隙他仿佛看到了自己的脆弱。还有那些在化肥厂建设和生产期间逝去的面孔，好像也在黑咕隆咚的空间里望着他。他忍不住睁眼去看，夜色里空无一人，但更像站满了人，三四千名员工都悬浮在半空里看着他。周围全是密密麻麻的脑袋。一种说不出的惶惑涌上心头，这意味着他从此将与压力、劳累、焦虑结伴而行。

刘招娣已经给吴一凡把了两次尿，又喂了一次奶。等第二次喂完奶，吴英俊突然柔声对刘招娣喂了一声，把刘招娣吓一颤，就知道他还没睡着。歪了头静静地听他讲，他说从明天起，再不能接受任何人的东西，包括办公室安排的饭菜，不花钱的事就算断头的针尖都不能要。你不知道我的压力有多大。以前每次改革，都会有人走夜路，后来改革都见了鬼。这次改革不动真格，化肥厂就是死路一条。明天叫人过来取盘子，给他们一百块钱，不让再送了。我们去请个保姆。他尽量用温和的语气，刘招娣还是听出了言词里的强硬。

她的心里突然涌出了无以名状的怜惜和感动，眼泪在眼眶里打转，她想用别的动作掩饰自己，就俯下身子去亲了一下吴英俊，吴英俊本能地抱紧了她。她心里的渴望其实已经长出了皱纹，从化肥厂停产开始，两个人的身体已经半年没碰过了，蓄谋已久的火苗腾地就燃烧了起来。她拖出枕头轻轻地把吴一凡隔住，不让他掉下去。赶紧脱了衣服钻过去，一手撑着身体，一手将吴英俊的短裤褪掉，然后撅起屁股趴了上去。她迫不及待地想用潮热温润的身体去吞噬吴英俊，试了几次，都没有成功。那个曾经高昂的头颅突然变得低调了，力不从心的样子。

岁月是个神秘的杀手，一直在阴险而残酷地追杀着男人的雄风和欲望。重新调换了姿势，吴英俊的额头上已经渗出了一层密密麻麻的汗珠，他努力了一会儿，终于成功了，却很勉强。但很快就发出来一声沉闷的低吼，如同出了一口恶气，瘫软在她身体上，不再动弹。刘招娣心中的那盆烈火还正旺着，不免有些沮丧。她想起过去，吴英俊在床上急不可待的样子，蛮横霸道的抚摸，孔武有力的冲击。那些过去现在成了一座高山，她只好在幻想中慢慢攀爬，浑身又有了燥热，借助回忆，她一点一点地爬上情欲的巅峰，像蔫萎在黑暗中的花骨朵突然间又绽开了。

吴英俊这次改革下的功夫很大，除了产品的商标没有改，还叫卧槽马牌。厂已经顺应潮流改成了公司，组织机构大调整，所有部门都要变。他准备庖丁解牛一样把所有机构都变成事业部。行政后勤的几十个科室，精简成行政部、财务部、经营部三个部门。十几个生产科室精简成一个生产部。十几个生产车间也按工艺路线和产品精简成原料部、合成部、化肥部三个部。管理人员编制砍掉一大半，车间冗员再淘汰一部分。他的想法是先拆庙，再立方丈，方丈选沙弥，总数要减一千人。

吴英俊揣着这个想法去找黄政勇汇报。他心里对黄政勇充满了感激，更多的是尊重。他能走上这个位子，是黄政勇多年培养的结果。一个人的成功离不开获得机会的数量和质量，机会就像握在领导手里的一把种子，他愿意给谁多一些，把最有成功基因的种子给谁，谁就可能离成功更近。黄政勇给了他成功的种子，又把自己辛苦耕种多年的土地留给了他。他马上就要把这块土地由坡田改梯田了，还要刨苗插秧种大棚。他去汇报这些不是重点，重点是想让领导知道他内心的尊敬。尊敬不是重点，重点是他需要领导在政治上给予支持。有了领导的支持，他就能放手大胆地干，裁减那么多员工难免不会出点事故。背后有靠山，心里会踏实些。

黄政勇现在那种清闲、散淡的样子，既像个解甲归田的将军，又像个看透世事的智者。没了报表，没了调度会，关于化肥厂的信息，只有《国资通讯》里短短的几行字，就是这寥寥数语也是每周才一次，都是关于改革方案的几点摘要，不能往细处说，一是保密，二是篇幅限制。

每次打开这份周报，他的目光就像他的长腿一样跨步很大，几步就迈过其他企业的信息，久久地停留在泰丰化工有关的讯息面前，字斟句酌地读，嚼胡豆一样嘎嘣脆响，津津有味。他在里面读出了很多想法，也很期待着吴英俊过来。毕竟现在成了婆婆，顶多当半个妈使，不能太主动，也不能没主意。他把想法都装心里面，像闷在罐子里，捂得严实，只等着吴英俊过来揭盖子。

4

吴英俊把自己的想法一五一十地给黄政勇端了出来。黄政勇抱着茶杯坐在沙发上静静地听他讲，好像已经坐了好多年，早已成了一个失去意识和记忆的人。其实他在用心地听，沿着吴英俊叶脉一样凸出的主题思路在勾画、圆润整个叶面，他有种虚幻的感觉，仿佛又回到了化肥厂，在经历着那些人和事，脸上慢慢涂上了一层兴奋的色彩。等吴英俊停顿下来，他看到办公室的桌和椅，还有窗台上的那盆墨兰，才从幻境中又回到了现实。

黄政勇把在心里酝酿过无数次，又在刚才的思考里发酵过的话，一勺子一勺子地舀了出来。他一面说一面用手凌空比画着，企业的企，是上面有人，下面不停止发展，这就是企。业的字形是两个好汉背靠背，避免腹背受敌，要有团队。你的想法再好，要有团队执行。破则立，破就是要敢于剥皮见肉刮骨疗伤，那是要流血的，经过了阵痛，才能站立起来。他在讲团队的时候，插了一句话，你和姜大民团结好，就能组建最强的团队，就能兴企立业。这也是我最关心的。他嘴上说出来是关心，其实心里是担心。

黄政勇的眼神里还有一丝隐藏的凌厉，是表面绵软内核坚硬的那股凌厉。然后他又讲了一些细节的处理，消化一千多号人，怎么通过不同利益诉求分化瓦解这批人，不能让他们形成联盟。然后是银行贷款的事，这事得找政府担保，化肥厂现在是政府的包袱，要拿准这个心思。只要能放下包袱，政府肯定会支持。毕竟企业是国家的，国家就像一个家长，不可能把一个得病的孩子掐死，他要给他吃药，给他输血，他会想方设法让他活下去。几千名工人也都指望着这个活着的企业能给自己活路。

吴英俊很快就被黄政勇的谈锋拿捏住了，他拿着笔把重点记下来。他觉得自己对很多事情的把握只是个大概，有方向但前景模糊不清，黄政勇是对细节都会考虑得清清楚楚，简直就是个陈景润，能把一加一整得这么明白。别人天天拿一加一算账，从没想过为什么要这么算。吴英俊从心里不得不服气。

吴英俊的想法只是一堆稻谷，现在被黄政勇褪了皮，碾成了精米，可以直接下锅做成米饭。吴英俊心里最犹豫的最没有把握的是怎么和姜大民团结起来，怎么黏合两人之间的罅隙，就好比要从他最无骨的地方下刀子，疼是真疼，二十年来虚掩的心扉已经锈迹斑斑。这么多年，他也说不出究竟是什么原因，让他从内心里那么不待见姜大民。是他那种近乎趔趄地讨好别人的奴性？还是见谁都贴膏药一样的自来熟？还是那种饥饿般的贪婪？这些都让他心里隐隐不快，像倒睫毛一样戳在眼里，像刺一样长到了肉里。现在为了公司大局，他要把倒睫毛拔出来，把肉刺剔出来。

这样说服自己的时候，感觉有着几分悲壮。他现在其实更像个抢锤的铁匠徒弟，要把大铁锤砸在师傅用小铁锤敲过的地方。那就是让黄政勇的担心变成放心。

吴英俊出现在姜大民楼下的时候，已经晚上九点半了。他抬头看见姜军房间的窗户正亮着灯。姜军在读高三，晚上要复习功课。他掂了掂手里的水果，感觉是要去投诚一样，有种气节顿失的虚。越往上爬，心越虚，像有了高原反应似的，开始大口地喘气。每上一级楼梯都要使出很大劲才能抬起腿。来到熟悉的门口时，脚步又近于蹒跚，心里的吊桶已经晃荡得不成样子了。毕竟有着连襟关系的表层覆盖着，逢年过节，就算表演性质的一些走动还是有的。但要从虚假的宽容里走进对方的内心，却是未曾有过。

他举起手轻轻地敲了几下门。

吱呀声里，姜军探出来半颗脑袋，用迟疑的声音，礼节性地叫了声姨父。又转身向着客厅说，爸，姨父来了。里面哎了一声应答。吴英俊就被那扇半开门的灯光吸了进去，一颗心还在突突地跳，慌得要去做贼似的。

姜大民正坐在沙发上看电视，扭头看过来的时候，吴英俊已经到了跟前，赶紧站了起来，双手接过他手里的水果，又一本正经规规矩矩地放到餐桌上，动作里很有秩序感。他的肢体语言是把吴英俊当作领导家访而不是连襟串门。等刘梦娜去泡茶的时候，他给吴英俊递了一支烟。吴英俊抓住茶几上的打火机，先给姜大民点火。姜大民捉住他的肘又拐了过来。这种相互客气和推让，就像两个客人给对方奉菜，自己筷子夹住的都是往对方碗里送的菜。

表面上的客气，正是内心里的生疏。他们之间总是有着这么一层看不见的隔膜，有种说不出来的韧劲。如果不戳破这层膜，就是面对面，也是咫尺天涯。吴英俊今天就是抱着孤注一掷的决心，要来撕开这层膜，哪怕让自己的面子和尊严变得血淋淋，一种强有力的东西从他身体挣脱出来。

吴英俊挪了挪身子，在沙发上盘起一条腿，像在自己家里样摆了个随意的姿势。接过刘梦娜递过来的茶，大声说，姐，炸盘花生米，我想和大民哥喝杯酒。吴英俊刻意用了粗鲁的动作和夸张的声音来掩饰自己的心虚。

刘梦娜还是从这声音里听出来一股力量，一股久违的只有亲人间才有的黏合力。姐，大民哥，好像饱含了无限深情的称谓，她需要用心去慢慢体味其中的情义和温暖。

这一声突然而至的哥显然也让姜大民无比沉溺，他连声说好，紧张而兴奋地去找酒杯和酒了。他的嘴角斜斜地挂了一抹微笑，像咬着一朵含苞欲放的小花儿。

茶几上挪出来一块地方，一盘炸花生米，一盘卤牛肉，一盘刀拍黄瓜，一碟糖蒜。吴英俊端起酒杯朝着姜大民伸过来，说我今天去看老领导了，取经去了。你猜他给我交代什么了？两人碰了一下，一仰脖，干了。

姜大民一边斟酒，一边看着他反问，老领导要你替他问候我了。他端的还是那副装聋作哑的油腔滑调。其实吴英俊最烦的就是他这种揣着明白装糊涂的劲头。但今天甚至从今往后他都要摆出宽容的姿态，要像母亲宽容一个顽童一样。他要按捺住自己所有的不耐烦，心里粼光闪现的只有委曲求全的念头。这个全，是要保全化肥厂的明天。

吴英俊笑笑说，对了一半。一仰头，又干了。这酒喝得有点急。一如吴英俊的性格。他现在憋了一肚子的话，要借着酒倒出来。憋话比憋尿还难受。姜大民却不急，悠然的样子像隔空打着太极，津津有味地嚼着一截黄瓜。他先用牙把墨绿色的皮一圈圈地啃完，露出一截半透明的瓤，拿在手里把玩，又像在鉴赏一个工艺品。

吴英俊却急于纵容自己的想法，所有想说的话就像姜大民现在手里啃出来的那个黄瓜瓤，已经汁液欲滴。他把脑袋凑过去，似要抵住了姜大民的头，颤抖的声音从他心脏里拱了出来，大民哥，化肥厂下一步怎么走？离了你的支持，孙悟空也搞不好。多少人大半辈子的心血啊，要指望我们哪。哥，我要真心敬你一杯。

姜大民的酒量比吴英俊大太多了，小半斤下肚，依然面不改色，夹花生米的筷子比手指头还灵活，一拈一个准儿。但这句话，不仅打翻了心中的五味瓶，更像一根银针准确地扎中了姜大民的穴位，各种愧疚一拥而上。

所有形式上的东西都可以忽略，包括总经理的职位，连襟间曾像页岩一样堆积的厚与薄的面子，但那核里面的东西，却是几千人奋斗过的心血和期待着的未来。一瞬间，他被吴英俊感动了。

两人对视一眼，眼眶里都噙着泪，突然间就有了生死契阔的意味。两个人多年来的跷跷板游戏结束了。平衡木的那端突然空了，你和我变成了我们。姜大民很快从观众席走上了舞台。吴英俊的独角戏现在变成了二人转。两个人围着四个盘子，用筷子比来画去，不断地完善着改革的想法，又快速地挑拣着各种判断。围绕公司新的组织构架的建立会面对什么困难，减下的一千多人怎么安排，怎么分流。找哪几家银行可以争取贷款，哪些客户可以融资。不断涌现的想法在两个人的语言里全部复活，立体起来，生动起来，一根草，一棵树，很快就长成了一片茂盛的森林。

这些场景早已纤毫毕见地跑进了刘梦娜的眼睛里，这个旁观者沸腾了。她觉得眼前的两个男人好像浸泡在一个时光容器里，踩着的是过去的时光，头顶上是未来的时光，周遭是现在的时光。她的内心现在幸福得就像秋风中正在灌浆的果子，饱满到要裂开的样子。她赶紧溜到房间给妹妹刘招娣打电话，语无伦次，不知从何说起，直恨不得跳到电话对面的刘招娣面前去分享这份喜悦和幸福。

刘招娣好不容易从她颠三倒四的语言里打捞出了大概的意思，又把那些幻象一样的细节织成一张网，网住了那头的两个人，是两个摘掉了面具的男人。她只在电话这头余音袅袅地哦了一声，像沉浸在回忆里，回味无穷。她不敢说太多话，担心惊醒了熟睡中的儿子，却像猛然间吞进了一大块肉，一时半会儿还消化不掉，心里早已油光温润。

5

泰丰化工公司的改革很快就有了实质性的推进，减员方案经过职工代表大会讨论通过后开始执行。先是按年龄切了一刀，女工四十岁，男工五十岁，全部实行内退或者买断工龄自主择业。管理科室实行末位淘汰，按资历、学历、岗位、能力进行打分，排名靠后的直接下到生产一线。招待所、食堂、工人文化宫、商场实行承包经营，又消化了上百个岗位。公司领导的家属一律下岗内退。算下来减了五百多人。按定编计划，还有将近五百人要面临下岗分流。分流计划排到了部门。部门领导关起门来开会，盘算哪些人可以下。干活不行的，平时表现不好的，还有听话老实的。最后这种人好处理，前两类人得斟酌，领导都怕扯皮的员工。任务要完成，还要和平解放。最后框来框去，名单还是没有完全确定下来。

化肥厂就像一艘航行在大海里的船，眼看就要触礁了，却没有一个人愿意主动跳海，就算死也要抱成一团。谁都害怕离开集体，每个人的心里都张弓如满月，绷紧了弦的样子。一些员工已经开始打着小算盘托人找关系，走夜路的人多了。有人请神，有人唤鬼。鬼神都找不到的，就找烟找酒，提着礼物求保佑，只求不下岗。

厂区里到处是三三两两的人，大家聚在一起七嘴八舌，更多的人在围着公示栏里每隔两天公布一批的下岗人员名单议论纷纷。第一批下岗人员是公司领导家属打头阵，这是要堵住大家的嘴。然后每批五十个人，这都是经过精心策划的，每批次间隔的两天时间刚好用来做消化处理工作。不能让矛盾集中，不能让下岗员工抱团。剥洋葱一样，一层一层地分离。分流的员工一批次又一批次地陆续签字回家退养。公司给他们缴着三险一金，一直到正式退休。买断工龄的员工按上年度月平均工资乘以工龄数，像超市里摆放的商品一样，明码标价，每个人都能算出自己的所得。选择买断的员工，大多经过化肥厂这两年的波折和磨炼，已经在卧槽马的街道上拥有了练摊的一席之地，袜子裤头西瓜南瓜，还有五颜六色的塑料花，苹果梨子香蕉和甘蔗，什么好卖进什么。有的回家把三轮摩托车再喷一道漆，锃亮如新，风挡玻璃上贴着接客送客，热心服务。分流人员一批批地离岗，等到最后两天公布的才是剩下的硬骨头。这些人摆着一副龇牙咧嘴的样子，满腹牢骚，却凑不了几个人，像癞子头上几个不安分的虱子爬来爬去。十个手指头就能把它们按翻。

眼看这场改革就要收官大吉了。市政府组织中农工建几大银行在公司又开了个现场会，听了公司的资产重组方案和未来发展规划，纷纷表态要支持企业，很快就进入了贷款办理流程。

事情顺利得超乎想象，这让吴英俊和姜大民感觉像做了一个梦，梦还没醒，天就亮了。好像夜太短了。这天上午，姜大民带着财务去银行办款。吴英俊在公司组织讨论开车方案，桌子四边围满了人，中间摆着复印放大了的开车方案，好像在进行一场丰盛的大餐。

突然闯进来一个人，手里拎着一只鸭。手一扬，鸭落到了桌上。鸭子没见过这阵势，看见周围全是人，惊恐地发出呱呱呱的叫声。大家认出是以前原料车间的李大威，他憋红了脸，挤出来一句没头没脑的话，听说下岗是没有给领导送东西。我妈让我买了一只鸭，不知道送给谁。我看你们都是领导，我还是不知道要送给谁。

那只鸭子紧张地在会议桌上踱着方步，又拉了一泡热气腾腾的屎。他却转身走了，像个小丑诡异地谢幕。大家面面相觑。吴英俊在想，这肯定是有人在背后怂恿他干。这是那天上午发生在会议室的事情。

下午刚上班，办公楼前围了一群人冲着楼顶指指点点。姜大民和财务部长刚从银行回来，喝得满脸通红。贷款手续已经办完了，明天就放款。中午一高兴，就和信贷部经理多干了三个小钢炮，一路上吐得肠子往外翻。口里还在喋喋不休，一杯就是五百万，这酒喝得真他妈值！他摇摇晃晃地从车里下来，用手在额头上搭了个凉棚，朝楼顶上看。渐渐看清楚了，楼顶上站了一个人。

正是中午上班的时间，准备进办公楼的人停下了脚步，已经进去的又拐出来了，还有去车间检修的工人也跑过来了。楼下聚集的人越来越多，看来这个人选择这个时间段是精心预谋过的。

有人认出了这个人是李大威。李大威刚爬上楼顶的时候，有过恐惧，毕竟是八层楼，比原料车间的顶棚要高两层楼的样子。他先在墙头蹲了一会儿，很快就适应了，才慢慢站立起来。他手里抓着避雷针的连接线，是一根三厘米粗的钢筋。在上面蹲着和站着，其实区别不大。但下面的视角形象就完全不一样了。蹲着只能看到他冒出的一颗脑袋，站着就成了一根旗杆，有立竿见影的效果。现在，他把刚才自己的恐惧转嫁到楼下看热闹的人身上了，他成了观众，看着下面的热闹。心里竟然有了几分莫可名状的兴奋。

李大威把一条腿伸起来，弯曲，呈金鸡独立状，这是运动员跳台跳水的预备动作。下面惊叫声一片，哇哇。他把脚又收进去了。咦，下面的人仿佛很失望。他双手上扬，一只手抓紧钢筋，另一只手像翅膀展开，仿佛准备俯冲下来。大家的心再次绷紧，拖出老长的一声哦。他像做广播体操的伸展运动一样，慢慢地把手又放回了原处。这几个动作大概耗费了他不少力气，似乎有些累了。他蹲下来，大家踮起脚也只能看到他的半个脑袋，像个瓢瓜浮在视线里。姜大民马上掏出电话通知张建新带几个人上楼去了。

李大威还沉浸在表演的余兴里，等他发现身后有人的时候，已经来不及转身了。被人从后面直接拦腰抱住，拖下来就按在地上，像捉羊羔一样。他被张建新带人四脚朝天地从楼上抬下来的时候，人们看到他的脸上像长出了几根红辣椒。这个巴掌印很眼熟，还有原来对称的脸现在不对称了，长了红辣椒的那块脸明显要胖多了。吴英俊和姜大民对今天发生的事情经过认真分析，一猜李大威就是背黑锅的。三句话盘不拢堆，打个屁都夹着放的人，没胆没识。背后定有人指使，决意挖出幕后的组织者。

李大威是个软柿子，张建新只用了一顿拳脚，刚把电警棍亮出来晃儿晃，他就哆嗦着把幕后组织的人交代了。张建新赶紧带领几个人跑到生活区，把楚大银堵在了家里。

政工处是第一个被撤掉的机关部门，拆庙撵方丈，楚大银夹着公文包铁青着脸回家了。他参与了改革方案的制订，表明拥护企业改革，给下岗员工做思想工作一套一套的。真轮到自己竞争上岗失败了，却只能打碎牙往肚里咽，这是多么残酷的事情。他心里消化不了那些碎牙，磨得他肝肠寸断还不能大喊大叫。那就让别人替他喊冤叫屈吧。他心里的想法，已经像一只在身体里孕育得活蹦乱跳的动物要急于出世了。

他每天到公告栏去看下岗人员名单，他看到自己投射到墙上的影子又虚又大，像魂魄一样遮盖住了上面的名单。他舔着嘴唇把这些人的名字抄下来，拿回家一个一个地琢磨。他的目光诡异，似乎听到了一种碎裂的声音，像瓦片凛冽的破响。那是他宁为玉碎，不为瓦全的想法。现在他家里聚集了二三十个人，正在开代表大会。有按年龄切分下岗人员的代表，有末位淘汰下岗人员的代表，有竞争上岗失败人员的代表，他们正聚在一起集思广益写控诉材料，从社会主义理论路线讲到资本主义思想复辟，从上岗要讲关系到下岗也要讲关系，不讲功劳不讲历史贡献只讲奉献。企业要搞垮了就改革，改革就是轰鸡赶鸭一样撵人走。从公平原则直到最后质疑改革减员的合法性。

楚大银执笔，马上就要写完了，让大家在上面签字摁指印，然后就可以去政府上访，去媒体报料。代表们已经职责明确只等着分头行动，他们马上就回去发动其他下岗员工。方案里包含了作势跳楼引人围观，去政府门口静坐绝食，堵塞国道阻碍交通，去报社电视台送材料，每一项都是能整出大动静的部署。一切按照楚大银的计划走，他像个出征前的将军正在胸有成竹地排兵布阵。

楚大银先是听到了楼道里一阵凌乱的脚步声，然后才透过门上的猫眼看到了张建新和保卫处的几个人。他心里面一下子兵荒马乱起来，声音有些发抖地指挥屋里的人赶忙收拾材料，像是地下交通站马上就要遭到宪兵队的搜捕。门又被拍了两下。强作镇定的楚大银瞒不住自己的心惊肉跳，额头上一片湿漉漉。他不停地把身体的重心从左脚调到右脚，又从右脚换到左脚，调整了半天，还是没有找到合适的姿势，像是在跳天鹅舞。有人打开了门，让外面的人进来了。屋里本来就挤满了人。大家都站着不动，空气凝固得似乎某个人稍微一动都会引起屋内震颤。

楚大银低垂着眼帘，谁也不看，但眼神已经破碎。他慢条斯理地说，我们在家里聊天。从法律上说，你们是私闯民宅，但大家都是同事，可以进来坐坐，可是房间太小了，容不下你们。如果没有别的事情，你们可以改天再来做客。

张建新不接话，他是个煞气很重的人，这时沉默比千言万语还要可怕，他的目光扫射着屋里的每个人，有着鹰隼的凌厉。他没想到屋里会有这么多人。现在要带一群人走不现实，再说也没有充足的理由。他要给自己找一条退路，不然没法收场。

张建新舔着嘴唇，快速思考应对的办法。他只咽了一口唾液就拿定了主意。他改变了策略，把勇猛好斗的表情换成了舒缓的语气，说大家都是抬头不见低头见的人，再说你们的孩子、爱人、亲人，都在化肥厂。改革是方针政策，是大势所趋，顺应潮流，等企业渡过难关，在发展中再给大家寻找岗位。不要走歪了路影响自己，也影响家人。大家划算划算。当然啦，要挑头闹事的，背后怂恿的，法律不会饶恕他。他语气里有劝诫，有警告。稍作停顿，他把刚才的话又重复一次，略带戏腔，就像饭吃了一阵，有点凉了，又回到锅里再热一遍。对峙的紧张空气开始有所松动。

然后，他才叫保卫处的人拿出一张纸，把每个人的名字都写上去，让大家摁手印。楚大银的拇指有点儿哆嗦，铆不上劲，蜻蜓点水一样，叠在他名字上的印泥有点花，像一滴未洇开的红胭脂，又像吸足了血的蚊虫不小心被拍死后溅出的一坨红。

张建新相信每个人的名字背后都会有千丝万缕的关系连着化肥厂，断藕也能拉出丝。这其实才是大家最怕的，那是老房子失火。谁也不愿意连累还在岗位上的家人。就算不顾忌岗位上的人，现在自己的名字落到张建新手里，也就是一条小尾巴被他捏住了。大家对心狠手辣的张建新终是有些心有余悸。那些积蓄在心里的怨气刚才还像气球一样鼓胀，转瞬间就被张建新的凌厉戳破了。形势急转直下，张建新摇橹一样，把船掉了个头。现在轮到楚大银瑟缩不安了。

张建新拍拍他的肩膀，楚处长，还是明天请你到保卫处去做客吧，我就不过来了。

大家木然地看着张建新带领保卫处的人扬长而去，半小时前还兴奋燃烧的火焰仿佛突然灯枯油尽。而楚大银的计划，则像一辆刚上高速就耗尽汽油的车，抛锚了。这出戏还未抵达高潮，就提前进入了结局。一场精心预谋的起义，就这样仓促失败了。第二天一大早，楚大银匆匆忙忙地跑到武汉投奔同学去了。

第六章　重生

1

卧槽马远处的山坡上还是一派枯黄，细细地看，又有着点点浅绿，是春意在暗处萌动。草茎上积着清澈的露水，新的叶芽在悄悄破土，大约冬日里，草木并未停止生长。它们不过在蓄势待发，绿色将很快洇染大地，天空中也将迎来阳光般响亮的鸟鸣。一切仿佛自藏天机。

峡湾地区化肥厂的牌子已经换成了峡湾泰丰化工有限责任公司，但大家还是习惯叫化肥厂。化肥厂停了半年多的烟筒现在冒烟了，像烽火台冒出的信号，卧槽马的热闹开始从这里往街面上蔓延。氨气的味道像隔夜的尿液，闻起来还是那么熟悉。还有二氧化硫的味道，细若游丝地飘散在空中，若有若无，就那么一缕两缕，却邪到锋利，刺得嗓子眼发痒。然后是扬尘，在阳光里旋转着下落，像妖冶的舞蹈。既陌生又熟悉的气息，恍惚间又能够闻到，一切恍若昨日，好像中间停产一年多的日子又铆接上了。

公司经过资产重组后，组织机构随即也进行了大刀阔斧的改革。吴英俊记着黄政勇对企业发展和打造团队的关联描述，无数的想法早已在他的心里奔涌、撞击，他像个脚踩风火轮的哪吒一样奔忙。团队这个词，将支撑起一个全新的奔腾时代。经过几次讨论，对部门负责人、核心业务岗位和核心技术岗位制订了详细的竞聘方案，对包括学历、年龄、工作经验等任职条件，职位描述，岗位薪酬等都进行了规范约束。公开竞聘的那天，公司礼堂挤满了人。评委席上除了公司领导，还有三名职工代表。许多以前的部门领导是部队上的营长、连长等军官转业时安置的岗位，现在因为年龄和学历限制，失去了报名资格，当时争议很大，后来调整为就地任原部门常务副职，保留待遇不变。既保持了组织的稳定性，又能让一批新人走向舞台，得到锻炼。

这是一个新时代的码头，一个千帆竞技百舸争流的画面即将徐徐展开。果然在演讲环节，就让大家眼前一亮。竞争管理岗位的大学生对嘴里吐出的制度、程序、精细化、体系化等现代企业管理词汇像一颗颗熠熠发光的珍珠，把一抹新亮捧到了大家面前。竞争技术岗位的大学生对工艺路线的理论计算、各种数据的系统分析信口拈来，提出的技改方案像一只煮熟了还冒着香气的鸭子，能够让人闻香识色。

思想的过招也能促进团队共同的成长，连那些持怀疑态度的老干部脸上也露出了欣慰的笑容。吴英俊仿佛看到了一个年轻态、知识化的管理图景正在形成与新组织相匹配的灵魂。

运煤的，拖肥的，送设备的，夹着公文包说着普通话的供应商经销商又从四面八方拥过来。大家像以前一样到处游走，但是泰丰公司经过改革后，机构人员进行了大调整。大家相互的沟通变得黏滞、晦涩，没有了往日心领神会的流畅。好比是油和水，即使装在一起，还是自动分了层的，彼此混不进去。

煤炭供应商方建华发现好多以前熟悉的面孔不见了，换上了陌生人。招标、验收的变成了一群年轻人。这批年轻的大学生都是通过公开竞聘上岗。采购系统是贪腐重灾区，机构改革时，按照吴英俊的想法，姜大民又对经营系统进行了全面调整，把与经营相关的重要岗位都进行了置换，让一群未蹚过浑水的年轻大学生，把持了验收、招标、物管岗位。虽然时间很短，却已经显出来一种澄澈透明的商务环境。影响煤炭质量的各项指标与价格进行了联动，一分钱一分货。货真价实。新的价格结算程序启动后，又锁紧了虚增的利润空间，打破了过去以次充好、以少顶多的潜规则。设备供应也是采取尽量从厂家直购，减少了中间商的环节。像是突然间刮起的一场风暴，供应商们竟然找不着北了，这对他们是个毁灭性的打击。他们脸上洋溢着谄媚的笑，带着的炸药包扔不出去，子弹也打不出去，让他们心里没了着落。

有的供应商也试着请年轻的新面孔们喝酒，想喝一顿团结的酒、胜利的酒、继往开来的酒。托了很多关系把他们分别约出去吃饭，结果饭吃了，却被这些小年轻打着酒嗝教育了一顿，说企业和经销商、供应商其实是一个利益共同体，是牙齿和嘴唇的关系，要共生共荣，要可持续，嗓子眼里塞的那一堆大道理让他们嘴唇发干，更让请他们吃饭的人心里焦灼。焦灼的脸上立马就结了一层痂，像戴了一张晦暗的面具。他们想克制自己的情绪，但没有成功。他们灰头土脸地来到了胡远方的连环马物流公司。

化肥厂停产的这段日子，胡远方的歌舞厅生意也萧条了许多。这段时间，倒是他的烟瘾突然变大了，经常缩在一团烟雾缭绕里无所适从。方建华带着一群供应商进来了。胡远方阴沉着脸正端起了一杯茶，放下，抬头冲他们一笑，算是打过招呼了。这是一张不露声色心里面藏着一把刀的脸。服务员端着一盘子茶水过来，每个人面前都放了一杯。方建华含着一口浓重的武汉腔，个板板的，现在生意不好做了。他有意把话留了一半，好像藏着心思。

他们现在每个月要给胡远方交一笔物流协调费。煤车进出，取样卸煤，抛抛撒撒，弄出不少扬尘飘荡在卧槽马。街边的树，马路旁的菜地，招摇的门头店招，隔几天就会蒙上一层黑色的煤灰。周边的居民们翕动着鼻孔，闻到了煤灰的味道，也闻到了商机。

不知从哪一天开始，居民们像交警一样站在路边，挥舞着小红旗，三步一岗五步一哨，扯着车门不让司机走，要二十块钱一车的污染费。居民的脸很像烤得半生不熟的土豆，说硬不硬说软不软，收钱的态度是生硬的，收钱后给出的笑脸是柔软的。不依不饶，小家子气装在眼里，不给钱过不了关。司机们有过愠怒，更多的是无奈。

有时候，一辆车一天要交好几次。就有司机不按小红旗的指示靠边，踩一脚油门成功逃跑了。跑得了和尚跑不过庙。生意还得做，再来卧槽马就惨了，像是鬼子进了八路军的埋伏圈。居民们团团围住他的车，先把人从驾驶室里揪出来，七推八搡，像推磨一样，就是磨盘也要转晕了。他站立不稳，眼睛里到处是晃动的脸。等不晃动时，他看到有人把车身上一对耳朵似的反光镜掰掉了，又爬上车在卸一扇厢板，感觉他们拿撬棍扳手开始准备拆轮胎了。司机这才心里一紧，腿一软扑通就跪了下来。虽然嘴里面吞咽着愤怒，吞咽着刀枪棍棒，吞咽得鲜血淋漓，却不敢吐出来半点颜色。居民们是捏住了司机的七寸，除非他再不来卧槽马运煤拖肥。逃掉的二十块钱变成了二百块，说是罚款。车子还差点整残废掉。

经过这次事件后，司机们都老老实实地交费，没人再敢逃费。只是他们把运费提高了，都转嫁给煤炭供应商。

方建华一算账，一年要多掏几十万，就联合其他煤炭供应商找到胡远方，满脸苦楚，却是一针见血，就是希望他成立个物流公司，借他的名义把化肥厂运煤的活儿都揽下来。运费还是由供应商与司机结算，胡远方什么也不用操心，就是保护运煤的车辆不再和居民们有任何交涉。

方建华目光炯炯，热情似火，说得海上生明月一样。胡远方迷迷瞪瞪，晕头晕脑，脑子里云遮雾绕。他还没整明白物流公司是什么意思。

方建华最后才吐出一句话，说每车给你十块钱协调费，你一年坐收百儿八十万。这句话起了作用，胡远方刚才还在迷茫中挣扎和犹豫，现在晕眩漫过，他眼里出现了一堆花红柳绿的钞票。

没几天，他就在歌舞厅隔壁盘下了一个门面，挂了两块金光闪闪的牌子。一块是，连环马物流公司。另一块是，下岗职工再就业基地。后面挂的那块牌子，是姜大民出的主意，这也是一块免税的招牌。政府正在大力倡导，还有政策支持。宣传部门到处找典型，得到这个消息后如获至宝，《峡湾日报》头版头条一报道，峡湾电视台马上进行专题采访。

胡远方成了下岗职工再就业明星，一个明星带领一群下岗职工办企业就变成了群星荟萃。他对着电视镜头说了一堆看成败，人生豪迈，做人当自强的豪言壮语，口气像个文化人。很快他又当了政协委员，年年开会有报纸电视专访。斗大的字，他认识不了半箩筐，却对上电视有了瘾。没有文化不要紧，记者把台词都写好了，他照着念。有些字太复杂，伸长脖子嚼半天也吞不进去。他在电视里磕磕巴巴的样子，让当了半辈子贫协主席的老父亲心里很是过意不去。早知今日，应该让他把小学读毕业。

物流公司开业的那天，门口摆满了花篮，挂着市区政府相关部门祝贺开业大吉的红飘带。领导，嘉宾，旗袍美女，金晃晃的剪刀，咔嚓咔嚓，红绸布断成了几截。在此起彼伏的鞭炮声里，有人在远处忙乱，盖戳一样给每辆运肥拖煤的车门上喷下五个大字：连环马物流。喷过字的车辆就像有了一道护身符，挂靠在连环马物流公司，每个月交三百元管理费，再加上供应商经销商每车次十元钱的协调费。胡远方心里默算过了，一年的收入能超过百万元。

物流公司一下子断了居民们的财路，大家心里不甘，眼看到了嘴边的肥肉又落进了胡远方的碗里。可他们肚里的怨气像薄脆的玻璃，经不起敲打，更不敢找胡远方扯皮，就寻那些零散的没有挂靠的车辆加倍收费。这样的结果就像赶麻雀一样，把与化肥厂有运输往来的车辆都撵进了胡远方的连环马物流公司。居民们更加恼火，感觉是走夜路的人刚挨了一记闷棍，又掉到了坑里，比撞见鬼还心烦。胡远方下面的一帮人比鬼还要凶残，是活阎王，一个也惹不起，躲还来不及。再看到盖了戳的汽车欢快地奔跑在卧槽马的街道上，居民们嘴里发出束手无策的叹息，心情十分复杂。

没几天，居民们集中在一起去围化肥厂的大门，黑压压一片，声势浩大，一副随时准备攻城略地的样子。吴英俊仿佛看到了十几年前的那一幕，马上掏出电话要给区委书记王友忠打电话。姜大民伸出手做了个制止的动作。他走出去给胡远方打了个电话，语言简约，三五句话，就挂了电话。

简约不等于简单，终归是事情要处理好。胡远方春风满面地过来了，步履轻盈，吹着口哨，看上去很文雅，这是一个让人心跳加速的身影。他笑眯眯地和乡亲们打招呼，又毕恭毕敬地给大家鞠躬，说代表连环马物流公司给大家道歉啦。他像个从电影镜头里走出来的维持会长。没有人搭理他，都把脸扭向一边。

突然出现的静谧，显得陌生而不自然，仿佛平静的水面下藏有汹涌的暗流，充满了风险。人群里有人麻着胆子高喊，这与物流公司没有关系，我们是要化肥厂赔污染费，空气污染，噪声污染。引发了大家群情激昂，随声附和。

为了化解被冷落的尴尬，胡远方慢慢露出了一张特别诚恳的脸，诚恳得连脖子暴跳的青筋、脸上抖动的肌肉都一览无余。他伸出一只手，朝空中扬了扬，人群再次安静，说请刚才发言的那位大哥到前面来，有话好好说，别激动。只见从人群里挤出来三个人。两个顶着鸡冠头的年轻人架着一个惊恐万状的壮汉，他的胳膊反吊在那两个人的怀里。大家这才发现人群里突然多出了一些陌生的面孔，吓得立马收声。

胡远方把一张奇形怪状的脸往壮汉面前探了探，语带讽刺地说，这不是黄龙寺的常大哥吗？多大的风才能把粉尘和噪声吹到你那里去啊？我看这卧槽马没刮过台风啊？壮汉紧张地闭着眼，满脸骇然。

胡远方又掉转脑袋对着人群说，化肥厂七几年开工建设的时候，这里没住几户人家啊。大家觉得污染，干吗还要搬过来呢？建厂在先，建房在后，总有个先来后到，对吧？我可是个讲道理的人，不喜欢和不讲理的人扯淡。

他诡秘地停顿了一下，像在暗示什么。两个鸡冠头会意地用手加了一把劲，壮汉脸上立马凸显出怪异的表情，眼睛里像是挤满了疼痛。

他接着说，大家都挺忙的，该干吗干吗去。有情况可以去我公司反映，随时欢迎。啊，随时欢迎。说完，又鞠了一躬。他好像还沉浸在维持会长的角色里。

一阵微风拂过，大门口很快就变成了散场后的影剧院，空旷寂寥。

胡远方现在仰躺在沙发靠背上，跷起二郎腿，听方建华给他诉苦。右手掌一扒拉，这是一个霸道的架势，示意方建华坐下来说。方建华忧心忡忡地把刚才的话又重复了一遍。个板板的，现在生意不好做了。

胡远方轻描淡写地吐出一句话，是换了阎王，小鬼不推磨吧。显然戳破了他的心思。大家都会意地笑了，是迎合赞同的意思。

其实，我也指望着你们生意兴隆，你们也是我的财神爷，但是——大家等着他往下说，胡远方却选择了沉默，低头把玩着手机，手机里有一条贪吃蛇越长越长，嘟一声，长蛇头尾相碰。游戏结束了。方建华递给他一支烟，心里绷不住了，急切地想听下一句。

胡远方眉毛一挑，用双手揉着太阳穴，像在精算一道函数题，冰冷地说你们要明白，化肥厂才是卧槽马最大的财神爷，也是我们大家的财神爷，不能把它坑死太快，这样大家都死了。把它养肥了，大家都有肉吃。方建华疑惑不解地看着他，像是没有听明白，心里面却是一惊，仿佛一件瓷器摔碎，边缘清晰且声音锋利。

2

如果卧槽马的街道像一条大河，那么沿街的铺面则像春日旺发的螺蛳挤挤挨挨，街面行驶的车辆如往来穿梭的船只，不断地泊进化肥厂的港湾。这样厂大门就宛若大河上的码头了。现在大家惊奇地发现码头上的门脸有了变化。化肥厂改称泰丰公司后，在大门两侧涂刷出两块巨大的白色影壁，仿佛打开着的另外两扇门，上面规规整整题着"厂兴我荣，厂衰我耻"八个大字，这是市委书记陈亚楠放大了的墨迹。映入眼帘的既是企业精神，又像在向人们警示什么。

泰丰公司的一些新气象，正在通过这些表现形式映照出来。沿厂区大道两侧插满了彩旗，迎风招展。厂区里挂了许多标语。泰丰是我家，我爱我家。不要向钱看，更要向前看。员工要忠心，效益是中心。打开清廉的前门，关牢腐败的后门。一条又一条，参差肃穆地从办公楼一直挂到了车间。

公司的橱窗里贴满了各部门表态抵制腐败的文章，都是粗糙质朴的价值宣言，甚至有点暴力，像大字报，配的插图也是"文革"时期的经典风格，充满了视觉统摄的力量。这些都是姜大民的主意。吴英俊刚开始碍于面子，没有明确反对姜大民搞这些形式主义，心里却放了一面鼓，在咚咚作响。他安慰自己说，先静观其变吧，舵轮在自己手里，要改变航向的时候再拐弯也无妨。

姜大民从军分区请来几名教官，让车间轮休的工人和机关科室的人天天军训，穿着迷彩服喊口号，广播里天天播放军歌，把厂区搞得像部队里的演练场。这地动山摇的响动从卧槽马的上空呼啸而过，外面的人用狐疑的目光往厂里的方向看。他们不知道里面在发生什么。

工人们下班了都想休息，其实谁都不愿意在太阳下站军姿，齐步走，喊口号。毕竟心里还装有刚刚从下岗分流的浪潮里逃过一劫的余悸，不满意也只能放在心里。这让那些下岗后窝在家里的和在卧槽马跑摩的、摆摊位的人，很有些幸灾乐祸。没事的时候，就在旁边精神抖擞地看热闹，再找个熟悉的人起哄寻开心。

王怀亮脸皮厚，怎么开玩笑也不会恼。列队报数的时候，快轮到他了，场外人就齐声喊错数误导他。他也故意跟着喊错，逗得大家心花怒放。教官叫他出列，罚做俯卧撑。他像在床上运动一样，把屁股收缩成拳头夸张地往下捣，很流氓的动作，把围观的人都笑得前仰后合。他对自己的表演似乎很满意，还端着一副正经的面孔说，感谢教官专业培训，今晚回家让老婆检验效果。教官龇着牙把嘴角都笑歪了。

军训持续了三个月，变化是悄无声息的。像做戏一样，又不完全是。看似假装，如果一直假装下去，就成了真的。工人们行走在厂区里的时候，昂首挺胸的气势不说，居然自觉地形成了两人排成列、三人形成队的行走习惯，雷厉风行的作风也慢慢渗透到了工作中。

目睹这些变化，吴英俊把玩着其中的奥秘，非常满意地对姜大民说，大民哥，你像个巫师，让他们着了魔。姜大民胸有成竹地笑着说，好戏还在后头呢，马上还要推进企业文化建设，要在思想上进一步武装起来。只有人心齐，才好抓效益。自那个晚上密谈后，吴英俊除非在公众场合才叫姜总，或者大民同志。私底下都改口叫大民哥。这种称呼的悄然改变，充满了仪式感，更让两个人都能感受到，有一种很特别的东西，是一种柔韧的温暖的东西，早已虫子似的爬进了他们的身体，钻进了他们的情感，像连着骨头的筋，在潜滋暗长。不免感慨年华如水，只恨相知太晚。滚滚而来的兄弟情谊渗透到工作中，就变成了心领神会般的默契。

刘招娣下岗后，专心在家带着吴一凡。看着吴一凡在屋子里爬来爬去，牙牙学语，她内心里的母爱全部释放出来了。她曾经不屑于做的家务，突然做得有滋有味，以前最不喜欢的烧菜做饭，突然着了迷一样研究，还经常找刘梦娜请教厨艺。在裹着母爱的表层下，内心深处萌生出来的是对家庭、对丈夫、对孩子的爱，全噌噌地表现出来了。她曾经迷恋的或者希望丈夫职务升迁后带来的那份虚荣，现在更像某种假象，在抛掉了原来那些自己设想的虚无后，落到实处的不过是孩子的欢笑，家里的温馨，这才是她生活的内核。她也乐意给自己打造出一个笼子，把自己全身心地关进去。

刘招娣每天把家里收拾得干干净净，拖完地，又跪在地上用抹布细细地擦一遍，让地面呈现出镜像的效果，满屋子都是家具和自己的倒影，波光潋滟。连那个已经漆皮脱落的手风琴都被拭得纤尘不染，安静地躺在书房里，疑心它随时都会吐出音乐的精灵来。阳台上的花盆里也总会盛放出的那么三两枝花朵，又给屋里平添了一些鲜艳的生趣。

这个周末，还躺在晨光里的吴英俊听到刘招娣在客厅里哄孩子，说一凡真乖呀，小点声，让爸爸再睡会儿。就是这一句囊括了悉心体贴的话，让他心里陡然间涌上一股暖流，感慨人生的幸福，感谢妻儿和命运给了他双重的抚慰感，生命和感情叠加在一起了，也使他对公司的事业更加怀有几分救赎的心理，充满了能量。

公司首届企业文化培训班就要开讲了。这天晚上，姜大民带着儿子姜军来到了吴英俊家里，姜军高考结束，要填报志愿。他们不知道选择什么专业好，过来找他商议，这是一种宝贵的毫无违和感的信任。

在他们眼里，吴英俊是大学毕业，经历过高考专业填报，有经验。其实吴英俊高考那会儿，整个人对社会的认识是混沌不清的，化腐朽为神奇的是分数，只要过了线，有学可上就是最大的理想。志愿都是老师帮忙斟酌办理的。他高中是化学课代表，老师极力推荐他报了化学工程专业。结果上了半年大学，才明白化学工程是干什么的。但这不能解释，这时候解释会很麻烦，而且容易被看作是对信任的推托。

三个脑袋抵在一处，面对一本摊开的《高考志愿填报指南》，像几个军人在研究行军地图。姜军用迟疑的眼神望着吴英俊怯怯地说，姨父，我爸想让我读军校，毕业了可以去部队。

吴英俊知道姜大民内心里没有摆脱让姜军当将军的情结影响，这里面有他的人生光影和梦想。姜军停顿了一下说，可是我想读国际贸易。

吴英俊用征询的目光看了一眼姜大民，姜大民却垂下眼帘，躲开了他的目光。他心里矛盾着。姜军又用求助的目光看着吴英俊，说姨父，你帮忙参考下，爸说听你的呢。

姜大民看着面前的志愿填报指南，不安地用指头在上面划拉，像一条狗在辨识一块骨头，指头的部位都是军事类院校。

吴英俊用胳膊肘儿碰了碰姜大民，姜大民怔了怔，像被炭火烧了一下，他还在权衡，好像对这件事拿不定主意。他抬起头也看着吴英俊，你觉得呢？问话的底气不足，有些气短。

吴英俊叹了一口气，下了很大决心一样，自顾自地说，军儿十八岁了，你按自己的想法去做，你就不会后悔。人生无常，努力的过程，就是成长。姨父支持你自己选择人生方向。

姜大民内心似乎被触动，收拢了心思后神情反而松弛下来，用手摸了一把脑门上的汗，咧嘴笑了。

姜军脱口而出，我终于可以选择自己的路了。他还不会掩饰自己的心情，声音是欢快而跳跃的。后来，姜军高考志愿填报的是对外经贸大学的国际贸易专业。

公司大礼堂里坐满了人，事业部班组长以上人员参加了首届企业文化培训班。姜大民主持开班仪式，他的开场白从企业文化的起源，讲到企业文化的重要性。他文化底子薄，越发喜欢用感觉层次高的专业词汇，以为这样显得厚重。其实干巴而空洞，不过投影里准备了许多有趣的图片，对那些头头是道的术语做了很好的填充，不至于课程太寡淡。

课件里有化肥厂建设时期的珍贵照片，有趣味运动会上抓拍的搞怪照片，有车间检修时热火朝天的集体图景，每帧照片的选取都很用心，能让下面的人从照片里找到自己的影子，触摸到岁月的痕迹，互动性很强。课件的准备很像姜大民处事立世的风格，他并不是个善于言词的人，交流过程中，他总能找到对方感兴趣的兴奋点，让对方愉悦地接受他的想法。

他最后讲了一个关于梦想的故事，说的是儿子姜军填报志愿的故事。每个人心中都有一个梦想，就像高考志愿一样，都是朝自己的理想前进。不同的是我们对企业的梦想是一致的，就是希望企业越来越好。我们在实现这个梦想过程中的态度，就是我们的企业文化。企业梦想就像投进空谷里的一块石头，引起了会场连绵的轰响。下面掌声雷动，欢呼声一片，高喊口号：泰丰泰丰，永攀高峰。意念打通，一定成功。这些口号，都是提前编排好了的。

高亢的情绪像流感病毒，传染性很强。吴英俊也被场景深深地感动了。等他在台上慷慨陈词时，更加激情四射。他从党史讲到厂史，里面有一根线，是人心相背与相向影响结果的关系，最后绕到了企业现状。他说，大家凝聚在一起，就能共筑一个梦，让企业重整旗鼓，重塑辉煌。我们要让泰丰公司上市，让公司的骨干都成为股东。

吴英俊神采飞扬地讲述着泰丰公司画卷长图般的迷人愿景，又在台上大声地问，大家有没有信心？大家齐声喊，有！高潮来临，会场爆响。上市，股东，这两个词让梦想着了火，烧得大家热血沸腾，就像青春期的荷尔蒙钻进了人心，大礼堂里一下子挤满了催人奋进的力量。

企业文化培训班分轮次持续了三个多月，每个人都要上台结合梦想谈体会、讲感受，特别是许多人都经历过工资打白条，人心涣散导致企业走向崩溃的边缘，往事历历在目，凝思过去，憧憬未来，每个人都渴望企业变成一艘不沉的航母，劈波斩浪勇往直前。大家在台上倾吐的情感是充分的、满溢的，是破茧而出的激情，是对生命百感交集的自然流露。台下的笑声掌声早已炸开了花。

经过了军训和企业文化培训后的员工，像星星点点的火种，很快就以燎原之势弥漫全厂。企业发展愿景成了盛放员工梦想的器皿，公司上市，骨干成为股东，那里面有一种看不见的惊人力量，愿景像隔空打出的太极，绵软有劲道。很快就让更多的员工成了皈依文化的忠诚信徒，每个人如同凭空生长出了无穷的力气，开始虔诚而勤奋地工作，而且羞于做出损害企业利益的行为了。他们好像真正成了公司的股东。

3

短短一年多时间，泰丰公司发生了翻天覆地的变化。员工们的精神面貌变得焕然一新，厂区的环境卫生变得干净整洁，"卧槽马"的商标获得了中国驰名商标称号，产品在市场上的影响力更大了，再次呈现出供不应求的销售局面。上面有领导来峡湾视察，市委市政府也会经常安排到公司来转一圈，渐渐地会客厅的墙上挂满了各级领导来视察的照片和龙飞凤舞的题词。

《峡湾日报》在头版位置连续报道了泰丰公司改革后的种种变化，标题是《文化助力发展》，压题照片是员工们齐唱厂歌的场景。现在，卧槽马的人都能感觉到工人们昔日的幸福感又开始像秋风中摇曳的浆果，饱满到了一触即破的地步。

当然他们也从企业的起死回生里获得了生意的恢复，曾经毒蛇一样凶猛的嫉妒也只剩下了一点小小的毒性在体内寄生，不至于失重。他们张罗生意的脚步依然是轻快又沉稳的，好像生怕丢失了守候多时的每一单生意。毕竟生意兴隆比隐约的妒忌更加实在，这能让他们对未来日子多几分底气。大门口牛肉面馆的分量还是那么足，碗里的腾腾热气冲到吃面人的脸上，溢着红光，像极了卧槽马重新透出来的生活底色。

黄政勇正式退休前，突然心血来潮，他想去化肥厂进行一次深入调研，也是往自己参与建设的水库里再蓄一次水。到国资委当书记的几年时间，因为突然闲散下来而显出一份老态。这老态虽是黄政勇在心里早已有过的预期，就像按照剧本去演戏一样，顺其自然，但这份老态却使他的自尊在自信的逐渐消散中越发水落石出，变得谨小慎微。他现在揣着这个想法去找伍云峰探探口气，所以话说得格外婉转。他说有件事，不知当讲不当讲。他停顿了一下，伍云峰含笑示意他往下说。

他接着说峡湾市的国有企业需要一面旗帜，伍市长对全市的工业情况了如指掌，领导推荐几家，国资委下去调研调研，看能不能总结点经验推广一下。说完就那么神情柔和地看着伍云峰，不是看一下就把目光收回去的看，而是目不转睛地盯着看。

伍云峰抿着嘴，抬头迎向黄政勇的目光，笑意早已从眼角散开。像两只昆虫的触角碰在一起，心意通了，各自感受到一种久违了的亲和。他把含在喉咙里的话也吐出来，泰丰公司就是一面现成的旗帜，等着黄书记去总结啊。

黄政勇一直不习惯把化肥厂叫泰丰公司，心里感觉如同自己的孩子被人抱养后又改了名字，是说不出口的别扭。某些事物的称谓一旦与具体的人分离，就会生发出不同的理解，有时甚至相当强悍，越是想要否定，越容易沉溺其中。他接过话头，几乎脱口而出，说我就去化肥厂试试吧。隐约有一丝跟谁赌气似的情绪。

只是一瞬间，两个人几乎同时神经质地大笑起来，直笑得浑身乱颤，像微风中的两片树叶，隔了枝丫在晃动。这截横亘在两片叶子间的枝丫，不过是化肥厂或者泰丰公司的称谓。笑声停下，仿佛声音的源头也被突然掐断，两人被另一种巨大的安静笼罩。

伍云峰给黄政勇递上一支烟，黄政勇却啪地把火机打开，捏着一团蓝色的火焰送过去，给伍云峰点火。点火其实是比递烟更具有仪式感的一个动作，里面有敬献的意思。黄政勇没有忘记自己的身份，他在用肢体语言表明自己的下属身份。这个动作更有道歉的意思，他为刚才脱口而出的莽撞感到不安。

伍云峰也没想过一句漫不经心的话居然就戳到了黄政勇的痛处，心里懊悔，他笑着吐出一口烟，主动投诚一样，朗声说那我等着黄书记对化肥厂的调研报告哦。两个人的脸上又露出了孩子般的笑容，天真无邪，眉目纯粹。

黄政勇摸出手机，盯着按键犹豫了一下，就像一个临上跑道的运动员在给自己积蓄力量。他还是决定给吴英俊打个电话，电话只嘟一声就通了，好像吴英俊就在电话那头等着。这让黄政勇有了一丝满足感，接电话的速度似乎也能反映出尊敬形式里面的核。他一字一顿地说你这个吴英俊简直就是吴有才嘛。化肥厂现在的变化，市委市政府都很振奋，这个现象值得研究总结。近期想过来做个调研，把化肥厂的灵丹妙药发掘出来，推广到其他企业，市里要树典型。老同志只能发挥余热了。他说最后一句话的时候，心里竟然生出一丝莫名的悲凉。

吴英俊握着话筒的手一阵潮湿，他的微笑在电话这头僵硬了一下，马上舒展开，说前人栽树，后人乘凉。化肥厂是老领导栽的树，我也是老领导育的苗。您看什么时候过来都行，我们提前准备好，但是您可得多待几天啊。这话说得自然妥帖，余温犹存，有着暖心暖肺的感觉，黄政勇露出了满意的神情，说那就下周吧。

吴英俊让办公室通知公司领导在小会议室开了个碰头会，商议国资委调研的事。散会后，他和姜大民留下来。两个人又对接待细节梳理了一遍，慎重的态度比接待市委书记陈亚楠还较真。他们内心里怀着感恩，浑身有股潮热劲，感情上的投入自然超越了公务接待。

黄政勇到国资委后，只回来过四次，都是陪同领导一起过来的。每次匆匆忙忙，饭都没有留下来吃过一顿。他们分别去城里看过他几次，每次都会在一起吃饭，只是谈论关于化肥厂的事越来越少了。他们不好主动讲化肥厂的变化，说厂子变好了，像胜利者在炫耀。毫无疑问，这对老领导是一种无形的伤害。黄政勇从每期的《国资通讯》里也能提纲挈领地知道个大概。大家见面很少谈及现状，都是些忆旧的话题。

黄政勇让司机把自己送到化肥厂大门口就让司机折返单位了。他像个侦探，要一点一滴地察觉化肥厂每处细微的变化，明知里面会发现许多他想象里没有的未知，但那种好奇拧紧了他的每一根神经，甚至产生出一种残忍般的快感。他不会走马观花一样地速战速决，他宁愿被细节一点一滴地凌迟。他在厂门口刚驻足，就望见了"厂兴我荣，厂衰我耻"几个字，仿佛那几个字也在与他对视。正暗自思忖，张建新就跑了过来，一把拽住他的胳膊，像孩子一样兴奋地大叫，厂长过来了，也不吱一声。微服私访呢。张建新已经不是保卫处长了，他现在是门卫班长。保卫处长换成了刚从警官学院招聘过来的大学生。

听说黄政勇回来了，厂里面一下子拥出来一群人，围着老领导问长问短。吴英俊接到张建新电话后，一路小跑着刚出大楼，就看见被大家簇拥着的黄政勇在往办公楼走。大家移交俘虏一样把黄政勇交给了吴英俊，掌声雷动。立马就列队分头散去，整齐有序，像演练过无数次一样。黄政勇心里咯噔一下，感受到了不一样的东西。

吴英俊陪着黄政勇在厂区里转，黄政勇看到沿路的标语、彩旗，还有干道上列队行走的员工。机声轰隆里，一切恍如昨日，熟悉又亲切，但又有着什么不同，物是人非，多出来的陌生感原来是人的精神状态不一样了。

走到原料车间门口，见上面挂一块安全警示牌：请爱护生命，严防两改一归。后面是两改一归的注释：老婆改嫁，孩子改姓，财产归他人。他在牌子下站了半天，像立在悬崖绝壁上，仿佛稍不留神就会跌下万丈深渊，感觉到这样的警示就像一把锋利的刀刃插在穴位上，看一眼都疼。这比以前安全大于天的口号警示要震撼人心。这个车间有几个高危岗位，以前每年都会出几起安全事故，轻则断胳膊折腿，重则丧命，家属们面对一摊血肉哭哭啼啼的画面在黄政勇心中留存过很久。特别是有一年，一个工人的左手被齿轮绞断，拿到医院没植活，家属把那截黑枯的手扔到了他办公桌上，从此他再也没吃过泡椒凤爪。

吴英俊说，现在员工每天在班前会都要大声诵读一遍两改一归，时刻谨记安全，感受事故发生后人生将面临的悲剧，宣传效果显著，这两年没出过较大安全事故。正说着，一抬头又看见一块警示牌，上面写着：男人上班不注意安全，就是给另一个男人准备让位。女人上班不注意安全，就是给另一个女人创造机会。

黄政勇连连点头，说这个好，捏到了疼处，看似残酷却直抵人心，上心入脑。但他看起来，更像个做错了事情有点后悔又有些不服气的孩子，嘴里含着一丝讪讪。他以前开安全会，也多次强调，要反复抓，抓反复，经常抓，抓经常，把安全管理形成长效机制。还是年年有人出事。他们转到进料岗位，上面也挂一块牌：不节约往这看，一块煤一个蛋，一度电一把米，一锹肥一顿饭。形象又生动。比以前"千斤重担人人挑，人人肩上有指标"的空洞口号贴近实际，更能让工人们从日常生活经验里找到节约的成就感。

黄政勇的目光就像两根试毒银针，在每块标牌前进行小心翼翼的试探。但现在他已经越看越兴奋，感觉魂都走丢了，审判自己一样在心里反问，为什么以前都没想到这些办法呢？看来真是要被时代淘汰了。这一刻，吴英俊和黄政勇将二十几年的默契推向了高潮，两双脚又不约而同地转向了尿素塔的楼梯，他知道老领导想看些什么。无声，无息，每一个节拍都踩在点子上。

两个人从旋转楼梯爬上塔顶的时候，阳光厚重而明亮，但看到平台上早已撑起一顶遮阳伞，下面放着几把椅子，还有果盘，茶水。这都是吴英俊和姜大民设计好的布景，就像老式文艺片里的一个镜头，有点怀旧情绪，又有点浪漫味道。他们坚信黄政勇会上塔顶来凭栏远眺厂区，这是化肥厂的制高点。他以前就喜欢在这里俯视化肥厂森林般的塔罐群落，在高处望远和在低处所见是完全不一样的感觉，高度不同，风景大不一样。

姜大民端着盘子，里面躺着两条湿毛巾。正以一脸鲜亮的神色看着黄政勇，好像在这里已经站了好久。黄政勇找到了故事的悬念一样，说我正在想你跑哪里躲起来了呢。

姜大民笑着说，我一般就出现在领导需要的地方。

黄政勇目光柔软下去，毕竟年岁不饶人，几百级楼梯让他的脚步交替着空虚，小腿沉重如铁，浑身渗出了不少汗。他伸手抓起一条湿毛巾握在手里，从后颈往头上擦，来来去去，再绕着脸抹一圈，一个尚有余热的微笑还挂在脸上。汗已经擦拭完了。他走到平台边上，像个伟人扶着栏杆鸟瞰厂区。

吴英俊和姜大民一左一右站在他旁边。各种机器的轰鸣声像波纹一圈一圈地往远处扩散，粉尘在阳光里像疾驰的短矢在林立的高塔和蜿蜒的管道间穿行，还有那种淡淡的熟悉的氨味潮湿又温暖，像光润的动物皮毛在蹭着他绽开的鼻翼，心里毛茸茸地痒。这些熟悉得不能再熟悉的场景，像浸泡在水里的月亮，真实又缥缈。

黄政勇盯着自己倒伏在地上的影子，又虚又大，像散落的魂魄在和他交流那些逝去的岁月。沉默了一会儿，黄政勇又开始指着远处的车间厂房，追忆的利刃一下子就把往事豁开了一道口子，他不是简短的、警句式的概括，而是从建造时间到建造过程都细细地回忆了一遍。历久弥新，他仿佛在这个真实的场景里组织着另一个空间。他讲述往事的神态，活像个正在谈恋爱的毛头小伙子，三分激动，七分羞涩。

吴英俊和姜大民都被深深地感动了。三个人又坐下来喝了一会儿茶，陪着黄政勇酣畅淋漓地在看不到面积也看不到体积的回忆里打捞往事，慢慢太阳西斜，直到暮色下沉，远处厂房的轮廓变黑变硬，渐渐铁画银钩起来。黄政勇这才掐灭话题，一身轻松地往楼下走。

化肥厂从无到有、从小到大所经历的那些岁月，早就像朱砂一样烙在黄政勇心里了。只是经常不去刻意想，毕竟往事并不遥远，还像箭镞一样闪着追忆的锋利，一旦想起，感觉就如万矢疾驰。他今天是刻意把身上裹着的壳撬开一道缝，让往事蔓延出来，反而觉得通体舒泰，似乎把生命里和化肥厂缔结的这层关系又加固了一次。

他们给黄政勇腾出来一间办公室。黄政勇花了一个星期的时间，找到了许多熟人，闲聊一样把心里纠缠的疑问一个个解开了。他从里面抽丝剥茧一样捋出了头绪。化肥厂的变化关键在人心，把散乱的人心重新凝聚起来，激发了无穷活力。他又从哲学层面进行梳理，生产力是决定性因素，劳动工具、劳动对象都没有发生变化的时候，劳动者起了核心作用，也是生产力中最活跃的因素。以吴英俊为核心的班子，通过培植企业文化的方式，调动了劳动者的积极性，改变了劳动者的工作态度，两年时间就创造了化肥厂扭亏增盈的奇迹。他的调研报告叫《文化也是生产力》，每一个字词都是那么饱满、真实，像被温水浸润过的种子，充满了生命的张力。市委书记陈亚楠非常认可，作了重要批示，要求在峡湾市的国有企业进行全面复制和推广。

4

刚进入梅雨季节，卧槽马就隐在了一片蒙蒙的雨雾里。泰丰化工上市前的筹建工作基本完成，向峡湾市体改办提出了设立股份有限公司的正式申请。通过后，证券公司很快就介入辅导。泰丰化工要在沪交所挂牌上市的消息，在卧槽马引起了不小的轰动。大家对企业上市的理解，几乎等同于化肥厂又开了一家银行，意味着有了使不完的钱。

时光如水的流转里，伴随化肥厂的起落，有好多人在这里嫁娶生子，又一辈的孩子也将迈入青春，开启新一轮的人生。化肥厂让卧槽马的乡村气息消失了，也改变了卧槽马的乡愁体验，稻花香里说丰年变成了从化肥厂的盈亏看光景。现实比历史势利，让卧槽马人的生存哲学从与化肥厂的相互对峙，转而相互依存，又到了现在的几近融为一体。

卧槽马的居民像上市路演的义务宣传员到处宣扬化肥厂要上市的消息，明眼人心里头都会漫过一丝激动。只要化肥厂的效益好，对于他们的生活就是个亮堂的希望。当然他们也在谋划着分享红利的准备，甚至有人已经从眼角里暴露出了不少试图暗藏的笑意。

胡远方凭借歌舞厅在卧槽马打下了一片香艳的天地，又拓展了物流公司，占了半条街的门面做超市，还把贸易做到了武汉。他俨然成了卧槽马的首富，一张圆脸上时刻显露出百元版钞票的饱满红色，似乎想用伪装出的慈祥面容去消融别人对他的怀意。他幽深的目光还是暴露出他的内心，仿佛里面藏着刀枪棍棒。人们看见他还是不免会生出几许慌乱，用一张极不自然的笑脸掩饰着内心的惶恐。

当然有一个人倒是并不慌乱。那就是躺在家里的于天文，他曾经的老板，身上插满了管子像条章鱼。这个已经昏睡了多年的植物人。他名义上的妻子马雪花在给他喂流食。这个曾经风情万种的女人，眼睛里当年流光溢彩的波光已经只有一点潮湿的影子了，四十年的光阴沉甸甸地绑在腰上，一晃一荡地夸张着她的肥胖。曾经精美逼人的尖下巴，已经发酵似的鼓起了小面团，那张中年妇女脸上过于饱满的沧桑，更是透出了她对无情岁月的妥协态度。她心里最难受的是对胡远方痛苦折磨的妥协。

这几年，胡远方经常带着些袅袅婷婷的女人回来过夜，她劝过好多次，说求你了，在外面怎么都行，别带家里来。胡远方的耳朵像个摆设，什么也没听见一样。懂羞的女人还好，小猫小狗样的叫唤声若有若无。要是碰上放荡的女人，特别是化肥厂磅房的马海燕，她壮烈的喊叫声像在战场上进行你死我活的拼杀，满屋子都回荡着她迷乱的颤音。她愤怒得真想去捅了他们，刀子只是装在心里，就是递到她手里也不敢拿。

胡远方平常看她的眼睛就有点斜，目光里透着阴沉沉的冷。因为房产证、公司法人代表都是于天文。他不死，马雪花也不能离婚，财产还是在于天文的名下。就算是于天文死了，继承人也是马雪花。从法律上讲，胡远方霸占不了歌舞厅的财产，这却越发让他硌得慌。他对马雪花的打骂也毫无规律可循，任何一个借口都能成为他动武的理由。而且他在外面越是碰上不顺心的事，回家就对马雪花打得越仔细。但是越打，马雪花越坚韧。越打，马雪花越适应。越打，马雪花越有种残酷的快感。

有一次，胡远方拖着她的头发往墙上撞，把包墙裙的夹板撞破了一个洞，她脑袋上流出来的血都干枯成生锈的模样了，他挥舞胳膊的肌腱还在兴奋地跳动。她始终都没叫唤一声。等她站起来想走，却被他一下扒掉裤子从后面插进去。她只好扶着门框，弓起身，任他老汉推车一样摇晃，忍着下面火辣辣的疼。月亮从窗外照进来，两个影子正好晃动在于天文无动于衷的身体上方。

那天，她正在给于天文擦背，还来不及做好挨打的准备，就被他揪起衣领捶了一拳，结果把于天文也掀掉地上了。于天文睁着一双眼，目光空洞，像躺在地上的一尊雕塑。马雪花控制眼泪的闸门早就锈死了，她的眼睛也早就成了干涸的泉眼，竟然没有一丝潮湿。她舔了舔干枯的嘴唇，蹲下身子一咬牙把于天文抱上床，再给他插上管子，动作娴熟得像个流水线上的工人在操纵机器。

她内心里积蓄的悔恨，像沙子硌进了蚌体，渐渐有了光泽。她要用更忠诚的爱来救赎因为自己的迷乱而给丈夫带来的伤害。这一对患难夫妻的感情在暴力的挟制下，宛若从废墟上盛放的奇葩，反而艳丽无比。时间把他们的默契推向了前所未有的境界，在无声无息里，喂，吃，洗，捏，就像在没有一句台词的黑白默片里，演员配合得天衣无缝。他静静地张着嘴，等着汤勺，流食顺着喉咙咕噜往下淌，两个人沐浴在巨大的寂静里。

马雪花每天在他耳畔轻声呼唤他，喊累了就伏在他的胸脯上听他钟表一样的心跳，这是唯一能让她笃定的声音。

有一天，她给他喂食时，仿佛听到他喉咙里发出了一丝诡异的气息，像一株冰封的植物在黑暗里突然吐出了新芽。这让她无比兴奋。她拧亮了台灯，让光束更加专注地照在他苍白的脸上。她欣喜地看到了他眼角处的潮湿。从这时开始，她一分钟紧似一分钟地盼着他醒来。她一直对于天文的离奇车祸持有怀疑态度，只是不敢去想不敢去猜。但她坚信只要于天文能苏醒过来，就能揭穿真相。她开始了一桩极其隐秘的事业。

白天她悄悄去了市里的康复医院，咨询了医生。医生说，这是可能苏醒的兆头，要加强记忆唤醒，多和他说话，讲过去印象深刻的往事，时间越远越好，再辅以声、光、电刺激，效果会更好。得到秘方的马雪花，仿佛能听见自己内心里欢愉的心跳声。她像个怀揣秘密任务的地下党员，又悄悄地潜回了家，想象着电影镜头里类似的情节，身边的亲人轻声呼唤一个躺着的植物人，喊着喊着，那个人就醒了。

于天文在她的精心照料下，像一株枯萎的植物在黑暗中隐秘地冒出嫩芽，又一点一点地长大。直到那一天，他终于像只熬过了惊蛰时节的蛤蟆，慢慢张开了口。他恍惚而懵懂的脑袋里那些干瘪的陈化粮一样的记忆种子也开始慢慢吐出了芽苞。她搂着他，任所有的委屈像汤包里的汁液挤破薄薄的面皮，泪如泉涌。

她等这一天等得太久了。毕竟还是等来了。她像一只掉进地窖饿了三天三夜的老母鸡，重见天日后，忍不住想仰起头从喉咙里发出抒情的叫声。她仰起头，除了两行肆意的泪流，捂住嘴不敢发出半点声响。

她趁着胡远方到武汉出差的时候，去了一趟公安局。她像一只受惊的雏鸟在路上疾奔时，胡远方刚刚到了武汉。他手头囤积了许多化肥厂员工的内部股，他还想再收购一些，等着上市后大赚一把。但他拿不准泰丰化工上市的节奏，这天他去省里找证券交易所的熟人打听内部消息去了。

马雪花紧张而兴奋，她像个紧急奔赴前线的战士，战场上生死未卜的前景，还是让她恐慌万状，以至于她在陈述案情的时候还止不住浑身打着战。在警察的引导下，她终于无比痛苦无比轻松地释放了一切。那是抽刀见骨的痛快。

卧槽马的这个早晨是在两辆警车剧烈的刹车声里苏醒的。后面还跟了一辆救护车。然后是敲门声，每一声都让马雪花心惊肉跳。她迅速打开门，冲进来三名警察，三个人瞬间站成三角形堵住了胡远方的房门。他凌晨才回来，刚从睡梦里惊醒。警察们像守候多时的猫扑向了一只漫不经心的老鼠。人们看见警察押着胡远方从楼道里下来时，还是睡眼惺忪的样子。接着救护车把于天文拖走了。

胡远方蓄意杀人的新闻马上就像一团火在卧槽马滚动着，消停不下来。每个人谈起这个故事的时候，仿佛眼睛里都闪着火星，嘴里冒着青烟，嗓子都说哑了，心中兴奋的火还没泄完。有点像怒火，是足以把胡远方烧死一百遍的怒火。人们谈论凶杀案的势头很快就盖过了关注泰丰化工要上市的风头。直到人们在电视里看到了身披大红花的吴英俊在沪交所敲锣的新闻。吴英俊在电视里像个得胜的将军，目光骄傲。大家这才如梦初醒，满脸错愕。

5

黄政勇得知泰丰化工上市的消息时，人在美国。他的儿子黄祖华博士毕业后，谋职于总部设在上海的 YH 公司。YH 公司是江北省一个地方企业发展起来的跨国集团公司，经过十几年的并购扩张，已经成为全球最大的化学肥料制造企业。他现在战略发展部从事全球产业规划，办事处设在美国。

黄政勇从国资委退休后，变成了一只不安分的小鸟，脚爪紧紧抓着树枝，却是一副随时准备弹离枝头飞向天空的样子。他带着老伴把国内的山山水水跑了个遍，跟无处不在的休闲时光较着劲。他似乎也很心仪于这种闲云野鹤的生活，用忙乱的脚步排遣着心里的空落。他的忙，其实是一种假装。他在退休前争取过泰丰化工的独立董事。那时候，泰丰化工刚刚批准成立股份有限公司，还在筹划上市。他心里想着即使退休后闲得像只风筝，飘来飘去也还有一根线系着化肥厂。但在股东大会上，因为他与公司的历史渊源，独立董事的提议没有通过。理由是避嫌。

他用了一个星期按捺自己的愤懑情绪，就像按捺一个随时可能发作的癫痫病人，按住自己的手不乱扔东西，按住自己的脚不出办公室，按住自己的嘴不许发牢骚。他手忙脚乱地按捺着自己，把自己陷入沉默的泥潭。沉默并没有成金，只是一颗暂时熄火的哑炮，不冒烟，但里面藏着的爆炸威力还在。

伍云峰那天请工业口的几个部门负责人吃饭。他想推掉这个饭局，但是伍云峰的打油诗邀请短信，没有给他回旋余地。短信说，几日不见心里乱，非要请哥吃顿饭。夷陵饭店声声慢，哥若不来我咋办。除非海枯石也烂，弟在这里倚窗盼。

声声慢是夷陵饭店的一个包厢名称。开局很惬意，伍云峰擅长说笑逗乐，气氛很活泼，大家也很放松。不知谁在酒席场上提到了泰丰化工要上市，话题慢慢拐到了黄政勇身上。有人就开了个玩笑，倒像在讨好他，说上市不上市，黄书记都是化肥厂的皇太后，垂帘听政嘛。

哑炮被这句话点着了。

黄政勇最忌讳的就是别人疑心他对化肥厂的权力牵制，他调离化肥厂后从不瓜田李下地做出惹人狐疑的行径。就算是想去化肥厂调研，也是借行署安排的口实去履行职责。他像个坚贞的烈女，守着心中的那座牌坊，这成了他的尊严和面子。他盼着做化肥厂的独立董事，那里有他的情感寄托，是他生命的里子。正为失掉了里子心痛不已，现在又被人撕破了面子。他的心猛地抽搐了一下，感觉形影相吊的魂魄瞬间飘离了躯体，像个观众隔空看着他的肉体摔碎了酒杯，掀翻了桌子。他只表演给自己的灵魂看，活像是一出悲怆的独角戏。

黄政勇再醒过来的时候，已经是凌晨了。看着周围陌生的环境，一片白茫茫，几个晃动的脑袋像浮在半空的葫芦。他苏醒后第一个感觉就是自己把自己走丢了，昨晚掉了魂。他在无边的虚空里一点一点费力地寻找自己，拯救自己。他慢慢看清了悬在半空的一张脸，是伍云峰。他竟然脸色平和，一副昨晚什么都没有发生过的模样。他充满关切的目光里装着更多的是如释重负的神情。他的嗓音压得很低，语气疲惫，像喉咙里堵着一口痰，话语在无比艰难地慢慢往外挤，老哥，你昨晚突然晕倒了，刚才医生检查过了，可能是血栓，你安心休养，过几天，装个支架就好了。

然后，旁边又探出一颗脑袋，头上戴着白帽子。大约是医生。伍云峰拍了拍白帽子的肩膀，说这是王院长，心脑血管专家。

王院长说，黄书记放心，放个支架就没事了。黄政勇从这些声音里听出了一股力量，一腔安抚。他意识到昨晚摔酒杯、掀桌子的举动只是他昏迷后的臆想。

黄政勇带着三个支架出院了。他感觉它们已经像骨头一样长在他的身体里了，这一辈子都无法把它们剔出去了。这个倏忽一闪的念头惊醒了他，他想这支架也是在警告他要及早断了与化肥厂的念想，化肥厂情结差点要了他的命。临退休的时候，组织上给他安排了一个副厅级调研员的身份，又聘请为政府参事，有点抚慰的意思。这是一剂温性的中成药，舒心暖肺，让黄政勇的心变得温润平和。

　　黄政勇退休后，为了刻意摆脱化肥厂对他的影响，很长一段时间里，他选择了上车睡觉下车尿尿景区拍照的旅游生活，每一张照片，都能看到他脸上的笑容像秋天的菊花一样灿烂。这是一段波光荡漾的日子，他把自己忙得密不透风。他以为只要切断了与化肥厂的联系，就把过去装进了坟墓。他手机的通信录像仓库的货架，联系人的姓名电话排列整齐，一排排一行行，按姓氏首字母排着序。他曾经把化肥厂的联系人前面统统加了个A，仿佛组成的一个特殊方阵，随时等他点名，这样方便他查找。后来他把那些A一个个抠了出来，打乱了方阵，像解散了一支部队。他以为这样就可以心安理得了。

　　当泰丰化工在沪交所上市的新闻漂洋过海来到美国的时候，黄政勇在厨房给孙子熬鸡汤。老伴在客厅里看到了新闻，大呼小叫，把音量调到了最大，电视机里的欢腾飘进了厨房。刚开始他还强作镇静，就像一个迟钝的观察者看到隔壁邻居家的花开了一样，似乎与自己关系并不大。但是，吴英俊和姜大民几乎同时抵达的两条短信息，让他的脑袋里如同电流通过，就像灵魂出窍，只剩了恍惚的身体。

　　吴英俊在短信里说，老领导，特向您报喜，泰丰化工上市了。化肥厂今天的枝繁叶茂是您昨天的汗水浇灌的结果。我们将不负您之厚望，进一步将化肥厂做大做强。祝您美国之行愉快。姜大民的消息言短情长，说我们上市了，我们更想您了……

　　黄政勇盯着手机屏幕，眼光凝滞，心里的那块冷猪油似的东西在慢慢融化。厨房里昏暗的灯光笼罩着他，他仿佛行走在一条幽暗的回忆隧道里，许多过去的情景清晰得像一场白日梦。

第七章 恋歌

1

黄政勇从美国回来的第二天，卧槽马刚刚下过一场透雨。天池河的水面变得阔了，日光洒落在水面上，像无数条透亮的鱼儿在半浮半沉。雨后初霁，沿街道两侧的夹竹桃粉色的花朵正盛开得蓬蓬勃勃，泛滥成灾似的，远远望过去，整个卧槽马都坐落在一片熟透了的浓艳里。肥美的花瓣开到了极致，没人知道内里的衰颓隐在花蕊里。

泰丰公司大门口挂着几条庆祝上市的红色条幅，都是与夹竹桃的花有着近似的颜色，相互叠映，又应景一样融在一起，显示出一派喜庆祥和的世间景象。每个行进在卧槽马街道上的人，脸上似乎也挂着粉嘟嘟的喜悦，仿佛停留在大宋时期的某幅著名上河图的画轴里。天的尽头有几团铅灰色的云朵在秘密聚拢，像几座移动的暗色城堡正往这里奔袭，预示着另一场即将到来的大雨正在酝酿中。

王怀亮在公司门口的牛肉面馆吃面，刚用面条卷了一坨牛肉正要送进嘴里，扭头看到了才下夜班的马海燕。她也过来吃面。毕竟有过那么多的缠绵与温情，内心里还是有什么牵连着。记忆就像一个人的影子，不论怎么转，始终是绕着这个人。他脸上有种按捺不住的惊喜，两人的目光碰了碰又像弹簧一样跳开了。

王怀亮心跳止不住加速起来，感觉血脉偾张。他知道她松垮的工作服里包裹着一具柔软的好身材，缠绵又暴烈，灵巧狂热到不可思议。只是这些年她和胡远方好上了，忌惮才斩断了他的念头。他只能远远地看，静静地想，犹如受了内伤一般。但现在胡远方被判了无期徒刑，再也不用忌惮什么。其实王怀亮这些年，在业务往来客户接待时，也有过与女客户的露水情缘，或者陪客户到外面的休闲娱乐场所与夜场里的流莺有过逢场作戏，只是快活的感觉稍纵即逝。唯独与马海燕在一起时那种特殊的美妙感受，似乎再也不曾有过。她丰满柔软的肉体究竟蕴藏了多少销魂的能量，他无从给自己解释，时常陷入懵懂困惑。

王怀亮去收银台结账的时候，记忆中的情景在脑海里又翻滚了一下，胸口的心跳声更加放纵。他略微迟疑，用嘴朝马海燕的侧影努了一下，示意给她把单一起埋了，却被马海燕眼角的余光罩住了。她的眼神空飘飘的，好像什么也没看见，又好像是看到了一切。

自从那晚他们被马海霞在磅房堵住以后，这么多年过去，她和王怀亮几乎没有再说过一句话。况且，又能说什么呢？两个人心里都是一片糟糕。时间在静默里流去，偶尔在公司有个照面，也是低头匆匆而过，形同陌路，毕竟有些尴尬的意思，大家都在刻意躲避什么。这种窘态随着时间的推移，日益加剧，感情的原野就荒芜成一片废墟了。

现在胡远方被抓走后，她感觉自己就像一只在空中飘零的风筝，甚至还不如风筝。风筝还有个人牵着呢，而她现在连个牵线的人也没有，兀自在空中飘浮，真是活得一点重量都没有。她突然觉得自己锈迹斑斑的人生快要烂出窟窿了，孤绝凄凉。

泰丰公司改革后，王怀亮的岗位也发生了变化。以前负责采购大宗管件设备，天南地北地跑，接触的人层次也高，随便采购一单都是几十万上百万，甚至数千万上亿，阔绰得很，人前人后围着成堆的业务经理。他仿佛被一群苍蝇在不停地嗡嗡追逐，就是一颗好蛋迟早也会被他们叮出一条缝。那是多么潇洒的日子。竞争上岗时被学化工设备专业的大学生淘汰了。现在只负责低值易耗品采购，扫地用的笤帚、垃圾箱、擦拭设备用的棉纱、布条，办公用的纸张、订书机、曲别针等，都是统一招标，核定价格后指定供应。业务量倒挺大，每天收发货，人忙得团团转，却捞不到半滴油水。

抽上两包带有贿赂性质的好烟都难，更别说被请吃饭喝酒了。

硬着头皮做了一段时间后，王怀亮渐渐爱上了这份工作，有了感情就来了感觉，虽然琐碎，倒也自在。真是没有卑贱的工作，只有卑贱的人。只是脱离前呼后拥的生活后，王怀亮感觉被抽了一根筋，走路的节奏也放慢了，整个人似乎都矮了三分，连最擅长插科打诨的声调都显出几分倦怠。

马海霞看不下去了，用哲学家的口气教导他，虽然说一个人的气势是环境滋养出来的，但不要像你爸一样，人一失势，气就泄了。说得王怀亮面红耳赤，一声不吭。

王友忠从雄赳赳气昂昂的卧槽马区委书记退下来后，半年时光，长期失眠的眼袋就垂得像酒盅一样大，额上的发际线一退再退，感觉马上就要冲上光秃秃的头顶，只剩耳门两侧几缕散兵游勇一样的头发匍匐在那里，装模作样地守候最后一片领地。还有宽阔的额头上仿佛突然间又长出许多龙爪菊一样的皱纹，特别是眼神里的凌厉也渐渐暗淡无光，就像一个刚从睡梦中醒来的人，目光里飘着小心翼翼的迷茫。整个人开始变得日渐委顿，经常跑到将军垴上王谋远的墓碑前发呆。

立碑的时候，马海霞看着王谋远三个字，突然觉得爷爷的名字挺有意境。那个地方现在变成了公墓，成百上千的人都躺在将军垴，像住在星罗棋布的迷宫里。王友忠每次站在林立的墓碑中，望着山脚下人烟缭绕的街市，就觉得这里是另一个卧槽马，下面的人正在东张西望地朝这里赶。

她接着说，格局要大。不就是变了个岗位，不要自己把势弄丢了，气血要足。她不仅骂人的时候气势磅礴，现在说话的底气也很足。她也许忘记那次被王怀亮揍了一顿后，好长时间都不想说话，像一个移动的稻草人在家里默默无声地忙碌了大半年。那段时间她像一块臭豆腐，筷子一戳一个洞，半点脾气都没有。

但现在又开始把自己当红烧肉了。因为时局发生了变化，马海霞凭着扎实的业务素质和骂人历练出来的演讲口才，成功竞聘上岗，成了拿年薪的化验中心主任。她骄傲地拿着聘书回家时，像举着一片耀眼的光芒。慢慢地，这片光芒跑进了她的眼神，凭空多了几分自信与傲气。气焰步步高升，她开始脱胎换骨进入另一层境界，在家里说话也有了化验中心主任的派头，声音脆响。

王怀亮的气与势一点一点地跑到了她那里，从势均力敌到处于下风，此消彼长，两个人就像在玩一场零和游戏。幸好他们的女儿王丽君大学毕业后，在公司办公室当了副主任，偶尔回来调解调解，才不至于让王怀亮败得落花流水。

这个周末的早晨，在聆听完马海霞振振有词的关于气与势的教诲后，王怀亮若有所思，扔掉了差点要烫着手指的烟头，外强中干地瞪了她一眼，再次无言以对。不知从何时开始，他连反驳的声音都变成了轻声嘀咕，更像是躲在角落里自言自语，生怕被马海霞听见了似的。他这次连嘀咕都省了，咬了咬牙，拐进了大门口的牛肉面馆，养气蓄势先从一碗舍不得吃的牛肉面开始。他心里其实藏着这样一个美好的开端，没想却在这里阴差阳错地碰到了马海燕，气势突然间又矮了下去。

王怀亮现在就是有着旧情复燃的想法，目前的处境里也只能像在饥饿的时候，喝凉水一样带来饱腹感，终究是虚的，落不到实处。但不能连想法也没有，就算这想法只是瞬间的烟花，只是一种假象，也总是比没有强。他正胡思乱想的时候，刘梦娜远远地叫了他一声。他这才惶悚地放跑了揣在心里还活蹦乱跳的一堆想法。

刘梦娜拎着几大包鼓鼓囊囊的袋子，站在超市门口，是喊他帮忙搭一把手。岁月流逝，刘梦娜的嗓子是她全身唯一没有变老的器官，天籁般的声音依然如故。一声怀亮哥，仍然充满气韵还带着颤音，喊得王怀亮心旌激荡，跑过去接了她手中的袋子，手臂往下一沉，掂出重量不轻，里面装满了水果、牛奶，还有一些糕点。

王怀亮从刘梦娜的口中知道了黄政勇从美国回来了的讯息。这是为迎接他准备的茶点。他帮忙把袋子拎到楼上的时候，听到了姜大民剧烈的咳嗽声，像是在狠命地敲打一面破锣。王怀亮关切地问，姜总感冒了？刘梦娜说，可能是伤风引起了肺炎，已经咳嗽有段时间了。姜大民在屋里每咳嗽一声，楼道里都会传出一串令人心惊的震颤。

2

黄政勇那天兴致很高，在公司展厅细细参观了许多陈年照片，从推土机开进卧槽马的第一张黑白图像，一群背心上印着青年突击队的年轻人正挥舞铁锹，豆大的汗珠挂在青春的脸上，到最后一张吴英俊在沪交所敲锣的彩色照片。企业发展过程中每一个看似孤立的场景，现在都变成珍珠，穿成了历史。上面配的解说文字也极尽优美，又有力道。有着唯物史观的沉稳风格，又饱含吟风弄月的浪漫色彩，还充满慷慨激昂的豪迈情怀。

图片和文字各辟路径，既通向难忘岁月，又驰往新时代。参观变成了黄政勇在展板前反刍往事。他时而伫立在某张照片前凝神，仿佛在隔岸观火，同时又深陷其中，更像在校对一部关于他个人历史的回忆录。好几次，他忍不住伸出手想去抚摸什么，触摸到的却是一块巨大的玻璃，在冰冷又坚硬地抵制着他。历史仿佛就藏在那无色透明的橱窗里，只能看，不能摸。他和老伴在展厅消磨了一个下午的时光，办公室副主任王丽君一直陪伴着他。他不让吴英俊和姜大民作陪，这样更轻松自由无顾虑。

他得知这些文字全部出自中文系毕业的王丽君之手，十分惊喜，甚至还替吊儿郎当的王怀亮感到骄傲。他不禁回忆起许多往事，特别是想起那次让王怀亮当众尿了裤子的情景，莞尔一笑里不免藏着几分揶揄，嘴上却冒出一句你爸爸可是个很风趣的人哦。这句话很俏皮，既掩饰了莫名其妙的笑，又吐谜底一样说成了另一道谜题。王丽君咧嘴一笑好像吃了蜜枣，甜甜地说，黄爷爷是说爸爸年轻时很调皮吧。说完，大家都笑了。

吴英俊亲自张罗晚餐，精心挑选了几个黄政勇心意相投的老下属专门陪他喝酒。谢小兵自告奋勇亲自下厨，煎熬炖煮，要着花样弄了满满当当的一大桌菜，特意熬了黄政勇最喜欢喝的老母鸡汤。食材是专门从五峰湾潭买来的芦花老母鸡，用葱姜蒜盐掐着表腌渍去腥两个时辰，温开水焯过两次，沥干水汽后放入砂锅，加党参天麻枸杞文火煨炖。待汤汁煮浓后又剔除骨架，把奶白色的汤和烂熟的金黄色鸡肉舀进瓦罐，罐底则燃起两根蜡烛保温，临上桌时才放进细碎葱花、香菜，汤色油光鲜亮，满屋生香。

公司改革时，谢小兵承包了招待所，改名稻香阁餐饮公司。谢大厨摇身一变，成了公司总经理，连锁店开到了峡湾市区。只有宴请贵宾，他才下厨操勺。得知黄政勇要过来吃晚饭，一股感激之情演变成了莫名的兴奋。他两天前就开始准备了。

下午参观展厅的勃勃兴致余味犹存，黄政勇的心情格外舒畅通泰。刚进饭厅就被众人一圈围住，嘘寒问暖，很快拉入各种话题，囚在心里的感情得到了被释放的快意。吴英俊和姜大民分坐左右，不停给他布菜舀汤。先是举座起立，共同向他敬酒。然后是从主陪到副陪，一人一轮打通关。黄政勇本来酒量挺大，从不虚应，端杯就是实打实。心情又好，来者不拒，又反打一轮通关回敬大家。毕竟是个六十多岁的老人了，醉态从飘晃的脚步往上移，涌进嘴里就泡硬了舌头，一句话含在嘴里要绕半天才能摆脱舌头的裹缠。这句话好容易挣脱出来，刚转一圈，先前的那句话又回到嘴里和舌头绕在了一起。开心的话又多，念念旧情都咕噜噜成了一大堆线麻团子，还结成了疙瘩，理不清头绪。大家耐心地听他剪不断理还乱地诉说，他早已醉得满面春风。大家却如几团羞涩的云朵，直烘托得他更像一轮满月璀璨夺目。

散场了，众人簇拥他起座离席，突然听到身后卫生间里传来一串高亢尖锐的声音，似要穿透墙壁。黄政勇停下凌乱的脚步，展开双臂把身边的人挥开一段距离，他站在了中间。大家保持着距离围住他。看他把摇晃的身体重心放到左脚，好像感觉没有稳住，又换到右脚，感觉还是没有找准重心。

黄政勇变换了几次重心，总是别扭，像个不倒翁。他用手指着一个人，眼睛却看着另一个人，直着舌头一截一截地说，你们，你们不知道他是谁，但是，我可是，听出来了。他就是，那个说我，是劳碌命的，姜大民。你们说，是不是？快去把他扶，扶起来。

大家推开卫生间的门，看到果然是姜大民。他紧缩成一团，双手抱着马桶。马桶里红光荡漾，一片鲜红。他的嘴巴像个红色泉眼，还有一缕血迹吊在嘴角要往下滴落。大家的目光像探照灯一样照见了一切。现场忙乱成一团，很快分成了两批，一帮人把黄政勇连哄带拽地拖进了宾馆；另一帮人七手八脚地把姜大民抬上车送往医院。

姜大民有次喝酒后和刘梦娜吹牛，说人有病，治不是最好的办法。刘梦娜就好奇地问，那什么才是最好的办法？没等他回话，又补上一句，那是因为家里有我这个医生，故意炫耀吧。

姜大民一本正经地说，忘了它。姜大民确实除了那次低血糖进过医院，平时一般很少感冒发烧。即使有点症状，他也从不吃药，尽管刘梦娜从医务室拿有各种常用药品在家里备着。他还编了几句顺口溜，病就是条狗，怕就撵不走。越当真越有，不理它发抖。说得还挺押韵。

他接着说，人很少有病死的，都是被病吓死的，或者忧虑死的。他还得意扬扬地说，有人就喜欢去医院找医生说，帮忙做个检查吧，看有没有病。这样的人，才真有病。

当时，只以为是玩笑，刘梦娜倒并没往心里去。泰丰公司上市前，他加班应酬多，不知道从哪天起开始的咳嗽。

刘梦娜关切过几次，还找出来止咳糖浆和阿莫西林放桌上，倒了半杯开水凉着，叫姜大民喝。姜大民面对这些药品，像狗看见刺猬一样，古怪的眼神很快落到了水杯上。他只喝了半杯温开水。

咳嗽好像在他肺部里扎了根，还在生长一样。好几个晚上，他咳得上气不接下气，胸脯剧烈起伏，脊背弯成了虾。刘梦娜不断用手去抚他的背，又递开水。过了一会儿，他才渐渐缓和下来，血色重新润红他惨白的脸。

她轻声说，明天陪你去医院检查一下，开点药吧。他说，等忙完上市再说吧。也许就忘记了。一忘记，病就跑了。病就是条狗，撵不走再说。她在黑暗里鼻子一酸，想再劝劝，偏偏千言万语堵在喉头，一时哽咽无语。

没想到，仿佛一语成谶。姜大民真被狗咬住了，撵不走。刘梦娜感到，有一种东西，一种极尖锐的有些可怕的东西，正锥子一样戳着她的心窝、血管、筋骨。

医生刚刚把她叫到了办公室，拿着各种化验单和一张 CT 片对她讲，语言凄楚，带着职业的冷漠，要她做好心理准备。他把里面无数的信息汇聚在一起判断病情，结果是肺癌晚期，已经错过了手术期，大约还有半年的限期。一层层让人绝望的递进关系，使她一下子就惊呆住。倏忽间，心里残存的各种幻念正被一道深不可测的裂缝吞噬。

她在医生办公室又坐了一阵，阵阵伤感袭来，悲痛泰山压顶一样从天而降，一时泪如雨下。她一点一滴地想着他发病前的种种迹象，又针针见血地扎着那颗悔恨的心。她咬住嘴唇稳定情绪后，长长地叹出一口气，想想还是没有给儿子姜军打电话，他马上研究生毕业，关键时期不能让他分心。

她给吴英俊打了个电话，话没说出口，眼泪又啪嗒掉了下来。吴英俊在电话那头急迫地说，不着急，天塌下来，还有我们呢。挂断电话，刘梦娜才感到浑身无力，整个身体垮塌一堆地瘫坐在椅子上。

姜大民躺在病床上，目光虚弱地看着天花板，鼻翼一张一翕，就像夏天池塘里缺氧而浮出脑袋的鱼，呼吸跟不上腮动的节奏，让刘梦娜都感觉心里也有种说不出的憋闷。其实她的胸口也正压着一口铁锅，装满了积郁的自责和痛悔，后悔应该早点带他检查，后悔不该听任他关于病就是狗的理论，各种悔恨像铁锅里蒸腾出的热气拥塞在喉咙，她忍住哽咽，努力让声音平静如常。

她握着姜大民的手故作风趣地说，你忘记了狗，狗没忘记你呢，不过是个小狗狗，消儿天炎就好了。她不敢告诉他病情真相。她知道姜大民其实是个内心敏感又脆弱的人。姜大民脸上浮出一抹笑影，自嘲似的呵呵。

门口一暗，吴英俊带着刘招娣进来了。他们已经联系好省城和平医院，商量准备转院。姜大民努力往床头靠了靠，无力地支起脑袋，刚要开口说话，一串咳嗽抢先冲了出来，又是一阵上气不接下气，脸都憋成了紫色。喝水，抚背，慢慢平喘。他扬起来一只手朝吴英俊狠命摇晃，张开的五个指头都在充满力量地表示不可以。他不同意转院。

几个人像受到惊吓的土拨鼠，相互张望，目光密集而杂乱。大家束手无策。后来，吴英俊派人连夜从省城和平医院请来了专家。专家的意见和主治医生的说法是一致的，像是提前密谋过一样。专家的裤兜浅，装钱的信封还鼓起来一个包，像长在腿上的一个肿瘤。又托关系到北京某医院找到了名气更大的专家，专家看着CT胶片，只是神情凝重地推荐了一剂进口的靶向药物，就揣着红包连夜飞回了北京。大家最后的希望也随着飞机冲向云霄，消散在空中。

这一切，黄政勇都还蒙在鼓里，以为不过是一场喜相逢的醉酒。年轻时喝酒喝得胃出血的事情，他也经历过几次。输几天液，吃几片奥美拉唑，嚼几粒达喜，养几天胃。好了，继续喝。他们没让他知道姜大民的病情，而且姜大民还轻描淡写地和他通了电话，他的语调平和，与平常一样，说事实证明，还是老领导酒量大，佩服佩服。腾挪躲闪，没有再往下说，匆匆挂机。一切都是若无其事的样子。

3

黄政勇得到消息的时候，姜大民已经结束了第一个疗程。化疗每六天算一个疗程，休养二十天，再进行下一个疗程。他们把消息封锁得严严实实，不想让黄政勇心里也搁块石头。这块石头还是不小心掉到了黄政勇的心里。

那天黄政勇给刘梦娜打电话问个治荨麻疹的小偏方，不知道怎么就说到了姜大民。刘梦娜脱口而出，说大民这次化疗效果还好，就是人有点累。说完，才意识到说漏嘴了。

化疗？黄政勇在电话那头局促地反问。

哦，没事。刘梦娜觉知冒失，只恨嘴快。说出去的话，泼出去的水，收不回来了。她兀自在这头默默地抹着眼泪。

黄政勇说，明天早上过来看他。

黄政勇调到国资委后，就搬到市里去住了。化肥厂的房子第二年也卖了。他没料到姜大民的病情这么严重，化疗意味着癌症，让他不寒而栗。

这个晚上，他没怎么合眼，从那天醉酒后的场景，一点点往前回忆，回忆姜大民给他在军分区讨要解放鞋，还有那双硌脚的皮鞋。点点滴滴如春蚕吐丝一样，一寸一寸地缠绕，仿佛是要把自己包裹到所有与姜大民相处的日子里。越不去想，越往上面忆，像嗜光的蚊虫，不顾一切地要往上扑，那是一团燃烧了二十多年的感情火焰。

天快亮的时候，清洁工扫马路的唰唰声有节奏地往窗户逼近，感觉扫帚已经就在离床不远的地方了，又总差那么一点，让你的心就那么悬着，默默地等下一扫帚掠过来。扫帚的唰唰声终于被曙光撵走，天光放亮，他和老伴拎了一篮子水果打车去医院探视姜大民，他的嘴里还含了九百九十九句责问怪罪的话，怪他们隐瞒病情？怪他们检查太迟？怪他工作太忘我？怪他不关心爱护自己？那些话暂时还找不到出口，憋成一团，堆到脸上变成了一副心疼肚痛的模样。

姜大民的脸如同贴了一张白纸，遮住了皮肤底下的血色，一双眼睛大而失神，脑门上象征性的几缕头发在药水的刺激下已经所剩无几。刘梦娜要刮掉，他不舍得，含笑说保留最后一点颜色。

姜大民知道刘梦娜是多么喜欢自己的幽默，刘梦娜想笑，却显出一张哭脸。她心里的疼正从心脏的某个位置迅速扩散，从锥心到麻颤，遭电击一样。她目光空茫地悬了好一会儿，心情才渐渐平复，让眼泪悄然风干。

她捏着他形销骨立的手，把温暖递给他。就这样牵着手等医生来查房。姜大民是个异常理性的人，他内心里已经平静地接受了这个现实。他说被这条昼伏夜出的野狗咬住，跑不脱，认命。他嘴里的这条野狗是肺癌。

还没等到医生查房，黄政勇和老伴进来了。黄政勇幽怨的目光刚一落到姜大民的身上，很快又展露出一个仓促的笑容。这笑容像一副慈爱的面具，缀满了父亲对孩子般的爱怜。因为面具戴得过于仓促，根本来不及掩饰内心的痛楚，黄政勇的脸上有着几分突兀的愧疚神色。

姜大民挣扎着想坐起来，黄政勇一个箭步蹿过去，扶稳，刚捉住他的另一只手，医生查房过来了，他问 36 床昨晚怎么样。

36 床是姜大民现在的代号。他拿着姜大民从腋窝里抽出来的体温表晃了晃，很客气地说体温正常，没别的不舒服吧？姜大民疲惫地摇了摇头。

等医生查房出去，黄政勇才开口，他故作兴奋地说，你的气色看起来蛮不错，体温也正常。姜大民配合着笑了笑。他抬眼看着刘梦娜，轻声说屋里空气也不好，你陪阿姨去院子里转转吧。我和领导聊会儿天。

屋子里一下子安静下来，姜大民沧桑而喑哑的声音缓缓而淌，领导相信命不？黄政勇愣了一下。姜大民又重复了一遍，眼泪已经涌进眼眶。他接着说，我相信有些定数是命里注定的。开始的语气有些酸涩，慢慢一点点顺畅起来。

黄政勇的心松弛下来，听他讲关于命运的故事。时间仿佛静止了，又似乎在飞快地倒退。姜大民当兵的时候，家里穷得叮当响，父亲摸黑给乡人武部长送去两只下蛋母鸡，如愿入伍。部队转志愿兵的时候，他用积攒的津贴，偷偷给连长媳妇买了个戒指。转业到化肥厂基建科是用一块手表换来的。他的婚姻，仿佛也是一桩投资。追刘招娣成了一笔失败的投资，转投刘梦娜，获得了成功。他还秘密投资胡远方，在他的物流公司占有股份。他像个精明的投机商，把人生的每个环节都当成了投机取巧的机会。

　　他回顾过往岁月，好像所有的付出都是带着险恶企图的交换，觉得人生就他妈的是一场投机游戏，这样的想法刚开始只是像条虫子在心里拱，拱着拱着就长到血肉里去了。一些声音在姜大民的喉咙里挣扎着，费了很大劲才冒出来。

　　他开始控诉自己，更像一个基督教徒对着神父，在喋喋不休地忏悔。他说管采购销售的时候，供应商经销商给他送各种礼品，后来送钱。从不自在的半推半就，到坦然接受，到后来在乎别人送的贵重与否。不送或者送少了，他会巧妙地设置障碍，让别人拐着弯给他送更厚重的礼。他已经把收礼当成了一桩人生乐趣，打开的却是化肥厂利益的后门。那次爆炸事故发生后，死了几个工友，艾新华被判刑，惊醒了他。供应商送给他的几根金条和银行卡成了嗞嗞冒烟的炸弹，让他提心吊胆了好长时间。这次事件成了卡在他喉咙里的一根软刺，咳不出来也咽不下去。眼看着化肥厂从如日中天到濒临破产，他才良心发现，觉得自己罪不可赦，在那么重要的位置上却扮演了一个非常不光彩的角色。后来，化肥厂改制上市，他赎罪一样拼命工作。这种自我救赎式的勤奋与努力，似乎能减轻他内心的痛苦。他就像热锅里的一块肉，甘愿忍受煎熬，也要多挤熬出一滴油汁，补偿对化肥厂的亏欠。但那些不该收受的财物仿佛已经成了他生命的业障，在不断地消耗着他的阳寿。

　　停顿了一下，姜大民仿佛找到一块拼图碎片的咬合对象，他缓缓地说，费尽心机算了一辈子，总算明白了一个道理。人算不如天算，拗不过命理。他无数次否定过这种想法，但越否定越坚决，越迷惑不安，藏也不藏住，就算藏得再隐蔽也无济于事，晚期肺癌已经绝望地扼住了他。他觉得他把这些话说出来，心里会释然，就像把一堆积郁在胃里没法消化的东西掏出来了。这些滞重拥挤又不可轻易示人的话，他不知道该说给谁听。他只能对黄政勇讲。黄政勇在他心中有着父亲一样的位置。他真正的父亲躺在川东那片橘园里已经五年了，坟堆上早已长满芭茅。

黄政勇紧紧地握着姜大民的手，一股热流从掌心涌进姜大民的身体，又穿过血液抵达内心。黄政勇百感交集，内心里掀起了复杂的波澜，一时不知该怎样劝慰他，表情困惑。恍如一个盲人牵着患了小儿麻痹症的人在走夜路，深一脚浅一脚，但终于探出了一条路。他慌不择路地说，这是一个特殊的权力时代造成的，在这个时代堕落的过程中，特殊环境滋养了欲望的泛滥，很多人都是有罪过的，包括我。日渐臃肿的人事，企业管理的失控，我无奈地放任自流，都是罪过。你不用背负这么多的恶。

权力时代，这是一个貌似很勇敢的词汇，好像他们只是时代洪流里随波逐流的一叶扁舟，就像当年伍云峰对他说的完成历史使命一样。他知道自己想表达的意思，是座巨大的冰山，刚才说出来的话只是浮出海面的一部分。权力时代，这却是一个看上去多么真实无误又有点纰漏的谎言，就像尘埃与霾，都是浮在空中的颗粒物，既是又不是。

两个人陷入沉默。往事沉渣一样泛起，黄政勇突然回想起若干年前的那个夏日午后，他去请教李春海时的情景，面对浩荡人世的玄妙勾结，同样是充满了无力和挫败感，时代的飓风并没有赐予他答案。而李春海早已作古，但他佯装打盹的样子仿佛还在眼前。

吸附在房顶的环形日光灯像一轮满月悬在那里，恍若给房间里的人与物都镀上了一层官窑瓷器的釉色。他们就这么飘浮在一片久远故事的薄光里，静默着。直到刘梦娜她们从外面散步回来。

4

吴英俊坚持每天下班后去医院陪陪姜大民，讲公司的形势，讲企业的变化，讲几个青年大学生的进步，讲与券商基金经理们的交流，总之都是一些令人振奋的消息。化肥厂是一棵大树，每天产生的消息就像结在枝头的果实，大小不一，酸甜苦涩。但他只挑大的、鲜甜可口的、熟透了的果实，都是能上市卖出好价钱的果实。姜大民的精神会因为这堆累累硕果而生出几分抖擞，比吞服进口药片的效果还好。

刘梦娜和姜军白天黑夜轮流着守护他。

刘梦娜白天像个演员，卫生间成了她的化妆间。她深陷的眼窝像埋在地下的两处泉源，经常躲到卫生间里去流一阵，悄无声息。她咬着唇把声音憋住，按下水箱，让下水道冲刷的声音把她如同闷在陶瓮里的呜咽淹没掉。等稳住神，再收拾好表情才回到病房偎依着姜大民。姜大民能感觉到她哭过，只是紧握着她的手不说话。这时候装作不知道才好，装得越像越好。假装才是最好的麻痹药。

晚上是姜军陪护，他躺在行军床上玩手机，对着忽明忽灭的屏幕可以戳到半夜。姜大民像个掉进黑暗山洞里的人，一点一点往下坠，但他看着姜军就像看到了光明。等姜大民忍不住哼哼的时候，姜军就会过去倒水喂止痛药。等父亲安静了，帮他掖好被子，再躺回行军床上，半身不遂似的，一动不动，轻微的鼾声开始有节奏地响起来。这声音让姜大民心里格外踏实，像在聆听一曲生命之歌。神秘的遗传基因保留了他们一样的鼾声韵律，听上去有些拖沓，还带着长长的尾音。

在黑暗中待久了，夜就没有那么漆黑了，只是沐浴在巨大的寂静里，寂静让姜大民生出很多想法。他知道自己的时日不多了，他贪恋的人生已经进入倒计时。他在心里面把要放下的人和事捋了好几遍。姜军已经研究生毕业，他学的是国际贸易，已经被北京某化工进出口公司聘用。他攒下的钱足够让他在北京四环内买套房，但暂时不能告诉姜军。四川老家的父母已去世，给他们立了碑，也没有需要拉扯的兄弟姐妹。岳父刘建设的退休金足够两老的日常开支，有个大病小灾，有吴英俊刘招娣。身边的每个人，他都细细地捋了一遍。

唯独对刘梦娜心有千千结，放下又捡起，捡起又放下，终究是不能落实，像石子一样消化不掉。给刘梦娜留下的存款也不少，她有退休金，若能找个伴，人生晚景不至于孤独寂寞。暂时不找，有吴英俊刘招娣照应着，过几年就可以去北京带孙子。无论哪种可能，似乎都不错。想着与她二十多年的夫妻情缘，过往的每一个细节，音，容，笑，貌，悲，欢，离，合，都在他回忆的河流里打着旋又匆匆奔向远方。远方是她的将来，她要流向哪里？他明知未来无法把握，还是忍不住想去张望。那种骨子里长出来的血肉相连的真爱，现在变成了最顽固的自私，像一枚生锈的钉子扎在他的心里。原来是他从感情上不愿接受她再婚。让一个陌生人牵着她的手，让姜军管一个陌生人叫爸爸，想象中的任何细节都变成了对他一刀一刀的残酷凌迟，都是令人肝胆俱裂的痛。

不是身体里的痛，姜军刚刚给他服过吗啡，而是心里的痛。

第二天晚上，他要刘梦娜陪夜。他把床匀出来一半，要刘梦娜陪他在床上躺着。刘梦娜说床太窄了，我怕碰着你，还是睡行军床上，靠着你的床，行吗？

姜大民固执得像孩子，顽皮上脸地说，我就要嘛。两个人把病床填得满满当当，骨肉相嵌，找不到半点余地。姜大民仍习惯性地把一条胳膊从枕头下面伸过去，绕成一个温柔的陷阱，托住刘梦娜的脖子，凹凸相扣，严丝合缝。就算不说话，表皮下涌动的血液也能让身体的温度烘暖他们的爱情。

姜大民的眼睛泊在泪水里，一动不动。他是不敢动，一动就要溃堤。但他的嘴动了，声音发颤地说，你将来要是找到伴了，也会让他这么抱着你睡觉吗？他像把一把刀子捅到她心里又搅动了一下，这把刀子似乎带着某种企图。

刘梦娜的心在猛烈抽搐，眼泪喷涌而出，她用手捂着嘴，浑身瑟缩，不让声音发出来。姜大民明知道不该问也不能问，一张口就会撕开一道鲜血淋漓的口子，里面的爱有多深，疼就有多深。她怎么回答都是舍生忘死的表态，多么地残酷。刘梦娜成了寒冬腊月还埋在淤泥里的半截残藕，心里都是洞，另外连着丝的半截藕不见了。她会去找吗？她仿佛正夹杂在生死之间。

姜大民愧疚地侧过半个身，另一只手环过来，把她整个人都搂在怀里，像附在她身体上的一个壳，包住了她。她捂着胸口像捂着伤口，索性痛到底吧。她泣不成声地说，大民，我不会去再找，你就在那边安心地等着我吧。听上去无比凄凉，像什么东西坠到崖底时发出的绝响。

姜大民的眼泪滚落到了她脸上，他说，其实我不是这个意思，只要你把我装在心里，我就活在你身边。我舍不得你。你过得好我就心安，只求你不要忘记我。声音很轻很轻，像是从另一个世界飘过来的。两个人抱得更紧了，如蜷缩在一个时光容器里的两只史前动物，周围流淌的都是洪荒时光。

从那晚起，白天由姜军陪，刘梦娜陪夜。两个人晚上有着密集而说不完的情话，那是酿了三十多年的甜蜜的爱，更是生命百感交集的意义。

一个天光放亮的早晨，一串剧烈的咳嗽在姜大民喉咙里打了个死结，脸慢慢憋成了紫色，眼眶里也只剩下白色。刘梦娜惊慌失措地叫来医生，把他迅速推进了急救室。从这天开始，姜大民就再没有从 ICU 重症监护室出来，浑身插满了管子。他在进入弥留之际的昏迷里，偶尔会睁眼环视四周，像在寻找什么。

刘梦娜的眼泪夺眶而出，隔着玻璃窗向他摇手。其实他什么也没看见，然后，再次昏迷过去。没多久，他僵硬的身体终于装入生命的胶囊，躺进了一副透明的玻璃棺罩里。他的面容安详，是一副把一切都安顿好了的神态。

姜大民的丧事简朴而隆重，因为生前人缘好、社会交际广，去吊丧的车辆把通往殡仪馆的道路都塞满了，花圈摞成了小山。有人记起了他的婚礼，当时也是打破了卧槽马的热闹纪录。人来人往的情景还恍如昨日，公司礼堂变成了殡仪馆。盛大的婚礼和隆重的葬仪，只是换了场景而已，隔着的却是一道生与死的大幕，让所有人都有一种穿越时空的惆怅和悲哀。

厅堂里悬挂着他放大了的遗像，供台上放着水果，香炉里插着三支香。刘招娣陪着刘梦娜在灵堂里扶棺守灵，姜军抱着灵位，黄政勇致悼词。刘建设坚持要送他最后一程，他忘不了姜大民巴心贴肝的各种体贴入微。他战战兢兢的样子，却是白发人送黑发人，格外放大了悲伤。

谁也没料到刘建设会在灵堂里突然放声号啕，先走的应该是我啊，你咋这么狠心呢？哀号声像猛然摔在尖石头上的老陶罐，瞬间就哗啦啦成一堆碎片，凛冽而突兀。

黄政勇本来想把眼泪忍到晚上，夜深人静的时候，偷偷地哭，无人看见，可以尽兴一些。现在猛然间被刘建设提前给他扒开了泪堤，也不禁泪流满面。

　　两个老人的眼泪，让周边的人产生了更多触类旁通的悲戚，如同一下子引燃了各种可燃物，呼啦一下就火光冲天，变成了一片延绵的哭声，此起彼伏，如卧槽马周边的山峦剪影一样错落有致。

　　姜大民端庄的遗像仿佛看到了眼前的一切，那是一副凝固在二十年前的微笑。照片是种神秘的影像记录，拽着青春顶住了时光的侵蚀。姜军凝视着父亲的遗像，除了浓密的头发外——这点遗传基因没有占到上风，随了刘梦娜——他的眉眼鼻梁和隆起的额头都像是从照片里翻版出来一样。这让他们看上去不像父子，更像兄弟。

第八章　突围

1

泰丰公司上市后，商务接待和政务接待多了起来，门庭若市，像个工业景区，人来人往络绎不绝。办公室副主任王丽君分管接待，每天忙得像彩蝶一样飞来飞去。政府后来建议把企业打造成花园式工厂。建议就是要求，很快就把临街的围墙换成了通透式铁艺栅栏，里面姹紫嫣红的花花草草和卧槽马街边的道旁树凝眸相视，增添了几分趣味，墙内墙外的春光连成一片，连植物也喜形于色。

建厂时是红砖粘着砂浆砌成的简易围墙，像一条褚红色的巨龙盘绕在卧槽马，阳光洒在插满碎玻璃碴子的围墙上，宛若生出了熠熠生辉的细碎花朵，这也是当年卧槽马最醒目最壮阔的地标。后来公司扩建时，又变成了钢筋水泥的钢混围墙，加厚加高的墙基上面架着铁丝网，隔一段还鼓出方方正正的立柱，像长城上的烽火台，巍峨壮观，一副打造百年基业的派头。

几十年过去了，像隔着静流的时间之河，围墙里的人就好像一直生活在惊艳的故事里，让围墙外的人总是忍不住怀着一股好奇去张望。现在换成了镂空栅栏，仿佛给张望者打开了窗户，围墙内外一览无余，视觉体验让神秘感变得亲近。其实围墙内外的世界早已悄然发生了变化。

围墙内多年自足的优越感对围墙外形成的吸引力早已消失，倒是围墙外乐土一样的诱惑在慢慢加剧。化肥厂的年轻人越来越喜欢到围墙外的卧槽马来消费，跨出围墙就像从旧社会走进了亮堂堂的新时代，外面已经长出了城市的模样。购物或者只是闲逛，都像稻田里游动的鳅鱼，优哉游哉。不论是去音乐悠扬的咖啡馆里坐坐，还是到挂满破裤子的潮衣店里转转，或者在稀奇古怪用途暧昧的艺术品店里看看，到了晚上像虫子一样钻进旱天滚雷声的迪厅，显示出物质丰富时代新一代化肥厂人时尚的休闲理念。

围墙内的商店、饭店就显得破败而冷清，装修陈旧又简陋，饭桌和柜台都是木制的，台面光可鉴人，在漫长岁月里被无数人的衣袖磨得起腻，漫射出紫檀一样的油光，倒与环境相当融洽。特别是礼堂的外墙上还保留有领袖语录，斑驳的墙皮刻满了岁月安然流逝的痕迹，更加给人一种莫名其妙的时空错位感。

只有退休的老工人们喜欢光顾这些小店，距离也近，都是老同事、老熟人。本来是去买个针头线脑柴米油盐的，碰上熟人可以聊半天，谈鸡毛，说蒜皮，又从天气聊到儿女，突然记起儿女孝敬的好烟，赶紧掏出来，显摆一样每人散一支。倒把进店的初衷经常忘记，尴尬里透出一种温暖人生的惬意。

伴随着泰丰公司的围墙推倒，冒出来一个花园式的工厂。围墙像是一道玄机，似乎暗含了某种征兆。第一次推倒围墙，化肥厂迎来了如火如荼的大发展。第二次推倒围墙，化肥厂起死回生，成功上市。这一次推倒围墙后，没隔多久，迎来了一道国家体制内看不见的保护性围墙轰然倒塌。这条消息来自新华社的一则报道，国家在完成电力价格市场化改革的过程中，将逐步直到全面取消中小化肥厂优惠电价。这意味着泰丰公司的每吨化肥要增加成本两百多元。本来近期煤炭价格随着煤矿整顿的关停并转，已经呈现出不断上涨的趋势，化肥市场销价随着产能过剩又一路下滑，一扬一抑，完全成本眼看就要突破盈亏平衡点。正发愁如何编制上市公司的财务年报，屋漏偏遭连夜雨，又蹦出个将全面取消化肥优惠电价的噩耗，真是连个炒作预期空间的题材也不好找。若干碎片在吴英俊的脑子里不停地拼图，还有一堆数据在活蹦乱跳，董事长吴英俊焦头烂额。

而自从姜大民去世后，他倍感孤独，不免生出孤掌难鸣的喟叹，往事九曲回肠一样缠绕着他，越发怀念过去两人的相处。姜大民就像项链里的线，很得体地把几个副总穿在一起。姜大民去世后，那根项链变成了几颗珍珠。现在副总们与他之间的配合，要么像扣错纽扣的上衣，变了形；要么慢上半拍，节奏跟不上。有时甚至把左脚的鞋子套在右脚上，方向都反了。工作的部署与落实之间，常常缺乏水到渠成的自然默契，格外要花掉他不少的精力去跟踪督导。既要攘外又要安内，他现在心里装了说不出的苦闷。

王丽君在办公室工作，对公司面临着的困境和压力十分清楚。她用充满试探的口吻征询吴英俊，吴总可以与黄祖华叔叔联系一下，看他们在内地的公司如何应对电价调整和市场变化。

吴英俊如梦初醒，一道闪电照亮眼前的路。他突然想起了黄祖华供职的 YH 公司是世界上最大的化肥制造商，他们在全球有许多企业，他们的应对措施或许是化肥行业的风向标。他不觉心中一喜，这的确是个能够祛痰化瘀的好主意，就指着她的鼻子说，你再这样子能力超强，还越级给领导出妙计，小心把你提拔为办公室主任啊。

王丽君知道董事长说的是俏皮话，调皮地吐了吐舌头，说我还没做好当办公室主任的准备呢，可别吓着我了，说完就一摇三晃地走了出去。吴英俊在心里说，这鬼丫头一高兴就摇头晃脑的神态像极了王怀亮。

王丽君再次敲门进来的时候，她已经制作好了一份申请到 YH 公司考察学习的公函，行文之间颇见华彩，还替吴英俊编写了一条发给黄祖华的短信。短信是用古文拟写，却是字字惊风雨、句句暖情怀。

祖华吾弟台鉴：

　　见信如晤。虽久疏通问，时在念中，海天在望，不尽依迟。光阴如偷，不觉其速。泰丰公司仰仗令尊（亦是吾辈尊师）治下，整躬率物，披荆斩棘三十余载，历经风雨傲然上市，此等殊荣吾等同庆。令尊对愚兄恩惠，当结草衔环以报，何可忘焉？谢无疆焉，唯盼众擎易举，大气鼓荡，不负先贤凤愿，再展企业宏图。敦料市场波澜席卷行业，惠农电价行将取消，贵司乃业中翘楚，

必有妙计应对。尤乞率团赴约相习，愿不吝赐教，务祈垂许。特
肃笺礼敬，恭颂商祺。（公函附后）

愚兄英俊鞠启

吴英俊读了两遍，像坐在蜂巢底下，脑袋嗡嗡作响。他挠挠后脑勺，说太拗口了吧，脑袋弄晕了，半天回不过神。王丽君哈哈大笑，要的就是这个感觉。越熟悉的人用越陌生的表达，会产生意想不到的效果，这会加强印象，体现重视嘛。

吴英俊将信将疑地把短信发了过去，又让王丽君将公函传真过去。过了半个小时，吴英俊的手机上显示出一个 +001 开头的电话，是黄祖华打过来的。黄祖华在电话里说，老哥是在考验小弟的文言文水平呢，也只明白了大概意思。我已经和 YH 公司中国区域总裁联系过了，近期可安排考察交流。末了又说，哥不用太客气，于公于私，我都会安排好的。

2

吴英俊组织开了个考察学习的专题会，人员主要集中在工艺系统和设备系统，挑的都是技术骨干，名单上是一群锋芒毕露的大学生，分成两个小组。每个小组明确了具体任务和学习目标。经过大家认真讨论，最后确定了 YH 的两个子公司作为考察对象。一个在新疆，一个在内蒙古，都是新建的现代化煤化工企业。大家精神抖擞，每个人的目光都炯炯有神，证明自己也是个心怀梦想的后起之秀，仿佛一群大学社团里风华正茂的莘莘学子。这让吴英俊元气饱满。

飞机在乌鲁木齐地窝堡国际机场落地后，一辆考斯特商务车把大家接到了 YH 新疆公司。中国区域总裁李卫亲自到楼下迎接他们，这是一个精神饱满面容俊朗的年轻人。他摊开两手做出一副要托举什么的姿势，目光如炬地看着吴英俊，说黄总特意交代过，考察范围全面敞开。吴总想了解什么，一定知无不言、言无不尽。语言简练，直奔主题，领导者的风格能体现出一个企业的基本性格。吴英俊在心中默想。他把握着分寸，干练地

伸出手与李卫轻握了一下，含笑说主要是学习，给李总添麻烦来了。大家只在会议室简单交流后，就到了生产现场。

绿树成荫，花团锦簇，宽阔的马路，整齐的厂房，洁净的现场，不明就里的人，还误以为闯进了某处花园式广场，这完全颠覆了吴英俊心中化肥企业脏乱不堪的形象。

对比泰丰公司打造的花园式工厂，假若同样是美人，一个是充满青春活力的眉清目爽，一个则是年老体衰的皮松肉垮，让人自惭形秽。生产厂区之大，也让吴英俊感慨万端。这个大不是空洞的大，而是大得没有规矩，只有格局，几十个跨越式拱梁撑起的车间，通过连接通道彼此融合，形成了一个整体。然后是干净。整个厂区看不到一粒煤，煤仓全部隐蔽在地下，大半个厂区的地下都是空的，煤在皮带机上连续输送，整个进料系统处于封闭运行状态。冒出地上的料仓，像个高高耸立的水塔，只隐约听见里面有机器的运转声，飘扬的粉尘都在肚子一样的罐体里回旋，找不到出口。

煤在炉膛里变成煤气，几进几出后，与氢气氮气压缩在一起，再通过高压低温冷凝成液氨，最后从造粒塔上倾泻而下，如礼花炸开一般溅落到肥仓，洁白如冰粒的尿素像归巢的蜜蜂从下料口源源不断钻进口袋，又顺着皮带机一路欢歌笑语来到肥场。这段辗转几公里的路程，就是煤变成肥的全部通道。但化肥厂里标配一样弥漫在空气中的粉尘，还有味道，在这里却没有一丝跑风漏气的痕迹，整个过程仿佛在另一个世界隐秘地完成了。空气干净得如同滤过一般，吴英俊低头从光亮如镜的鞋面看到了自己脸的轮廓。

远处的广场中央有个喷水池，细密的水柱争先恐后地溅起来，又如花一般在阳光里灿烂开放，亮得刺眼。吴英俊忍不住感叹，这样的工厂才真像一处公园。

他们乘电梯到三楼中央控制室，首先映入眼帘的是一面几百平方米的电子屏幕墙，几十个窗口画面镶嵌在一起，不断闪烁变换着每个岗位的实时图景。操作控制台上是一排电脑液晶屏，每个屏对应着不同岗位的工艺流程指示图，运动的机物料在流程图上缓缓而行，上面有电脑监控实时跟踪的压力、温度等各项工艺指标的数据显示。指标异常时，系统马上自动报警并持续发出红色信号，直到数据修复正常。几个工人在操作台通过屏幕观察运行情况，只用两排红绿按钮就掌控了全部原料煤的进炉工序。

吴英俊心里咯噔一下，感觉泰丰公司简直就是小米加步枪的装备水平，而同行业的先进企业早已经是飞机加大炮的装备了。他的脑袋变成了一台高速运转的计算机，自动开启了理论计算和系统分析模式，先从人员配置和产能情况对比分析，人均劳动生产率大约超出了泰丰公司几十倍。然后是能耗水平，新工艺配置的都是低能耗设备，比泰丰公司节能约30%。再就是工艺和原材料成本对比，水煤浆气化技术用的原料煤比型煤气化技术的原料煤成本要低30%。在与李卫的交流中，他才知道政策性电价上涨对YH公司的成本影响更是几乎为零。原来YH公司早已形成了循环产业结构，自己用汽轮机发电内部直供，不需要通过电网结算，发电后产生的富余蒸汽又作为热源和动力源供给下游生产。综合对比，YH公司产品的完全成本只相当于泰丰公司的60%。吴英俊只在心里粗略算了下，就忍不住用手去擦脑门上的汗珠，差点露出面若惊魂的神态。

在YH内蒙古公司，吴英俊的眼睛再次变成了闪光灯，不断摄取各类图景、数据来对比分析差距。他像个在新生事物密林里的猎奇动物，越参观，越深入了解，越使吴英俊心中的迷乱加剧。他心中的春秋大梦被撞击得千疮百孔。就像一个患了感冒的人，只是准备过来学习治疗咳嗽的偏方，却意外地发现自己原来患了比感冒要严重得多的病症。他们面临着的已经不是局部革新，而是需要彻底革命的问题。这些思虑是在这几天的考察里一点点堆积起来的，越堆越厚，感觉就要被埋没了。他表面不动声色，内心里挤满了踟蹰，琢磨着泰丰公司下一步怎么摆脱困境。

吴英俊晚上和大家交流学习体会的时候，才发现大家的想法和他惊人地一致。他们的脸上一览无余地涂满了挫败感，是一副怀着纯真理想却被现实的拳头狠狠揍过一顿的样子。吴英俊面色平静，故作镇定，脖子上渗出的暗红在掩饰他内心的紧张。他是船长，他的想法将决定航向。他现在最迫切地希望了解风向和潮流，就是大家的想法。

他用问题搭建了一个坐标，泰丰公司下一步该怎么办？然后静静地听每个人讲述自己的看法。泰丰公司面临的困境，已经是濒临绝境，这比上一次面临的管理失衡更加致命，这是一场不期而至的技术革命。当前依然采用的传统生产工艺、劳动密集型的作业方式和高能耗的落后设备，已使产品无法在行业内进行价格竞争。不从工艺路线革新、人力资源改革和设备选型上下功夫，只能面临被行业淘汰，坐以待毙。一个患有先天侏儒症的人，吃再多的保健食品也长不了一米八的个儿。那是一个肥皂泡，迟早要破。泰丰公司的管理没有问题，但管理产生的效能是有限的，只有成本优势才是产品价格竞争中的决定性因素，而决定当前成本的关键在于技术工艺和设备配置水平。这就需要提高资本的有机构成，否则无法破解泰丰公司面临的岌岌可危的局势。

每段激情燃烧的语言，都闪耀着含苞待放的理想之光，成了急于改变现状的讨伐令。讨论会慢慢演变成了一个战略发展的会，大家在激情澎湃的争论中，仿佛每个人都握着一把泰丰公司未来发展的钥匙在捅锁眼，又像在讨论如何组队在《魔兽世界》里去打怪。泰丰公司是那个魔怪吗？吴英俊的心中激荡着暖流，一种强烈的使命感油然而生，无畏和刚毅慢慢爬上他的脸庞。没有什么困难可以让他迟疑退缩，他仿佛看到了姜大民在凌空含笑注视着他、鼓励着他。还有几千双眼睛都在默默地望着他。他不能让沉淀了那么多人心血的泰丰公司从他手里消失。

这时候他兜里的手机振动了一下，是生产副总打过来的。他走出房间，到走廊里接电话。电话里说今天中央环保督察组过来了，检查出了不少整改项。具体情况等您回来后再详细汇报。我们先积极整改。他的语气犹疑不定，磕磕巴巴，话里还藏着话，却把电话挂了。

吴英俊的目光里飘过一丝狐疑，知道不是什么好事情。他十分反感下属报喜不报忧的汇报方式，有次开会含蓄地讲过一句话，有些副总，总是想把痛点绕过去，只戳G点。面对问题，要敢于暴露，勇于面对，不要指望竹篮子能装住水、纸能包住火。他迟疑了一下，回拨过去，是嘟嘟嘟的忙音，显示正在通话中。

他转而给王丽君拨通电话，控制住强硬，也控制住焦灼的语气，环保督察究竟是什么情况？很严重吗？她在电话里停顿了一下，似在维护摇摇晃晃的平静，语速缓慢地说，不至于暂时停车，但要限期整改。表述清晰又很克制。吴英俊敏感地意识到，环保出麻烦了，神情犹如受了内伤。

3

吴英俊率团考察回来的那天下午，太阳好像刚刚从一团移动的云朵里挣脱出来，万丈金光正把卧槽马涂得明亮，仿佛鸿蒙初开。高大的烟筒在静默中刺向苍穹，上面泊着一团棉絮似的浮云。

吴英俊惊诧地发现整个卧槽马就像一局快要收官的围棋，棋盘一样纵横交错的街道旁布满了房子，曾经广阔的田野已被城市扩张吞噬得片甲不留。远处是还在不断崛起的幢幢高楼，光怪陆离的玻璃幕墙和巨幅广告显然已经沉不住气，正呈包抄之势合围过来，连阳光也借势横刀立马，反射出令人惊悚的亮堂，对卧槽马透出一种居高临下的震慑。脚下宽阔的马路早已贯通整个卧槽马，更像一支蠢蠢欲动的先遣部队，随时准备大举进攻，一副将这里也要变成城区的架势。排山倒海一样的城市发展，简直超出了他的想象。

移动的汽车窗口像一张银幕，在记忆里不断投射出卧槽马的过去和现在。刚来时，漫无边际的田野，隐在禾木中间一户一景的农房。即便陷在夜色里，卧槽马也没有几家灯火。那么多年，化肥厂的亮都沉浮在卧槽马的黑暗里。化肥厂的居住条件也在不断变化，先是建厂时的铁皮棚子，到没有卫生间和厨房的筒子楼，接着是第一批分配单元楼时抓阄的情景，然后是申报集资建房的火热场面，到现在不断有人离开化肥厂小区到外面选购电梯楼房，一幕幕都在记忆里打着旋又像落叶一样飘零。

汽车拐进公司大门的时候，"厂兴我荣，厂衰我耻"这几个字瞬间映入他眼帘，仿佛是一道霹雳闪电，他不禁浑身一颤，一个关于泰丰公司枯木逢春的发展计划猝不及防地浮上了脑海。

吴英俊组织考察团成员精心编写了一份调研报告，又给市政府递交了一份请示文件，关于泰丰公司下一步发展规划的若干情况汇报。报告的落脚点是向政府要项目资金支持，要建设用地支持，要政策支持。政府马上面临换届选举，这份要钱要地要政策的报告被暂时搁置一边。其实他还有一份未完工的报告，安排王丽君组织人员正在进行秘密调研。那才是他准备翻出来的最有杀伤力的一张底牌。

吴英俊现在揣着这张底牌去找黄政勇完善想法。黄政勇和黄祖华通过几次电话，预料他们的考察会产生一种令人震撼的效果。他知道 YH 公司拥有世界一流的装备水平、技术能力和产能规模，像一艘巨型航母，化肥厂只是一条在惊涛骇浪中飘摇跌宕的帆船。这种情状对比后产生的震撼不言而喻。

黄政勇早已如坐针毡，担心吴英俊的自信心遭受打击，更担心化肥厂危在旦夕的前景。他前几天翻看过一本美国的《财富》杂志，里面有篇文章分析美国中小企业平均寿命不到七年，大企业平均寿命不足四十年。而中国，中小企业的平均寿命仅二点五年，集团企业的平均寿命仅七八年。美国每年倒闭的企业约一万家，而中国有十万家，是美国的十倍。不论数据是否真实，文章分析是否科学，都有着骇人听闻的观点，那就是企业的寿命都是短暂的。他干了大半辈子企业，却从未思考过这些现象。看了文章后，不由得倒吸了一口冷气。八十年代末，大批的乡镇企业不断倒下，九十年代中期又一批地方国企走向破产，现在活下来的已属凤毛麟角。进入新世纪如雨后春笋一般冒出来的企业，有的死而复生，有的被兼并重组，生命如梭更迭如潮。奇怪的是虽然企业倒闭如潮，但在激烈的角逐中，每个行业却发展得更加茁壮强大了。适者生存优胜劣汰的自然法则同样是企业发展的公正律令，没有什么能阻止滚滚向前的时代洪流。

黄政勇虽然像个哲人一样在冷静思考化肥厂面临的困境，面如止水依然抑不住内心的狂涛乱卷。毕竟，化肥厂是他事业生命中的孩子，他多么希望像个父亲一样呵护在怀，不容他受到伤害。而他现在更像个供桌上的先人牌位，现实不可能让他复活，唯有一个庇佑的念头。庇佑化肥厂能再次起死回生。

吴英俊带了新疆的天山雪莲和内蒙古的苁蓉，倒像是掂着两把道具。现在每次出差，给老领导带土特产成了习惯。这是姜大民教给他的处事秘籍。

门开了，黄政勇的脸露出来，皱纹里挤满了笑，目光却是飘忽的，似要隐藏什么，他在琢磨是把怜惜还是把忧戚藏住。回来两天啦？

吴英俊点头说是，随手把礼盒放在茶几上，倒了一杯水，挨着黄政勇坐到沙发上。他正准备敞开心扉说考察的事，看到电视里正在播放一个新闻调查类的节目，就把话吞进去，目光盯到屏幕上。

黄政勇怔了一下，想说什么，打住了。把音量调大，陪他看。节目播的是离京城很近的一个省，关停了许多污染企业，宁愿放弃金山银山，也要青山绿水。一个领导在停产的企业门口接受采访，背景是几根熄火的烟筒，失神地对着镜头。领导口若悬河，滔滔不绝，从环保角度算了一笔经济账，用训练有素的沉着语调表达观点，又从经济角度算了一笔环保账，对比得不偿失时简直就像大便时嗑瓜子，太多的入不敷出。

女主持陈词总结时，吴英俊的表情凝重起来，他大脑的沟回里闪现出化肥厂的场景，眼底一黑。

黄政勇摁了一下遥控器，一道白光将电视里的美女收走了。他嘴里嘟哝着，你看现在环保形势逼人，都上升到国家意志层面了。大势所趋啊，听说前几天国家环保督察组到化肥厂来了？在峡湾巡查了好几家企业，有的已经勒令关停了。他没有问考察的事，却拐弯说到环保。可能还在电视节目里没走出来，就汤下面。

吴英俊脸热得冒汗，从茶几上揪出几张面巾纸，顺着他的话茬往下说。他现在想表达的欲望已像破土而出的春笋，要急着向上伸展。

吴英俊说，上次化肥厂查了不少问题，有几个整改项目是死穴，历史遗留问题，要彻底整治，恐怕就是政府也有心无力。考虑到是上市公司，公众关注度高，政府也做了不少工作，没有责令停产整顿，是限期。估计这个限期，要不断延期。就说安全卫生防护距离吧，与居民区要有不低于三百米的隔离间距。建厂时可能周边方圆一千米都没住户。但现在连超市都簇拥到围墙边了，开饭店的恨不得在围墙上挖个洞，把后厨挪到院里来。如果没有一堵围墙，恐怕厂里的空地都要被摆满桌子。在这个过程中，企业是无辜的，我们没道理阻止他们在厂外经商建房。现在也没能力撵走他们。但政策法规往这一框，违法成本都算在企业头上了。这搬迁成本企业肯定承受不了，政府也承担不了。

他顿了顿，喝口水，竟然把腰板直了直，面露自得神色地说，这是好事情！将成为化肥厂发展的历史新机遇！

黄政勇蒙了圈，鼻翼扇动，像是要把一个憋了很久的喷嚏打出来，脑子里乱云飞渡，面露窘色，嘴里却虚张声势地说，这个机遇一定要把握好。他心里在琢磨，吴英俊会有什么好办法？这样讲，不过是借梯下楼顺着说。他并不知道楼下会藏着什么好东西。下楼总比悬在空中好。

吴英俊激动地掰着指头说，现在化肥厂面临三大困境，一是装备和技术落后，生产成本太高。黄政勇微微点头。二是环保整改治理难度太大，安全卫生防护距离很难达标。黄政勇不说话，等他继续说。三是面临的安全隐患突出，历史旧账难还清，社会压力巨大。

黄政勇知道安全隐患是个巨大的陷阱，横亘在化肥厂的身体里。随着发展，这个陷阱一直在扩大。在项目扩建过程中，都是见缝插针地安置设备，对项目的重大危险源辨识和评估报告很容易就能通过。安全评价更像是在走过场，发展的步伐掩盖了一切。

发展，多么有分量的一个词。金光闪闪，不是尚方宝剑，也是金钟罩。在发展面前，安全、环保统统都要给它让路。没想到，却是自己把自己逼上了绝路。

黄政勇忍不住接过话茬，骑上吴英俊的声音，音量把他压住，气势也把他压住了。他说化肥厂身上的很多肿瘤是历史原因形成的，慢慢变成了癌。同时代的化工企业经历了相同的命运，只是许多企业已经消失了。而我们背负历史的沉重包袱还在顽强地活着，已经不容易了。他突然想到了《财富》杂志里关于企业寿命的文章，还有早逝的姜大民，这些都是他心中最隐秘的伤痛。哽咽堵住他的喉咙，声音也打蔫了。谁都不想死。他又说了一遍，话语里充满了忧郁。

忧郁似乎也传染给了吴英俊，他及时调整了表情，收敛住脸上的兴奋，给黄政勇递上一支烟。烟是男人们调节情绪的一剂好作料。吴英俊吐出一口浓烟，打破尴尬，说我给您讲个故事吧。黄政勇呵呵一笑，虽不爽朗，但表示出乐意，你讲吧。他拿着烟在鼻子下嗅，并不急着点火。

吴英俊放松了语气，说老鹰是世界上寿命最长的鸟类。它一生的年龄可达七十岁。但要活那么长的寿命，它在四十岁时就必须做出困难却重要的决定。当老鹰活到四十岁时，它的爪子开始老化，无法有效地抓住猎物。它的喙变得又长又弯，几乎碰到胸膛，难以捕食。它的羽毛长得又浓又厚，翅膀变得十分沉重，飞翔困难。它将面临两种选择，一是等着饿死；二是通过蜕变获得重生，但要历经漫长的痛苦磨炼。它要努力地飞到山顶，在悬崖上筑巢，停留在那里。先用它的喙击打岩石，直到喙完全脱落。然后静静地等候新的喙长出来。再用新长出的喙，把厚重的趾甲一根一根地拔出来。当新的趾甲长出来后，又用它把羽毛一根一根地拔掉。五个月以后，新的羽毛长出来了，老鹰开始飞翔，重新再过神鹰一般的三十年岁月。在我们的生命历程中，有时候也需要做出困难的决定，像老鹰一样，使得我们可以重新飞翔。蜕变是人生前进的一个过程。现在化肥厂就面临着这样的抉择。说完，两个人陷入短暂的沉默。

很显然讲故事只是借口，黄政勇对化肥厂这只老鹰怎么重生产生了好奇。他点燃香烟，吐出一口浓烟，继续讲啊。这句话瘦骨嶙峋，没有一点多余的肉，硬戳戳的。他急着想听下一句呢。

吴英俊的身体深处重新掀起沸腾，两眼放光，心中的算盘拨得啪啪响，语调雄浑地说，化肥厂现在刚好利用外部压力，实现产业升级，化蛹成蝶。厂里有一千二百多亩土地，要极力和政府达成协议，将现有土地变性出让所得用于支持企业迁建，安置员工，按照周边地价估值可收益二十多亿。还有，泰丰公司毕竟有上市公司的壳，戴着股市估值的面具，是一摞堆放在谈判桌上的无形筹码，有一条项目融资的通天路。只要有好的项目，就像造梦工场一样，基金组织必定摇旗呐喊，热钱就会像接力赛跑一样涌过来。

吴英俊被这个念头扒开了一个豁口，无数的想法漫了出来。化肥厂现有固定资产和流动资金三十多亿。通过将现有贷款对银行进行债转股，再向 YH 公司定向增发参股新项目建设，募集投入新项目的资金就能放大到上百亿。前提是，必须加快步伐，要赶在泰丰公司挂 ST 前，否则市值将严重缩水。一个现代化的大型化工企业，在吴英俊眉飞色舞的表述中呼之欲出。

黄政勇感到无数的新事物在他内心的小宇宙里奔涌、碰撞、融合，一个广阔得令人激动的图景在眼前徐徐展开。他深深地吸了一口气，仿佛是要把吴英俊说的这些话吞咽下去。他把那些话又消化了一遍，才缓慢地说与YH公司的合作方案，我想法促成。于公于私，祖华都有这个义务的。与政府谈土地的事情，需要好好计议，不可草率从事，一把火必须煮熟。一旦做成夹生饭，就麻烦得很。

他的目光慢慢聚焦，像一束火苗停顿在吴英俊的脸上。吴英俊眼睛里闪烁着矜持的好奇，是一副洗耳恭听的神情。现在舵轮转到了黄政勇的手里，他们朝着一个更加辽阔而深邃的海域驶去。这方面姜大民有着吴英俊所不及的禀赋。吴英俊缺乏与人沟通的圆融和机警，政府是架庞大的机器，但转动机器的是人。

黄政勇在收放自如的轻快语调中，帮助吴英俊把企业与政府之间的关系细细地捋顺。复杂的事情很多时候就像一团乱麻，而一旦找到了线头，就如拆散一件毛衣那么简单。

两个人忘情地在房间里讨论，他们就与政府的谈判方案反复斟酌，推翻又重建，然后又把要拜访的领导列出来，连黄政勇昔日已经离退休的老领导都从记忆角落里挖了出来。又从个人喜好和行事风格，逐一分析，仿佛在探一片危机暗伏的雷区。一直到黄政勇的老伴买菜回来，已近傍晚，俩人还缠绕在一团烟雾里，脑袋上像裹着一堆棉花糖。她知道吴英俊下午要过来说事，提前知趣地闪了出去。

在黄政勇家吃完饭回去的时候，外面月光如洗，跳广场舞的人已陆续散去，生活区广场变成了一面静谧而辽阔的玻璃，夜空更加敞亮。他突然想起刘梦娜现在成了广场舞的领舞，每天早晚按时搬出小音响，站在前面引领大家手舞足蹈。早上嘴里哼着《今天是个好日子》，晚上跳《为了谁》。有时刘招娣喊她过来吃顿饭，手机还在包包里振动个不停，全是舞伴们的声声呼唤。人一旦走出了自己的内心，隔在心间的那道篱笆门就再也关不住了。

姜大民离世后好长一段时间，刘梦娜仿佛陷在一个泥潭里，感觉窗外的风景离她很远，繁华人生都如戏里的各种秀。每个场景都形同虚设，每个人都像幻影，迟早都会被烧掉，世界不过是一堆热闹的巨大灰烬。

刘招娣陪了她整整一个月，心里酸楚，却无能为力。所谓一念不通，万念俱灰。隔着纱窗的天空灰扑扑的，冬天的湿冷浸骨，屋里寒气逼人，刘梦娜披床羽绒被能呆坐一天，眼里的神已经散了，说出来的话也是冰冷的。如果有余生，余生快点来吧，那也是解脱。每个字都像一把锤子在敲击刘招娣，她能感受到身体深处的阵阵钝痛。

她捏着刘梦娜冰冷的手，轻言细语地说，姜军还没结婚呢，你总得抱抱孙子吧，过去怎么给大民哥交代。

这句话像是捅到了刘梦娜的穴位，她青灰的脸色泛起了淡淡憧憬，如青蘋之末的微风。她似乎想说什么，嘴动了动，却没有发出声音。但刘招娣看懂了她的口型，孙子。刘梦娜虽然什么也没说，但她心里的某个部位在缓慢打开，像昙花在夜里悄悄打开紧锁的花苞。

第二天她再扶着窗户怅然眺望外面，沸腾的世间生活让这个旁观者忍不住悄然溅泪。雪山融水，信念终于攻克了她心中坚硬的堡垒。过段时间，她开始出现在广场舞的台阶上观望，灯光和暖，遍地温柔，她的目光里升腾起一阵细雾。再后来，她就像黑夜里的一朵花，悄然绽放在广场舞的人群里。在她内心的最深处，是未出世的"孙子"让她对生活有了新的期待。她赦免了自己。

让生命延续，企业和人有着同样的求生欲望。只有活着，才能体现出存在的全部意义。吴英俊不免发出情真意切的感慨。

他望着从自家窗户流泻出来的灯光，知道灯光下有个伏案的背影。那是他的儿子吴一凡，在做作业。他的手风琴早已成了旧物，生出的霉点宛若长出的老年斑，它每天像个老人在生命的另一个维度里，张望着窗台上的那盆吊兰，郁郁葱葱，还有眼前这个朝气蓬勃的少年。吴一凡也能哼出《红莓花儿开》的旋律了，只是从没去碰触过手风琴。他弹的是钢琴，这才是时代新宠。身材残损的手风琴，显得更加孤单而落寞，它落伍了。

4

吴英俊把王丽君叫到办公室，安排给她一项神秘任务。他将一堆标过重点的技术资料递给她，这是黄祖华给他提供的参考资料。他把关于智能制造的资料留了下来，觉得企业还是应该多给社会提供就业岗位。这样更能取得政府的支持。他把自己的大致想法跟她沟通了一遍，方案要点逐一给她点明。接着用不容置疑的口气说，确保一周内完成初稿上会，确保会前不走漏半点风声。

王丽君明白吴英俊想要什么，她元气饱满地投入到了报告的拟写中，反复组织语言，研究材料，用最令人心动的文字去推演一堆数据，尽量使方案迷幻闪光，有理有据，让抽象变得具体。白天她要在办公室处理日常工作，只有晚上回家写。她又在网上查找了许多城市腾退迁建企业的模式，现在有很多企业也是以前建在郊区，渐渐被扩张的城市包围，渐进的侵略让企业长成了城市的肉中刺。各地政府为了拔出这根刺，出台了很多令人脑洞大开的政策。有的通过土地置换，在工业区划一块地，再加上免征几年税费支持企业，免征税费违反国家政策，就采用先缴后返，以奖励形式变相退还企业。有的用土地变性（工业用地变为商业用地）升值部分补偿企业。还有的直接打包处理，交由第三方估价交易。这些都是方案中要借鉴的甬道，她每天在里面摸索，在不同城市的类似文件中跳跃寻找专业的词语。

密集的键盘敲击声每晚从她的房间飘到客厅，这让坐在沙发上看电视的王怀亮有几分不自在，耳朵里灌满了声音，像虫子一样在他心里爬。网恋？这两个字让他的眼睛变成了闪光灯。女儿该谈恋爱了，都成老姑娘了。

他故意隔会儿就给她续续茶，又削了一盘水果送进去。进进出出，显然是故意。连马海霞都看出来了，她怀着隐秘的兴奋，笑意从心底浮起，赶忙从沙发上支起脑袋，半边脸上压出了沙发清晰的布纹。

她努了努嘴，鼓励王怀亮继续他的故意。两人会心地笑了。他们有着同样的想法，两个人心照不宣地结成了同谋。大约都想知道女儿在和谁聊天，这么火热，甚至希望能捕捉到一次视频。

吴英俊给王丽君再三交代过，在方案未出笼前，务必保密。保密就像憋气一样，过程很折磨人。父女两个各怀心事，在进行某种难以启齿的周旋。每次王怀亮推门进来，她只好在 QQ 上胡乱留言，伪装成聊天，故意裸露一点秘密，然后又掩盖起来，看似欲盖弥彰，实则虚张声势。一个好友的头像不停在闪。点开，却是姜军。她刚才胡乱留言的时候，给他误发过去了一枝玫瑰。他回了一个害羞的表情。对方请求视频。

她犹豫着刚接通，王怀亮进来了。他看到屏幕上的姜军在冲他笑，挥手叫王叔叔好。

王丽君把摄像头朝上调了调，对准王怀亮的脸，说你们聊几句吧。

王怀亮一时没适应这个场景，有些惊慌，盘子里的一颗桂圆掉到地上，骨碌碌滚到了墙角。

王怀亮弓下腰，把脸往摄像头跟前凑了凑，咧开嘴笑，说，你在北京还好吧？我谨代表峡湾人民向首都人民致以最亲切的问候，并向你报告，家里一切都好，你妈妈现在成了广场舞总教头，统帅百余娘子军。

姜军在那头还没扑哧笑出声，屋里已经荡起了咯咯咯的笑声。王丽君的快乐都装在笑声里，从来不会掩饰。

王怀亮顺手把水果盘搁桌子上，直起腰，屏幕上出现了他微凸的肚子。他复低下头，在视频里露出笑脸，对着姜军摆摆手，像个大龄潮童，顽皮地说你们聊，我走啦。撒由那拉。

王怀亮得意扬扬地回到了客厅，舒展开脸上的笑容，对马海霞悄声说，看来丫头和姜军可能有那么点意思，嘿嘿。你现在和刘梦娜同志要主动搞好关系，说不准哪天就搭成亲家了。

马海霞被王怀亮逗乐了，用手里的遥控器捅了一下他，说你能不能正经点。夫妻俩交换了一个意味深长的微笑。晚上两口子却在床上密谋起来，说姜大民虽然去世得早，但化肥厂谁不知道他有钱。姜军这孩子，从小有礼貌，品性好，又是研究生毕业。而且董事长吴英俊是他姨父，搭成亲家也算攀上了皇亲国戚。要真成了，还是件好事。打小两人青梅竹马，若在一起并不突兀。说起他们的童年，两个人好像也回到了过去的岁月，回忆的镜头舒缓地摇过了那些温馨场景，画面生动而立体起来。俩孩子牵着手一起去卧槽马的山冈上摘香椿芽。举根冰棒也是你吮一口，我舔一下，嘴角都染上了鲜艳的色素。放学了做作业也喜欢挤在一起，细细地低语。他们用蜡笔把客厅里刚贴的张学友海报涂上黑色镜框，嘴唇描成紫色，还画一条红领巾，都快挂脑袋上了。一切恍如昨日。以前满院子淘气的小孩子们眨眼间都变成了大人。

短暂的沉默后，两个人把姜军的优点像捡拾柴火一样，一点一点罗列成堆，只要点上火，就有冲天火焰。两个人美滋滋地沉浸在女儿的幸福爱情里。马海霞突然嘟囔一句，说丽君可是大着姜军半岁呢。

王怀亮在黑暗里敛起笑意，小心翼翼地说，这算什么问题呢。他把手从背后伸了过去，摸到了像漏气的干瘪足球一样的乳房，再往上，是一颗草莓样的乳头。曾经紧致的身体变成了松软的布袋，里面填满了岁月的脂肪。他游动的手在褶皱里停顿了一下，她顺势捉住了他的手。

这个年龄了，做爱成了虚张声势的情意表达。两具快要过期的身体，很快就把凌乱的情欲释放完毕。消停下来，两人又接着刚才的话题闲扯，好像办那事倒成了一段插播的广告。

王丽君敷衍了事地和姜军聊了几句后，挂断视频，继续投入到方案撰写。天光放亮的时候，初稿终于完成。她伸了个懒腰，推开窗户，晨曦像雾气一样向远处弥漫，将军垴隐隐约约露出了银色的崖壁。远处隆起的山峦，像拥抱卧槽马的胸膛。

一阵困意袭来，瞌睡像一双温暖的大手环绕着她。她慢慢合上双眼，坠入梦境的谷底。王丽君做了一个杂乱无章的梦。梦中交织着她和姜军的过往时光，还有和大学里前男友的情事。她手里拿着方案沿着街道走，多长的路啊。感觉她把现实里走过的路都踩了一遍，还望不到头。一直走到了大学校园，沿着树间小道追着前男友的背影往前走，分明看到他拐进了田家炳图书馆。推开门，却是进了化肥厂子弟学校的教室，童年时代的姜军正趴在桌子上写作业。他抬起头，用目光托住她的脸，挪开了像屋脊侧翻一样竖立的书本，露出两只蛋筒冰淇淋，半球状的顶部已融成乳液往外淌，像一束要打蔫的奶白色花朵。她怔了一下，满腹狐疑地回头看，担心走错了地方。却发现推开的门缝里探出来一张脸，吴英俊挂着焦灼的神情，说我到处找你，今天上午要组织讨论方案。

王丽君一激灵，睁开眼，明媚的阳光早已破窗而入，倾泻在地板上，满屋生辉。她赶紧洗漱了一下，拿着U盘匆匆忙忙往公司走。梦中荒诞的细节历历在目，都值得她去细细琢磨。前男友毕业后去了澳洲，渐渐断了联系。曾经沸腾的爱情就像翻滚的开水被抽去炉中柴火，慢慢凉了，就连空气中弥漫的蒸汽也烟消云散。从恋恋不舍到如释重负，不过两年时间。倒是姜军像个复活者，在心里活泛起来。一粒冰封的种子，有了合适的温度和土壤，又会不知不觉地滋生。这样想时，她的脸居然微微发烧，不由得加快了脚步。

吴英俊组织公司班子成员在会议室等她。好险，推门前她习惯性抬腕看看表，正好十点。投影仪已经连接好电脑，她插上 U 盘，等吴英俊主持发言。吴英俊从企业当前面临的环保困境、安全形势，说到成本和市场价格的倒挂问题，再展开到行业技术发展趋势，引申出企业的生命周期理论。说现在企业已经出现亏损资金苗头，通过银行券商融资经营，那是用一张纸在包火，暂时捂住了火苗，但迟早会一起烧毁。

吴英俊的表情凝重起来，直说得大家面若惊魂。他却突然跳转到泰丰公司脚下有许多条突围之路，又聚焦在出路上细分了跑道。他像个探险家带领大家一条条朝前试探，可是走不了多远，要么是悬崖，要么是天堑，要么是断头路，要么是死胡同。转了几圈，大家迷途一样愣住了。吴英俊像个高明的钓手在遛鱼，欲擒故纵地收和放，完成了把鱼赶进网兜的过程。

他说现在还有一个方案，今天我们就是要在一起讨论完善。他把信任的目光投向王丽君，王丽君已经点开电脑，投影仪上映射出《泰丰公司发展规划草案》的标题。王丽君开始专业专情地投入讲解，大家目不转睛地盯着屏幕。现代社会的根本特征就是不断加快的知识更新速度，暴增的信息量，年长者甚至不得不向年轻人学习体验最新的知识，仅凭她淘拣出的那些词汇，就如崭新的标语牌，足以冲击在座者的权威和经验价值。面对年轻人的自信和激情，也让他们的悲观和等待感到羞耻。年龄和经验不再意味着资质，有时反而成了瓶颈和累赘。

在她的发言间隙，吴英俊会适时插话提问。这些问题机智且得体。既像是在问她，又似在向大家征求意见，真正意图却是在引导大家统一方案思路。非常巧妙地帮助她描绘蓝图，引导大家开启脑洞，用存量资产的盘活搭建强大的资金基础，用上市公司的平台构筑宽广的融资通道，用粉煤浆工艺支撑坚固的技术骨骼，用国际贸易平台推进产品的销售渠道，用旧址开发的城市综合体和新建项目安置现有员工，富含逻辑的队列踏着正步向着诗意的未来前行。

从资金来源、技术构成、产品销售，到人员安置，安排得头头是道，泰丰公司未来发展的轮廓像潜艇一样浮出了水面。新项目不会走低水平重复建设老路，将打破仅在产品成本和新技术的低层次竞争格局，可以避免在短期内陷入新的危机。新产业不会拘泥于现有产品在国内市场短期内的供给与需求关系，将从放眼全球的市场角度去考虑产业结构布局。

会场上响起热烈的掌声，声音覆盖了王丽君羞怯的笑容。会议最后的议题是成立产业转型升级指挥部。吴英俊任指挥长。副指挥长由分管副总兼任，负责对口业务的统筹协调。下设办公室具体负责日常工作的督办、推进和信息处理，王丽君任办公室主任。

5

泰丰公司在紧锣密鼓地谋求未来发展时，峡湾市政府对卧槽马的城市规划也在有条不紊地稳步推进，正式将卧槽马区荣升为开发区。开发是一个裹挟着锋利速度的词语，它与城市建设联系在一起，就产生了一种摧毁性的强大力量。卧槽马正在发生的一切已经让人们在速度的利刃里体验到了梦幻般的快感，仿佛从农耕时代一下子跳到了城市时代，到处悬挂的标语是一年一大步，三年见新城。

峡湾城区连接卧槽马的道路已经被吞没在各类建筑里，卧槽马新建的房屋风格变化多端，色彩斑斓。涂着鲜艳颜色的楼房使建设中的新区充满了勃勃朝气，就像那些穿着时髦衣服的年轻人把头发也染成了彩色一样。用汹涌的色彩来表达自信，也富含了青春时尚的抒情理想。卧槽马因为青春时尚而显得更加兴奋和自信。这让化肥厂生活区的老房子，越发显得像个粗陋的老人。整齐划一、四角棱正的样子，贴了马赛克的墙面像竖起来的围棋盘子。再老的房子，则永远的灰色调。既笨拙又寒碜，满眼的不合时宜。

自从千达广场和百科置业落户这里以来，卧槽马成了峡湾房地产业最密集的实验工场，宛如一座新兴的建筑仓库。各式类型的花园洋房齐齐地聚在这里，仿佛在举行一场华丽的房产盛宴。卧槽马仅存的少量空地成了卧在砧板上的肥肉，在等待着开发商们威风凛凛的挖掘机。夜幕降临，霓虹灯闪耀，波光粼粼的天池河像 CD 机上的示波器，节奏、速度、旋律都在倒影里不断闪烁。

那些画了圈的拆字，成了卧槽马人最引以为豪的符号。艾新华出狱后，一心摆脱化肥厂的影响，也是摆脱一段他不愿触及的历史。他害怕同事们背后的非议，害怕受害者家属的指责谩骂，更害怕面对愁云惨雾的未来人生。开除厂籍意味着几十年的工龄泡了汤，他将成为一个老无所依的人。重新回到社会，他两眼一抹黑，像一条甩到岸上的鱼。

冬天凝结在玻璃上的水珠缓慢下滑，像他脸颊上顺流而下的泪珠。他的内心有个大洞，不仅是牢狱的羞耻仿佛剜去了一坨肉，还有未来无助的空洞，他的生活和身体已经残损。他像冬眠的虫子在生活区蛰伏了三个月，闭门不出。

立春后，他果断地把化肥厂的宿舍低价卖了，带着全家退守农村。李静家的老房子荒弃了几年，杂草爬上了屋顶，风吹两边倒，梁柱倾斜，窗户破败，风烛残年的样子。

艾新华挽起袖子，铲除杂草，抹瓦立窗，又拓出一块荒地，围成一个大院子，里面栽几棵葡萄，挂上灯笼，变成了有模有样的农家乐饭庄。艾新华买菜，母亲洗碗扫地，李静在后厨给厨师打下手，艾如涛在前台收账。虽然生意平淡无奇，却能让全家人温饱有余。他们更看重的是儿子艾如涛从卧槽马的浪子变成了饭庄经理，终于走上正道。自从胡远方判刑后，卧槽马一时群龙无首，各种帮派经常打打杀杀，让做父母的更加焦灼不安。安稳的日子让艾新华欣慰不已，倍感满足。

时过境迁，他们现在占地几百平方米的院子被喷上了大大的拆，意味着这将获得一大笔拆迁赔偿费，或者几套还建房。无论哪一种结果都让人艳羡。艾新华在协议书上的签名，刚劲有力，他的表情里透出难以压抑的欣喜。明明是朗日晴天，他竟然恍惚得如在做梦，仿佛看见老家的祖坟上正冒出滚滚青烟。后来他甚至还想过，要是不经历入狱，兴许现在还是挂着一大串钥匙的仓库保管，全家人蜷缩在化肥厂生活区的两居室，依然过着紧巴巴的苦日子。只是，人生没有那么多的假设，不知道轰隆隆的时代列车会把每个人的命运带往哪个站台。

艾新华获得大笔赔偿款的消息像长了翅膀的小鸟，在化肥厂生活区的院子里扑棱棱地飞。经过这些年的折腾，分房子，竞争上岗，下岗分流，职务升迁，孩子读书就业的差异，大家忍不住都放在心里攀比，攀比生出的裂缝里好像长出来一堆嫉妒的野草，把以前肥沃的感情变成了贫瘠的土壤，再也开不出美丽温情的友谊花朵。生活区里的人把心也磨得粗糙了，舌头磨薄了，说出来的话也格外锋利。大家唾沫横飞地谈论这则新闻，仿佛忘记了他被抓时那种内心的怜悯、痛惜。多好的一个人哪，摊上这么个忤逆的孩子，家门不幸啊。他出狱后拎着包裹回来时，像一个乞丐，显得猥琐又胆怯，都不敢与熟人对视，他的内心多么惶恐不安。只有老母亲用满是皱纹的手抚摸着他，像是哄一个在外面受了委屈的孩子。以前的熟人用充满疑虑的目光远远地躲着他，这让他感到陌生和难堪。

艾新华发现那些昔日的战友、邻居、同事再难成为好友，即便有可能，也再难以走进彼此的内心。这让他在化肥厂生活区的处境变得十分窘迫。他选择了悲怆的逃离，几年光阴一晃而过，时移世易让他意外获得了一笔不菲的财富。邻居同事们对此先是感到诧异，继而羡慕，继而妒忌，越是知根知底的人越愤懑。大量底细被连根拔起，他们鄙视艾新华的身份，一个倒插门到卧槽马的二手女婿，一个判过刑被除名的保管员，再多的财富也是不义之财。最仇恨一夜暴富的人，往往是身边最熟悉的人，对比产生的失落感变成了他们眼里的沙子。

最沮丧的要数马海霞，以前觉得王麻子只是个叫作爷爷的符号，况且已经去世多年，实在与她这个当孙媳妇的没有多大关系。刚结婚的时候，王友忠带他们去过老屋，王麻子生前居住过的房子，紧邻卧槽马小学的几间土坯房。她只是站在学校的屋檐下，远远地张望，看王怀亮和王友忠在清理墙面上的青苔、窗户上的蛛网，她仿佛闻到了一股陈旧的味道。她听说过王麻子的神秘故事，感到一种悠远的迷惑。她曾经怂恿王怀亮问过王友忠，爷爷真是特务吗？他会面露愠色，迅速转移话题，似乎不愿触及关于王麻子的任何话题。

王友忠当选乡党委书记的那年春节，父子俩喝酒后，王友忠主动提起过一次，马海霞以为会揭开一段尘封的历史。飘进耳朵的却是一句半头话，王友忠目光笃定，凝视着远方说，你爷爷是个伟大的人，到时候我自然会告诉你们真相。从此以后，这个话题再不提及。后来，王友忠当了区委书记，职务高了，工作也忙。料理老屋的事就交给了王怀亮。他也懒得去打理，工字形错落有致的土坯砖慢慢裂开了缝，窗户破成老太太没牙的嘴，屋顶的瓦也被野猫掀得七零八落，雨水漏进去，椽子和柱子腐朽得千疮百孔，老房子显出一副随时准备坍塌的样子。

张美丽幼师毕业时，停止了分配。她在广东打了一段时间工，决定回来办幼儿园，最后相中了这幢老屋。主要是紧挨着小学的位置优势。张建新找到王怀亮商量，王怀亮正为修葺房屋闹心。一拍即合，三千块成交。他喜滋滋地告诉马海霞时，三千块只剩下二千五百块了。他说刚才斗地主贡献了五百。其实是给马海燕买了一个带遥控的落地扇，她说过几次磅房里有点热。马海霞笑眯眯地用剩下的二千五买了条项链。等王友忠知道房子卖了的时候，房子已经翻建成幼儿园，墙面上喷满了水彩画。张美丽的入园招生广告贴到了区政府门口。

王友忠用连摔三个玻璃杯表达了他的愤怒，又指着王怀亮破口大骂，你这个忤逆不孝的东西，败家子。然后捂着脸，竟然像个孩子似的蹲在地上泣不成声。马海霞心虚，悄悄把项链摘下放裤兜里，在门背后捉住王怀亮，要他给公公道歉。王怀亮扒着门框往外挣，死不认错。拉拉扯扯，把王丽君吓得哇哇大哭。爷孙俩各哭各的，风马牛不相及。夫妻俩面面相觑。好长一段时间，王友忠父子俩用沉默相互对抗，直到王丽君上了大学，父子间的隔膜才慢慢消除。

现在幼儿园也被圈上了拆。马海霞偷偷去看过，房子已经扒了一半，外面围了挡板，只能踮起脚看到半扇墙壁。她像个犯了牙痛病的人捧着脸看了半天，她的脑袋恍惚而懵懂，里面乱成一堆希望的废墟。眼看一块本来属于自家的肥肉被拈到了别人碗里，心里早已硌得慌。又听旁边的人议论说可能要补偿五百多万的时候，她被后悔折磨得心力交瘁，再也控制不住了。脑海里冒出一束希望之光，先是弱弱的，继而变成一个火球腾地燃烧起来。她急匆匆地找到王怀亮。

王怀亮正弓腰在仓库里验收一堆拖把，口中念念有词，一五，二五，三五。她下颌骨上的肌腱一跳一跳，五你妈×，你五到下辈子也五不来那么多钱！王怀亮没回过神，满脸茫然，紧张得直舔嘴唇，快速思考应对的办法。他心里有点惶惑，环顾了一眼旁边送货的司机，又感觉面子上很难堪。他像个机灵的猴子从拖把堆上跳下来，装出一副气急败坏的样子，看我回家怎么收拾你。说完，却像个慌不择路的小偷，几步就迈出了仓库，往远处的食堂走去。

现在不是吃饭的时候，食堂里空荡荡的。把战场引到偏僻处，没人旁观，战败或者被俘，他都可以保全自己的脸面。马海霞果然中计，大步流星地跟了过来。他找了一个角落坐下，等着马海霞来兴师问罪。他像一个猎人看到猎物落入设下的圈套了，却兴奋不起来。他其实更像个猎物在等待猎人来捕获，忐忑不安。他从马海霞津津有味的骂声里，知道了原委。

他蔫巴巴地说，房子都卖十几年了，泼出去的水早也干了。谁长有后眼睛呢？

马海霞说，卖太便宜了。不对，我们当时卖给张美丽，是她要办幼儿园，已经算帮助她了。现在房子要回收，我们给她算利息。况且，你当时卖房子的时候，没有征求家里人同意，是非法的。

王怀亮小心翼翼地端着笑脸，哀求说，你这是小孩子说的话。当时卖房子时，在村里办过手续了。再说，都几十年的同事了，别为了几个钱，丢人现眼地让人笑话。他讪笑了一下，接着说，你不是经常教育我要有格局吗？你看你。

马海霞快速接住了话，还有脸跟我讲格局？五百多万是几个钱?！你一辈子能挣到五百万的时候，就跟我谈格局。你去找张美丽谈谈，我们把卖房子的三千块钱退给她，只当把房子白租她几年了，而且这次拆迁赔偿费我们各分一半。她白用了几年房子，还得一半的赔偿费，天下哪有这样的好事？要不，我们俩一起去找她。就像狐狸终于露出了尾巴，她要拖着王怀亮去找张美丽谈条件。

王怀亮耷拉着脑袋很不情愿地跟着马海霞来到了小星星幼儿园。张美丽现在租了原化肥厂技校的实习车间做幼教室，车间很大，里面隔成了几个小格子，到处飘荡着童声趣语，像空灵的音乐。一个阿姨正在给小朋友讲匹诺曹的故事，谁要是讲谎话呢，鼻子就会长长一点哦，不诚实的人慢慢就长成了丑八怪呀。哇，下面的小朋友嘘声一片。

王怀亮紧张地摸了摸鼻子，好像是个说过谎的人想验证一下。马海霞要平分赔偿款的念头一旦出现，就不断膨胀起来，像个发酵的面团。她现在的脑子已经变成了面团。

狭长的车间办公室现在成了张美丽的园长办公室，在车间的最尽头。马海霞推开门，径直落座在她对面的椅子上。窗户开得很高，玻璃上的灰尘沾了油气，像贴了一层膜。房间里光线有点暗。张美丽一愣，定睛细看，这才脱口而出，什么风把马阿姨吹过来了，王叔叔呢？

王怀亮这才闪身进屋，站也不是，坐也不是，像一条尾巴急促摇动的狗，讨好似的望着张美丽，嘴里发出含糊不清的哦啊呵呵。

张美丽端出了糖果，旺仔小馒头，都是小孩子喜欢吃的零食。马海霞挤出来一丝笑意，小丽啊，听说我们以前那个老房子要征收了？语气怪亲热，狐狸尾巴还是露出来了。她开始诱敌深入。张美丽被问住了，脸上掠过一丝惊慌。

马海霞觉得初步目标已经实现，继续说，当初你爸找你王叔叔说你要办幼儿园，丽君爷爷硬是不同意，说这是老辈子留下的遗产，他这个人当领导当惯了，不轻易改变主意。你王叔叔口笨不是，眼看要黄了。我才帮忙做工作，在旁边打补巴，说一个生活区院里的，看着小丽长大的，亲闺女一样，现在琢磨点事也不容易，支持一下。还说你们都交了三千块的租金了。丽君爷爷这才同意。但是，他现在还认为是租给你的。唉。她重重地叹了一口气，一脸作难。

张美丽惊讶得张开了嘴巴，但很快就合上了。在度过最初的慌乱后，她慢慢稳住了阵脚，说马阿姨，你先吃点糖。这话好像不对头呢。当初我们可就没说过租的话啊，我们签的可是买卖合同。王叔叔，你说是吧？她得意地把头扭向王怀亮。

王怀亮脸红到耳根，说不出话，用手不停地摸鼻子。马海霞没有等他表态，接过话题又踢了过去，说当初你们还签合同了？我怎么不知道呢？法律上规定，应该是夫妻双方到场才算有效吧？她使出了杀手锏，直接用法律武器阻击。她觉得这几句话已经把张美丽堵住了，现在可以另辟蹊径，从后面包抄过去。她接着说，这事呢，你看这样行不行？我们也给丽君爷爷一个交代，以前的三千块，我们退给你，算免了房租，现在赔偿款呢，我们二一添作五，各人一半。从法律上，我们夫妻也表示同意买卖合同。从情感上，对丽君爷爷也有个交代。于理于情于法，都好说。

面对她的振振有词，张美丽再次惊讶得张大了嘴，舌头打成结，半天散不开。马海霞为她的无言以对暗自得意，满脸精明地看着张美丽。这是一个不具备战斗力和经验的对手。

这时候却从角落里飘出来一句话，你们这是想把我们卖了，还要我们帮忙数钱吗？只怕这钱是沾了屎哦！是张建新沉闷的声音。

两人心里一颤，循声望去，他像一件躲在暗处蠕动的旧衣服。他放下手里的俄罗斯魔方，从暗处站起来。他蹲坐在角落里忍了半天，最终没忍住。六十多岁的人了，腿脚还像风车一样快，他耸着肩膀几步就蹿到了明亮处。沾满蛛网的头发像冬天染霜的杂草，一件涂满了油彩的破旧工作服罩在顾长的身体上。退休后，他也闲不住，就在幼儿园看门打扫卫生，修理损坏的玩具。

王怀亮怔了一下，觉得手里出了一层汗，下意识地从口袋里摸出一支烟让过去。张建新头小肩宽脖子短，他发脾气前会把肩膀耸起来，让脑袋缩到颈窝，像被弹弓夹上的石头，随时准备崩射出去。张建新把肩膀垮下去，警惕的神情变得柔和，接过烟，紧张的空气有所松动。

马海霞的嘴还痒痒着，看到张建新凌厉的眼神，就把话又咽进去不少。她的眼睑下显出一抹青灰，声音里透出疲倦，说张处长这话说得太见外了不是，当初是好说好商量，现在还是好说好商量。

张建新眼睛一鼓，脖子肿了，谁不说我是个直肠子，所以我不喜欢花花肠子，化肥厂的人都知道。你想要多少钱？

马海霞头皮一麻，闭着眼一字一顿地说，一人一半。她吐出来的每个字似有半斤重，打着哆嗦。

张建新哈哈一笑，铁青着脸说，太少了，我给你再出双倍价钱。他把手伸向张美丽，数六千。钱在张美丽的手中显得夸张又做作，仰卧起坐一样，嘴里念着数，到六十了，皮筋翻个跟斗箍过来，拦腰捆住。她把剩下的一沓又放进了抽屉。

张建新转过身，把王怀亮的手从裤兜里拽出来，六千元钱拍在他掌心里。你们是嫌卖便宜了，我补给你，双倍给你。你们是想分补偿款，半分钱没有。要命有一条，你有胆子要不？

王怀亮的手被张建新的双手有力地钳住，动弹不得。这是曾经让化肥厂人闻风丧胆的一双手，给人剃过阴阳头，架人胳膊开过土飞机，出手就能让人鼻青脸肿，现在依然有着令人恐惧的力量。王怀亮心中一凛，一种微妙的感觉顺着手直往心里渗，这一沓钱上还沾着张建新的体温。钱很快就在他的手心里变冷了。钱本来就是个冰冷的东西。多年以前，张美丽牵着王丽君的手在月光下行走的背影，她把一块滚烫的红薯用嘴唇吹成微热的送到王丽君的口中，姐姐妹妹的呼唤温暖得能让人盈泪的场景，这些都成了记忆里的刹那芳华，浪花一样在王怀亮的脑海里打着旋。

两个人走出来的时候，听到屋里有什么摔碎的声音，是那个俄罗斯魔方被摔成了碎渣。王怀亮内心的天空瞬间分崩离析，仿佛也要碎成渣。

打桩机的咣咣声与挖掘机的轰鸣在卧槽马的云端中厮杀，空气中除了飘荡的尘埃，更多的是与拆迁补偿有关的新闻。从天而降的大笔财富，带来的喜悦和快乐只是一瞬，很快就有父子反目成仇、兄弟姐妹断交，甚至假离婚变成了真离婚，卧槽马人的亲情和爱情在利益与金钱的合谋肢解下，开始变得面目全非。化肥厂生活区的人津津乐道地传播这类消息时，渐渐把潜在心里的妒忌变成了幸灾乐祸的表情。

第九章　涅槃

1

泰丰公司发展规划的方案在新一届政府的市长办公会上议而未决了好几次，迟迟不能板上钉钉。面对庞大的迁建成本，原址的修复治理费用，数千名员工的稳定安置，特别是新项目建设期间内 GDP 的暂时下滑对政绩的影响，副市长们有着惊人的默契，都不置一词，装作喝茶，或者微笑，却用余光去品味市长脸上转瞬即逝的复杂表情。

这是一个特殊的政治敏感期。近段时间，峡湾市委市政府各部门都在私底下传言，市委书记陈亚楠马上要当选副省长了。当然这不是空穴来风，峡湾市近几年的蓬勃发展有目共睹，GDP 增长幅度遥遥领先于省内各地级市，城市建设如火如荼。大家心照不宣，在这个节骨眼上，方案一定要谨慎克制、稳妥推进。如果市委方面态度暧昧，就先拖一拖。这时候，拖也是一种政治策略。

陈亚楠在刚刚召开的市委常委会议上，谈到城市发展规划时，突然提到了泰丰公司的迁建问题。他的态度非常坚决，高耗能重污染企业出城进园（从人口密集的城区迁建到化工园区）是大势所趋，势在必行，这是时代赋予我们的使命。市委书记的决定一言九鼎，有着不容置疑的权威劲道，一下就攻陷了政府久议不决的城堡。

事情很快出现反转，市政府马上通知泰丰公司参加方案论证会，又邀请了几个专家学者。黄政勇以政府参事的身份应邀出席。吴英俊接到通知后，浑身轻盈，像长出了翅膀，而且翅膀下托着风。他带着王丽君列席了会议。

他把王丽君制作的PPT又精心修改了两遍，对技术升级和搬迁改造一笔带过，突出产业结构调整后，新产品的市场前景分析和循环产业链的节能模式，特别突出了安全环保的绿色发展观。新项目的核心业务要向精细化工的产业价值链高端转型，最终逐步转型发展成为精细化工生产基地、科技成果转化基地和节能环保示范基地。

吴英俊在汇报演示方案的时候，仿佛有无数的专家学者附体，庞大的信息量，精准的数据计算，逻辑性强、思路清晰的语言喷涌而出，专家们频频点头，领导们的脸上充满了亮色。他的嘴已经刹不住闸了。他控制不了身体深处的某种力量。然后拐到了资金筹措。既张弛有度，又一马平川地往前推。大家依然用赞许的目光看着他。又拐到了化工园区的土地规划。最后居然拐到了政府的政策性支持，旁征博引，从A市说到B市，类比推理，像是在帮助峡湾政府出谋划策，寻找制定政策的依据。他已经越界了，而且他的语气不是建议而是应该。

他没有注意到王丽君在人群中举起了一张纸片，话题敏感！慎言！黄政勇连续咳嗽了几声，都在提醒他，这不是公司会议室。政府领导席上开始有人交头接耳，有人面面相觑。

市长的表情面若止水，主持会议的常务副市长脸上挂不住了。他站起来，说吴总的建议很好，具体政策我们市政府下来会认真研究。你今天主要汇报泰丰公司的规划方案，因为时间关系，下面的议程是听专家论证。有请——

市长微笑着扬了扬手，礼节性地说吴总讲得很好，可以继续往下说，今天你是主角，我们都会围绕你的想法服务。市长的语气委婉，却比直接批评还要一针见血。

吴英俊这才醒过神，意识到话出格了，有些进退两难。他用求助的眼神望着黄政勇。

黄政勇用手指了指他的座位，示意他归位。

吴英俊鞠了一下躬，说还请专家们多指导，请领导们多批评。他尴尬地回到座位，仿佛从插翅腾云的空中突然落到了地上，有些失重。头也蒙蒙的，身体里有一股气胀得慌，吞吐不得。

　　专家们的真知灼见楚楚动人，让人们看到了湖，却无法泛舟其上。行为经济学里有个词，叫结果偏见。他们是市政府请过来的，他们知道应该怎么讲。究竟往哪个方向走，他们最终得按市长的意图去论证。

　　专家们站在不同的角度把这个方案像推轱辘一样转了几圈，又滚到了原点。等着市长指引方向。会议持续开到了下午一点。

　　市长总结，先收敛了笑容，庄严肃穆，把隐形的权威藏在表情和语调里。他说泰丰公司正在进入显性化中老年危机阶段，政府有责任和义务帮助企业渡过难关，但主体是企业。专家们的意见都很中肯，产业结构调整总体方案要进一步充分论证，立足生态文明抓好企业转型发展。政府肯定会在搬迁资金、人员安置、新址安排等方面给予鼎力支持，促成这项事关全局的工作如期、顺利地完成。歌德曾经说过，强者并不是那些从不跌倒的人，而是那些跌倒了再爬起来的人。当然这同样适用于企业，我们希望泰丰公司不仅能爬起来，还要站起来，站成一个顶天立地的巨型化工企业。会场上再次响起雷鸣般的掌声。

　　散会后，吴英俊找到了黄政勇。他脸上的窘迫一览无余，他知道今天汇报跑偏了。黄政勇拍了拍他的肩膀，苦涩地说，方案很好，思路清晰。但这次汇报策略有问题。一是立场应该反过来。不是企业找政府要救助，而是企业在积极支持政府的城市规划，体现了责任意识和社会担当。企业迁建，有利于城市区域经济发展，有利于城市环境改善，要突出社会综合贡献率。但企业对此要付出巨大牺牲，政府给再多的支持，也难弥补损失。企业不是要政府怜悯，但政府也要有所担当。二是关于政策支持，不能在公众场合讲，感觉要绑架政府一样，容易让领导产生反感。可以私下跟政研室和法制办去沟通，借他们的声音传递意图。今天算放了个炮，也许是好事，大家都骑虎难下。你迅速写一份详细的书面报告，我们想法直接递交给亚楠书记并争取当面汇报。必须抢在政府给市委汇报前完成，要在政府形成政策框架前让市委定调。

黄政勇说完，又偏过脑袋悄悄给吴英俊耳语，今天你先回去准备材料，我去找市长给你圆场。等通融好了，你再请他吃饭。

看着黄政勇佝偻的背影，驮着一身金色的阳光朝远处走去，他的背影渐渐消失在了那轮夕阳里。吴英俊心里一阵酸楚，七十多岁的人了，大半辈子扑进了化肥厂，耗去的何止是青春。他有些难过。

吴英俊接到政府通知时，已来不及和黄政勇沟通了。他怀着春秋大梦来，却差点梦碎而归。政府的支持力度将决定企业的发展前景。园区基础建设及规划，土地变性增值的溢价部分返还，银行债转股的担保，涉及几十个亿的利益分配尺度。吴英俊的心中一片狼藉。

2

吴英俊回到公司的时候，环保监察大队刚刚执法完毕。泰丰公司的脱硫装置出现故障，导致在线监测的数据异常。他的办公桌上放着环保监察大队的责令整改通知书和一张五十万的罚款通知书。放在以前，这点泄漏都不会惊动环保局。设备简单处理一下就行了。现在装了在线监测，瞬时数据都闪存在环保监测站的电脑里。就算环保局网开一面，但气味窜到卧槽马，周边的居民也会拨打市长热线。

他摸出笔，在通知书上签完字，越看越觉得字体丑陋不堪。陡然间生出一股怨气，感觉就像窦娥附体一般，他的声音里充满了无名怒火，马上通知开会。

办公室其实没人，他是对着门在吼。宁静的走廊迅速传来一阵凌乱的脚步声。

王丽君推门进来了，面若惊魂，但她很快镇静下来，语气柔和地说，吴总是叫我？通知哪些人开会？

吴英俊怔住，竟然无言以对。她把茶杯续满水，递过去。脸上挂着笑意，作为指挥部办公室主任，我有义务提醒您，情绪激动的时候，不宜开会，宜开玩笑。

吴英俊若有所思，笑得有些尴尬，但毕竟笑了。他突然觉得王丽君不再是个天真的人了。话题敏感。慎言。你当初怎么想到这几个字了？

王丽君呵呵一笑，你讲那些话的时候，像是他们的领导在安排工作。他们满脸不自在的神情。感觉吧，他们不舒服了。

吴英俊一边听，一边将那张罚款通知书。褶皱像他心中的烦躁，纸张被抚得平平展展，他的心情也抚平展了，慢慢展出来一张笑脸。他说，报告还得精加工一次。他把黄政勇的想法讲了一遍。

王丽君拿笔在本子上记录下来。她转身出去的时候，他突然冒出来一句，姜军这几天要回来了？这话问得巧妙，像是在求证信源，又像是在传递信息，却是在讨她口风。

王丽君莞尔一笑，哦，董事长是他姨父呢，是需要办公室安排接机吗？她把话又岔到了私事公办，回答滴水不漏。她以为自己把秘密掩藏得严严实实。

吴英俊嘿嘿两声，老同学都不去接，那他就自己打车回来吧。既然被戳穿，王丽君的目光就有了些调皮，用撒娇的语气说，您这是料定我要去接机的节奏啊。

两个人心知肚明地笑了。她的母亲马海霞三天两头往刘梦娜家里跑，说是去学跳舞，其实是个幌子，却常常聊到新月西坠。刘招娣心思清浅，慢慢也悟出了味道，回家就给吴英俊讲了，说是想攀亲家的意思吧。

吴英俊浅浅一笑，也满肚子香甜，像吃了蜜枣。他对王丽君的印象很好，工作能力极强，想问题很周全，做事极有分寸，说话让人喜欢。真成了这门亲事，也是姜军的福气。

报告的素材资料都是现成的，只需要重新调整结构，组织语言，把公司的迁建动机写得多么大义凛然，迁建损失又是无比惨重，报告一气呵成，果然扣人心弦又大气磅礴。立意一变，面目全非，乞怜变成了付出，诉求有了讨价的本钱，最终还是向政府要钱要地要政策。

越写越欢快，像有无数精灵在王丽君的心头雀跃，敲击键盘的指头总也停不下来。写完报告，天光大亮，感觉通体舒泰。隔窗远眺，朝阳正从卧槽马的山坳里探出半颗脑袋，穿透薄纱般的晨雾，仿佛给远处塔罐林立的车间厂房镀上了一层蜜蜡，烟囱里排放的白烟和雾轻轻缠绕在一起，显出一派初始的宁静。

眼前的景象既亲切又新鲜，恍然是童年去早自习的时光，耳畔似有旧友召唤，心里满是静默的热闹。她的心实在静不了，好多裹含了期盼的想法在躁动。这种感觉已经好多年不曾有过，像是拨云见日一样，急着要挣脱出来。那时的天地，山明水净，燕雀啾鸣，化肥厂的小孩们笑应互逐，都是青梅竹马的景致，早已成流传千年的诗书画卷，还在滋养着绵绵不绝的后来人。突然沉浸其中，只觉味短，又暗生欢喜，她的脸不禁红了。姜军是下午五点的航班。她像是得了鼓舞一般暗自提醒自己。

王丽君抑制住激动，把报告发送到吴英俊的电子信箱，又发了条短信。疲惫和兴奋一齐晕头转向涌上来，她倒头便进入了甜美梦乡，再睁开眼已是下午三点。

吴英俊对这个报告很满意，不免对只有浅短职场经历的王丽君更加刮目相看。他带着报告去找黄政勇的时候，王丽君正在赶往机场候机楼的高速上。她在如潮的人群中一眼就找到了姜军。姜军背着双肩包，手里还拉着一只旅行箱，身着黑色 T 恤，英气勃发的样子。

登机前，他给她的微信里发了一张自拍照。现在他就像从照片里走出来一样。他也看见了她，一身浅翠的真丝连衣裙，腰身处绽放着三两朵刺绣的梅花，恰到好处地勾勒出细柳腰身，一滴水珠样的镶金和田玉吊坠在胸口若隐若现，顿然感觉比视频里还要妖媚动人。

两个人眉眼间暗藏的笑意拧到了一起，像一道闪电划亮在心里，两双握住的手有触电般的轻微震颤。从机场往卧槽马的高速，在绕过卧槽马背面的山梁后，顺着长江蜿蜒而下，眼前开阔起来，曾经的村庄农田早已消失，一座新城浮现在万丈霞光里。拐弯变道，车身颠簸，晃荡得往事如昨。

二十多年的乡村剧变，两人不由得生出白云苍狗般的感慨。微风从半开的车窗飘进来，扬起她乌黑的头发，车里弥漫出茉莉花的清香。姜军的手轻轻落在她换挡的手背上，又瞬间抬离，像一只悄然无声的蝴蝶。她望了他一眼，眸子里似有旋涡。无须言语，起落之间，两心怦然。

吴英俊下午和黄政勇在市委泡了半天，在接待室排队等候陈亚楠书记召见。也许是等待的时间太长，吴英俊突然感觉心神不宁，时而兴奋时而惴惴不安，但说不出这种不安源自什么，没有依据。难道是被冷落的感觉？他当董事长这么多年，从来都是别人等待他，实在少有等待别人。有一种难言的落寞爬上心头。

黄政勇倒是镇静自若，坐在沙发上把《峡湾日报》从一版看到了八版，又拿起一本《半月谈》。刚翻开目录，秘书过来叫他们进去。

陈亚楠将他们呈送的报告看了两遍，又拿出铅笔在上面勾勾画画，很是认真。然后抬起头，露出赞许的神色，这个方案总体框架很好，战略方向明确，特别切合当前中央号召供给侧结构性改革的思路，通过技术革新调整产品结构，主动去掉淘汰产能，走绿色发展之路。这种腾笼换鸟的模式很好。

吴英俊用期待和热切的语气说，希望市委市政府能在政策上给予鼎力支持，我们有信心完成转型升级。

陈亚楠点点头，饱满有神地说，泰丰公司为地方经济发展做出了巨大贡献，现在为城市建设主动腾退空间，做出了牺牲，体现了责任，我们应该感谢你们。敢于让一个几十年的老国企进行凤凰涅槃似的重生，我们敬佩你们。请放心，我们没有理由不支持。

陈亚楠按了一下桌上的按钮，秘书推门进来。他扬了扬手中的报告，拿个文件处理签。签批件转政府。下周一常委会上专题研究。然后掉转头，声音里多了一股破茧而出的激情，说和 YH 公司的战略合作协议签订仪式，我要亲自参加。注意加强宣传导向，通过财经类报刊统一口径输出，要提振股民信心，为定向增发打下舆论基础。陈亚楠说这话的语气简直就是诗朗诵，非常地抒情。

走出市委大院，吴英俊心情澎湃激荡，脚下打着飘。黄政勇的笑意在脸上完全化开，像一朵绽放在夕阳里的秋菊。两个心喜神悦的人四目相对，终于都没能忍住笑。一张三十多岁的年轻面孔，穿越岁月从这张布满皱纹的笑脸深处浮现出来。那是刚认识黄政勇时的模样，经过了三十多年的时光剪辑。吴英俊心里一沉，不由得涌起一股酸涩。

这时候吴英俊的裤兜振动不断，掏出手机一看，是刘招娣打过来的。她已经订好包房，是谢小兵新开的一家私房菜馆，他说了要亲自下厨掌勺做几道看家菜。今天晚上设宴给姜军接风，她干脆把刘梦娜和王怀亮、马海霞两家人都请到了一起，带点相亲过门的风俗礼仪。这是一个临时决定的勇敢的主意。虽然没有明说，但她语气里有希望得到吴英俊认可的意思。差点把这事给忘了，他心里发出响亮的惊呼。这才惊觉过来，马上笑呵呵地顺意回应，这个安排挺好，周全得很，我还要带一位贵宾过来哦。

挂完电话，他一五一十地给黄政勇讲了晚宴的前因后果，又说我已经在电话里告诉她了，有一位贵宾要出席。您也听见了。说的可是您啦。

黄政勇心里欢喜，用拇指掐着食指，煞有其事地说今天是个什么日子，好事连连啊。老伴到美国给祖华带孩子去了，正愁晚饭没着落呢。原来还有一场喜宴在等着我。

包间的名叫花好月圆，刘招娣真是用了心思。推开门，几家人早已围坐在一起，空出主宾和主人的席位。王怀亮笑嘻嘻地站起来，天气预报说近期有台风，果然把老领导都刮来了。引来一屋子的欢笑。

黄政勇望着姜军说，这顿饭我可是等很久了。给你取名的时候，就在琢磨这顿饭。说得姜军羞红了脸，像烧热的烙铁贴在脸上。

王丽君低眉看他，似笑非笑，眼里含着一潭深水。欢声笑语里，谢小兵从服务员的托盘里端出小碗盅，每人一份。揭开素瓷净底的盅盖，清汤里躺着一棵幼嫩的鹅黄色娃娃菜心。他收起微笑，满脸庄重地说，这是用五峰白溢寨的山泉水、付家堰的高山白菜文火炖出来的，无盐无油。让尝遍山珍海味的舌头醒一醒，让吃腻了油盐酸辣的味蕾醒一醒。醒透了，再品尝浓油赤酱的菜肴，才会格外有味道。养身养心，取名快活神仙汤。掌声一片，大家为这道菜品的创意纷纷叫好。

黄政勇扬起指头，笑着说你这个谢小兵啊，分明是个美食将军。不想当美食将军的小兵不是好小兵。笑声再次回荡。

热气腾腾的房间里，菜香酒香亲情友情爱情浓成一团，人人春色满面。刘梦娜眼里泪光闪烁，她想起了姜大民。若他在世，这人间的幸福美满就齐全了。正想着，刘招娣碰碰她胳膊，马海霞过来给她敬酒了。她赶紧站起来，露出温润的笑意，生怕泄露了什么。

几个人攀住黄政勇敬酒，下午汇报的事情很顺意，心情也好，渐渐有了醉意。他拉住王怀亮，问他的父亲王友忠的近况。王怀亮的舌头还在搅动着花生米，几句话就把父亲这几年的状态交代清楚了。王友忠现在迷上了楚剧，白天去公园吹拉弹唱，晚上还在家创作新剧本，比退休前还忙。

隔了一会儿，黄政勇又问了一遍。他说都是半辈子的老朋友了。人老了，现在的事情记不住，但过去的事情忘不了。你爸还好吧？他现在天天干什么呢？这已经是第三遍了。

王怀亮就知道他喝醉了。用目光示意吴英俊，让早点散场，送黄政勇回家休息。

吴英俊也喝得有点多了，说话结结巴巴，仿佛那些话也被酒熏醉了，东倒西歪，绕着圈找不着北。他站了起来，举着酒杯，说今天很高兴，两件喜事。第一件喜事是泰丰公司，哦，不是，化肥厂的未来有了很大的希望。是吧，老领导。他俯身问黄政勇。

黄政勇说，那是希望大大的，陈书记说啦，全力支持。第二件喜事是孩子们的事。不说啦，高兴。第三件喜事是，他歪着脑袋停顿住。

刘招娣打断了他的话，不是说两件喜事嘛。他怔了一下，似在回忆刚才说的话。

姜军站起来说，姨父，我这次回来带了一个十万吨的外贸出口订单。算第三件喜事吧。

吴英俊惊得手一抖，杯子里的酒泼出一半。大家面面相觑，满脸狐疑地望着姜军。

姜军说，我接了一笔外贸订单，是大颗粒尿素，我查了产品标准，泰丰公司能做。准备明天去公司签合同呢。大家兴奋地一起举杯，干了。

3

王友忠迷上楚剧以后，突然从萎靡不振变得灼灼其华，整个人既活泛又鲜艳。这段时间窝在家里写楚剧，剧本叫《卧槽马》。开场白用的是《三国演义》的开篇诗《临江仙》：滚滚长江东逝水，浪花淘尽英雄。是非成败转头空。青山依旧在，几度夕阳红。白发渔樵江渚上，惯看秋月春风。一壶浊酒喜相逢。古今多少事，都付笑谈中。

他踮起一只脚，脚底像安了马达一样，有节律地打着拍子。蓄气，吊嗓，声音在他喉咙里挣扎着，一句句奔脱出来：孙权取荆州，杀关羽，吴蜀两国从此结冤仇。刘备率军攻东吴，反被火烧连营七百里。赵子龙单枪匹马闯敌阵，突围救主杀血路。卧槽马，地势利，救下皇叔立功劳。卧槽马呀，一举成名留青史。岁月流转到如今，灯火辉煌难成眠。万年宝地建工厂，风生水起还上市。哦呵呵——拖腔甩得太高太长，接不住行云流水。

他停顿下来，拿笔在上面修改，把最后那句又涂掉了。总觉得这中间应该加一段什么。他突然想起了父亲，心里被什么狠狠钳了一下。王麻子的音容笑貌浮现在了他脑海里，他一直很警惕心中隐藏的秘密被表情泄露。透过窗户玻璃的反射，他看到了一张被皱纹覆盖的坚毅面孔，那是一副刻意伪装了几十年的面具。几十年了，他的表情略显紧张，总是眉头紧锁，无论面对镜头还是工作，他心里仿佛在承受着看不见的煎熬。

只要想起父亲，王友忠的手指头都是微热的，仿佛王麻子的手还覆在上面。那天下午，他看戏刚回家。王麻子的咳嗽越来越绵密，一阵紧赶一阵，抹抹挂在嘴角的血沫，微张的嘴唇就像一枚裂开的鲜红桑葚。他已经咳血很长时间了，浑身软得像面条。

王友忠坐在床对面的椅子上。他拍了拍床沿，示意王友忠坐过去。他用手捏住王友忠的指头，像小鸟的爪子紧紧抓着树枝。他目光笃定地望着窗户，窗户里正斜射进来一缕阳光，光带逐渐变宽，像一条发光的大道通向远方。王麻子断断续续的声音在阳光里打着旋，跳跃着，整个世界只剩下他飘荡在空中的讲述。

他从小家境殷实，天资聪颖，过目不忘，在私塾里经常得到先生的夸奖。一场突如其来的天花，致父母双亡，他死里逃生，却落下了满脸麻窝。家道中落后，他在大龙坪最大的地主家当账房先生。地主是本家，他叫幺太。幺太家里的产业很大，骑着马走半天都不过别人家的地。三天前，他去渔峡口量了一块好地，急着赶回去让幺太签地契。他拿着算盘从渔峡口的大湾崖往回走，到莲蓬溪的时候，太阳已经照到云岭包，马上就要落下去的样子。突然听到了一阵凌乱的脚步声，从远处滚滚而来。那年月，到处兵荒马乱。他从逃难的人群里打听到大龙坪驻进了一支军队，到处在抓壮丁。是不是跟着逃难的人群走，他还在犹豫不定。

有人说日本人马上就要杀过来，大龙坪将成为炮火连天的战场。接着又说，大老爷去护打开的粮仓时，被枪子崩了。村里的人管幺太叫大老爷。大院现在成了军队的指挥部，门口站着端枪的士兵在把守。他手中的算盘惊得掉落在地，算盘珠子像驴粪蛋四散滚动。最后这句话彻底断了他的念想，这才急惶惶如丧家之犬开始了逃亡之路。

他顺着清江河一路朝下，翻过一座山峦，又是一座山峦，到处是无穷无尽令人绝望的山峦。从春天跑到秋天，才跑出了山的豁口。清江已经在这里汇入了长江。

他恍惚而懵懂的脑袋里晃荡着的，已经从幺太的万亩良田，变成了浩浩荡荡的长江。他一路讨米行乞来到了卧槽马。他只等着时局稳定，还指望回到大龙坪去接管幺太的产业，做一个体面的大地主。很快土改运动开始，地主的田产被重新分配，曾经光鲜的身份变成了阶级敌人。

他是个灵光人，隐瞒了自己的身世，职业从地主家的账房先生说成了长工，躲过了阶级清算。因为有文化，意外地获得了民办老师的资格。虽然结了婚，成了家，对方是个贫农寡妇。但地方上一直对他自证的历史身份存疑，一个长工咋可能这么有文化？这问号如同暗器，在不动声色地泛着寒光。所以当了多年民办老师也没办理转正。王友忠曾经想当兵，体检都过了，政审的时候，贫协主席犹豫了。历史身份不清楚。每个字都是千斤的秤砣，冰层打破，王友忠的人生坠入寒流。那种无形的影响力曾让他一度绝望，感觉人生未来充满了莫测的旋涡。王麻子的愧疚无处躲藏，却无法给儿子一个明确的交代。

王麻子说到这里，气一口一口往上喘，像噎住了一样。他的眼泪滚落出来，掉在了王友忠的手背上。

王友忠慌忙抽手，想去帮父亲揩眼泪。他的手却被王麻子死死掐住，动弹不得。王麻子说，友忠啊，我恐怕劫数已近，管不了多少时日。人终归有一死，但要死得其所。他顿住了，他们不是怀疑我的历史吗？我让你去坐实他们的想法。你去揭露我，就像纳投名状一样。然后划清界限，你就能以大无畏的革命气魄成为革命队伍中的一员。

他把自己残余不多的生命当作了筹码，这是一场豪赌。他把王友忠的手握得更紧了。王友忠被刺穿了心脏一样地痛，他用脑袋抵住父亲的头，不让他再往下说，眼泪哗哗地往下流。

王麻子费力地从床上挪了下来，作势要给王友忠下跪。父子俩坐在床沿抱头痛哭。王友忠终于同意了父亲肝肠寸断的决定，按他的要求开始背台词。

王麻子用颤抖的手在一块发黄的布上绘制地图，他对着书上的图认真描摹，在沿江的几个城镇上面做些记号。他开始模仿审问者诱导王友忠，充满玄机的问题，接二连三，从动机到过程，三番五次，反复地追问，他相信让一个撒谎的人重复同一个细节，很容易露出破绽。两个人对台词已经演练到炉火纯青了。

王麻子又让他练习表情，神色坚毅，抿嘴切齿直到腮帮子鼓起，目光里透出既冷漠又轻蔑的笑。这个古怪的表情足足训练了两天。

王麻子从潮湿的阴沟里拿出洇满泥浆的地图，要他给革委会作为揭发的罪证送去。果然成了石破天惊的大案，革委会连夜派人到大龙坪查证了王麻子的身份。大地主家的账房先生。国民党的军队进驻大龙坪后神秘失踪。一张手绘的军事情报图。笨重的身份，诡异的事件，细节的俗套关联，就像过度曝光的照片，将隐藏在人民中间罪大恶极的特务大白于天下。

一切按照王麻子的设计铺展开来，王友忠大义凛然的阶级立场赢来了人生转机。很快，他就成了神态自若举止得体的公社干部。只是那副古怪的表情从此成了他人生的面具，就像内伤沉淀下来的色泽。

清明节到了，卧槽马的墓园里飘起了袅袅青烟。王友忠在王麻子的墓碑前清唱刚刚完成的《卧槽马》，似有一缕风钻进了他的血脉，在伴着脉搏的节奏跃动、奔突。他突然通灵般想起一句唱词，世间万象转头空，人生百味在其中。就在这一刹那，他清晰地听见了咔嚓一声，身体里某个部位裂开了。这句唱词好像等了他好久，终于狭路相逢。

4

市委召开常委会后，出了会议纪要。先是结合实际宣讲了两学一做，每个常委都发了言。更大的篇幅是对泰丰公司搬迁重建工作的部署，重点围绕退城进园，对工业园区的土地指标进行调整，提出了泰丰公司原址商业开发的控制性详规建议。要求政府组建专班，引导企业，吃透中央供给侧结构性改革精神，争取国家政策。借助搬迁机遇，解决好城市公共安全和化工企业安全的矛盾，消除存在的安全环保隐患。通过提升产业层次，延伸产业链条，实现产品结构调整和技术优化升级。园区要配套企业规划产业，形成强大的产业投资磁场效应，把企业做成产业，把产业做成板块，把板块做成峡湾市新的经济增长极。政府原则上将土地财政全额返还用于泰丰迁建工程，还要积极争取金融部门支持。

吴英俊把纪要细细地品味了两遍，有的政策已经光芒万丈，让人眼明心亮。有的关于支持的具体表述，还悬停在密杂的辞藻上，需要去认真琢磨。黄政勇看过呵呵一笑，说已经很明了。方向大体明确，我们快速推动。碰到障碍再说，政策都在探索中，这里面有政府留着以防万一的退路。

他拍了拍吴英俊的肩膀，斩钉截铁地说，造势先动，乘势跟进，大势所趋，借势而为。政府需要典型示范，我们先把自己做成榜样。政府自然过来锦上添花。

吴英俊瞪大眼看看他，又看看纪要，他在心里头咀嚼着黄政勇话里头的意思。

吴英俊突然一下子忙得分身乏术，带着董秘去拜会基金组织，阐述产业升级后股权升值的预期，又去银行讨论债转股的细节。黄政勇也在幕后利用人脉资源进行各种周旋。经过黄祖华的联络协调，YH 公司已经派考察小组进行了两次产业调研，合作意向更趋明朗。

政府在离卧槽马五十公里的地方规划了一个几十平方公里的化工园区。泰丰公司像一艘即将经过改装的巨轮，准备驶向广阔的未来海洋。

另一场酝酿的风暴，正在远处形成强大的风暴眼。转型升级的事情在员工们中间开始传来传去，被解码成新的生产线全是智能制造系统，操作工都是大学生。现在的包装岗位是流水线作业，工人每隔五秒钟就抓一袋肥，捏着口袋穿过缝包机，再拎到托盘上。一条流水线布了十几个岗位，大家一边高声地说话，一边条件反射地忙着手中的活。场面既热闹又快活，很多人连年假都不舍得请，全折算成双倍加班费。收入是一个方面，要是离开这个小集体，连玩都变得索然乏味。车间的许多岗位都是这种集体作业模式，像打扑克时的对家，一抬头就是默契的眼神交流，不用多说话，就知道该干吗。大家也许并不是爱上了这种枯燥乏味的工作，而是习惯了这样规律的生活。如果将来改成了智能制造系统，现场就只有机器。机器只听程序员的话，红红绿绿的按钮将夺走大家手中的活。那么这些人该怎么办？大家突然迷茫，对未来产生了许多不愉快的联想。

刚开始，大家还隐忍不言。很多不可靠的情报慢慢积聚起来，又有好事的人不遗余力地推波助澜。马海燕从磅房里分流到了操作岗后，闲着没事干，她组建了一个微信群，叫化肥厂的明天。草根无名，野鸡无号，隔空上阵，许多前后矛盾的信息像流水一样汇成了河，又积聚了各种牢骚，潜伏了许多敌意，一些不明真相的积极分子开始在河里折腾，微信群慢慢变成了一个岩浆喷涌的火山口。

泰丰公司和YH公司的签约仪式定在峡湾国际大酒店，市委书记陈亚楠和YH公司总裁马远出席了仪式。全国有影响的财经媒体记者、基金公司经理、金融系统合作单位代表、市直各单位负责人，会议厅里坐满了胸前别着鲜花的贵宾。会议厅里的热闹瞬间被放大，一些简短信息和照片马上出现在了微信朋友圈，还有人录制了短视频。纸媒还没有刊登，自媒体已经将新闻往外推送了。漫卷，动荡，充满了捷足先登的力量。他们用的标题五花八门，《千亿巨资打造化工航母》《国际化工巨头落户峡湾》《YH公司缘何携手泰丰》《好棋！卧槽马将了谁的军？》。

酒店里的动静传到了化肥厂的微信群里。开始有人在里面灌水，刷屏，一条条充满煽动性的话题接龙在群里开始沸腾起来。两派人马在群里杀伐阵阵。说未来无限美好的都是知识青年派，惆怅未来失掉岗位的都是操作一线的年老派。青年派观点得到本门点赞的同时，年老派必奉上铁锤图像，甚至捧出一坨屎的符号。在双方拉锯战的时候，有年老派开始重新建群，另立门户拉同类入伙，大家在群里约定地点、时间、乘车路线，很快就策划好了去上访的方案。

答谢晚宴上有个节目由市委老干部局组织的青春无敌合唱团演唱，唱的是楚剧《卧槽马》。锣钹胡琴一响，王友忠满脸油彩，踱着方步，威风凛凛，刚一登场，台下掌声雷动。一张口，拉的便是高腔，滚滚长江东逝水。字正腔圆，高亢清亮，声如裂帛，眼神生动。又是一片掌声。

他引领大家溯流而上，逆着时光，回到了三国争霸时代。孙权取荆州，杀关羽，吴蜀两国从此结冤仇。刘备率军攻东吴，反被火烧连营七百里。赵子龙单枪匹马闯敌阵，突围救主杀血路。卧槽马，地势利，救下皇叔立功劳。呵呀呀，趟马，掏翎。

王友忠亮出指头，一指流年，时光里的爱恨情仇都是湿漉漉的。他的胸口被悲楚堵塞，差点落泪，他想起了父亲说书时的样子。锣鼓和胡琴，马蹄和江山都是他的。人生悲喜剧，就得一出一折地演。卧槽马呀，一举成名留青史。岁月流转到如今，灯火辉煌难成眠。世间万象转头空，人生百味在其中。万年宝地建工厂，风生水起还上市。牵手巨头铸辉煌，百年企业谁来创？呵呀呀。声音起伏跌宕，金灿灿的掐音。收住，干净利落。坐在台下的黄政勇被唱词击中了内心，情不自禁地流出两行清泪。

这时有人快步走到吴英俊的身旁低声耳语了一句什么。吴英俊神色严峻地站起来，随来人走了出去。

酒店门外聚集了一群人，正和保安纠缠在一起，有人叫嚷，有人亮出了横幅。横幅上写着，请告诉我们，明天的饭碗在哪里？是公司里的员工过来闹事了。

大家看到吴英俊，就像看到了猎物，一齐围了过来。吴英俊知道再有半小时，晚会就要结束了。他不禁满脸错愕，千万不能让记者们的长枪短炮捕捉到这些场景。谁知道这样的新闻会被怎样误读？已经来不及给大家掰开揉碎地讲道理了，他悲怆地做出了一个出人意料的举动，突然双膝下跪，说我以人格担保，保证每个人都会妥善安置，只求你们快点散去。如果影响到这次资产重组，所有人的明天都将是黑暗。你们不走，我不站起来。

时光在寒风中回溯，年长的员工看到了三十年前那个拉手风琴的青年，和大家一起在岁月里慢慢变老。浸没在回忆里的心软了，有人伴随着不断的深呼吸拔腿走了。剩下迟疑不决的人，千言万语纠结于唇舌之间，却只能叹出一口气，很快就像浓烟一样散去。

保安红着眼睛搀扶他起来的时候，他才觉得膝盖骨一阵生疼。他趔趔趄趄地走进晚会现场的时候，王友忠正在鞠躬谢幕。全场起立，报以热烈掌声，好像也在欢迎吴英俊重新入场。

5

卧槽马新区的开发节奏伴随着泰丰公司迁建的步伐，明显加快了。泰丰公司厂址挂牌的时候，尽管是设限拍卖，附加了开发商提供不少于两千个就业岗位的条件，用于安置员工，还是引得各大房企纷至沓来，大家看中了这块宝地。卧槽马像个圈椅紧紧怀抱，背靠将军垴，旁有天池河环绕，又正对浩荡长江，天然成为一方水土灵魂所系之地，青龙白虎朱雀玄武也是占全了。即便风水不说，单单景致也是极美。推窗即是风景，春有百花秋望月，夏日凉风冬至雪，四季韵致各不同。

千达集团、百科地产、恒久置业和绿洲集团等知名房企暗中较劲，经过几十轮的竞价，最终千达集团摘牌，并一举夺得了峡湾市的地王称号。千达集团以造城闻名于房地产行业，这里马上将矗立一个叫千达广场的城市综合体。综合体像个巨大的拼盘，幼儿园、宾馆、商场、饭店、超市、健身房应有尽有，这里将吸纳三万多户居民。地基还没开挖，迷人的图景已经从电视、报纸、高速大牌里呼之欲出。

姜军和王丽君办理结婚证后，选择了去马尔代夫蜜月旅行。刘梦娜不断地把他们的实景照片在微信圈里转发，收获了一大堆点赞。马海霞点赞了，王怀亮就不点。反之，也是。两家人在虚拟的空间里共享幸福时光。蜜月结束后，姜军决定从北京辞职，到 YH 泰丰联合化工应聘。他给刘梦娜说，我们大家在一起比什么都重要，这样离爸爸也近，我想他能经常看到我们。他准备在千达广场选一套大房子，大家住在一起。这是他经过深思熟虑后做出的决定。他和王丽君爱情的种子已经在悄悄发芽，相信再过八个月，一个健康白胖的婴儿将降临人间。

资产重组后，新公司更名为 YH 泰丰联合化工公司。这次，吴英俊的董事长职务像一封写错了收件人地址的信，半年后，又退回到了寄件地址。他回到了卧槽马。人上一百，形形色色。几千口人挤在一起，清水也能让他们煮成一锅浊汤。员工们开始围堵市政府，把政府大院变成了游乐场，他们在里面追赶嬉闹了三天。

第三天，市长通知信访局把吴英俊叫到办公室谈了半天。吴英俊默默地回来后，辞去了董事长职务，挂了个党委副书记，留在卧槽马处理历史遗留问题，负责员工安置和社会债务处理。

他像一块明矾，很快就让混浊的水变得清澈起来。员工们不闹事了，年轻的干部员工转岗到新公司去了，大部分员工被安置在千达物业，千达商超。卧槽马恢复了平静。人们开始在满腹疑惑中打探事件的来龙去脉。

吴英俊只是笑笑，什么也不说。他佝偻的样子，委实是老了不少。隔着静流的时光之河，仿佛几十年前这副模样就在某个地方等待着他。

黄政勇给他的微信里转载了一段话，说在个体的、具体的生命与整体的、抽象的历史之间，充满了永恒的紧张的对峙，社会的进步就在这每一个历史对峙的缝隙里生长。我们的使命就是填补好这缝隙，让新的生长更加牢固。也许这才是生命的自觉意识。

吴英俊看了泪流满面，这是比激动更让人震颤的内心刹那感应。闲散下来后，他把手风琴的破皮补好，拉扯几下，声音脆亮，似乎重新有了生命。他还准备学习二胡，跟着王友忠去学习楚剧，第一个唱本就练《卧槽马》。

新的化工园区建设得到了省里的高度重视，一切围绕打造国家级样板园区标准建造。已经升任副省长的陈亚楠率省直相关部门亲自到现场办了两次公，建设进度越发加快。 个年产值五百亿的化工企业拔地而起。园区新建了配套的生物刺激素研究所，测土施肥技术中心，水肥一体化实验室。宽阔的马路，高耸的烟筒，林立的塔罐，涂着各种颜色的管道蜿蜒盘旋，花草树木点缀其间。这是一座花园式的现代化工厂。特别是轩敞的大门口还种了几树芭蕉，长势尤为喜人。

又一年春天，新公司投产了。正式退休的吴英俊带一帮亲友陪黄政勇去参观新厂区，刘梦娜抱着孙子也去了。姜军给儿子取名叫姜来，谐音将来，寓意深远。下车的时候，阔大的芭蕉叶像个调皮的孩子抚了一下黄政勇的额头。他突然想起来一句诗，脱口而出，芭蕉心尽展新枝。

王友忠愣了一下，心跳声像擂鼓，所有的血液直往上涌，忍不住连声说好好好，这句诗有味道，一定要加到《卧槽马》的唱本里。话音刚落，姜来在刘梦娜的怀里突然怕痒似的扭着身子笑起来，粉红的牙龈上露出了两颗刚冒头的乳牙，像含着的两粒珠胎，红润的舌头在嘴里弹跳，一副急着牙牙学语的样子。

风随着意思吹（后记）
——创作谈

风随着意思吹——你听见风的响声，却不晓得它从哪里来、到哪里去。这是一句基督箴言，也是一句充满禅意的诗。所有的光亮和喜悦都在这秘不可知与洒脱自然里了，也类似于文学的表达意境。一篇散文或者一首诗，最想表达的意思也就那么一两句话。其余的文字都只是在烘托并等待"那么一两句话"的盛放，或者说在为释放"那么一两句话"而提供表达的机缘，文字都在风里吹。思想才是文字的花朵，一篇散文或者一首诗总会开出那么一两朵灿烂的花。其实小说也是。只是可能捂得更紧，绽放时才会更绚丽。

互动百科上这么解释卧槽马：象棋术语，指进到底象前一格位置的马。既可将军，又可以抽车，是棋局里的一种凶招。我觉得这个解释有点意思，很贴合这个小说想表达的意思。世事如棋局，人是棋子，企业也是。我了解一些企业家，他们都怀着险中取胜的理想。竞争时代，这是一种优秀的企业家品质，叫冒险精神。我在创作的时候，一直在努力把题目和内容拧在一起，搓麻绳一样。我希望搓得越牢固越好，可以承吊起一个百年企业的传奇。

2017年7月，在江苏黄桥，中国化工作家协会组织学习习近平在九次全国作家协会代表大会上的讲话精神。会议间隙，中国石油和化学工业联合会李寿生会长和我闲聊，说你是中国化工作家协会副主席，又是九次作代会代表，还在中国最大的化肥制造企业工作，你熟悉行业和企业情况，可以写写化工企业。他没有说责任和义务。我突然间有了责任感和使命感一样。我不认为这是自作多情的矫情。

等真正动笔前，我认真阅读了寿生会长主编的《中国化工风云录》，这是一本报告文学集。沉浸其中数日，寂静中有了微澜，是心动。从中打捞出以下几组数据：

1956年5月12日，中华人民共和国化学工业部成立。

1958年5月1日，在中国当代化学工业鼻祖侯德榜的亲自指挥下，中国第一个碳化法小化肥厂在上海投产。年产能仅两千吨碳铵。

1961年，时任国务院副总理陈云亲自兼任中央化肥领导小组组长，开始布局全国小肥厂……

1966年，全国有一千多家小化肥厂遍布各地。主要产品是碳铵和氨水……

1973年，中国正式决定向日本东洋公司等外企引进大化肥……

1976年5月5日，中国第一套三十万吨合成氨五十二万吨尿素在四川化肥厂正式投产……

2016年，全球化肥产能1.83亿吨，中国化肥产能0.605亿吨。

经过半个多世纪的奋力拼搏，中国的化肥工业从一穷二白到占据全球化肥产能三分之一，成了稳居世界第一的化肥产业大国，每年参加IFA（国际肥料工业协会）大会的中国化肥企业代表超过与会人员半数以上。光鲜的数字背后，有着更深的隐忧。中国虽然已经成为一个化肥大国，但不是强国。我们面临的是氮肥、磷肥产能过剩加剧，低水平的重复建设，高耗能重污染的现状，粮食安全与资源消耗和环境保护的矛盾日益尖锐。我国化肥利用率仅为30%～35%，而农业发达国家化肥利用率已达到60%。我们进入化肥强国要走的路还很长，譬如生物刺激素的研究，测土施肥配伍养分的技术，水肥一体化的建设，包括化肥深施的机械配套和智能制造等。除了化肥产业，还有建材、钢铁等若干产业都面临大而不强的窘境。振兴民族工业，唯有产业转型技术升级才能由大到强，这是一个涉及供给侧结构性改革的方向问题，也是一个涉及新时代企业家群体如何创造未来的具体问题。

工业题材让我兴奋，经历也是资本。我曾在中国最大的化肥制造企业里兼任过几家化肥企业的董事长。非常不幸的是，七年时间里，我组织参与停产关闭的化肥企业也是七家。这七家企业曾经都是当地最大的地方工业企业，在日益紧迫的安全环保压力下无一幸免，或关停或转产。它们见证了中国化肥工业如何由弱到强，又经历盛极而衰，最后退出历史舞台的过程。这几年，我经历了如何面对几千名员工的安置，几十亿资产的处置，若干社会债务的清理，许多日子就在这样的纠缠和纠结中度过。我被员工们"围困"在办公室里，两天只吃上一个苹果……悲观、怜悯、愤怒、无奈，我卷入到各种情绪的旋涡中，多么希望能够抓住一把稻草。但我退一步去想，又一个筋斗翻上云端去看，我理解了员工们。如果企业还活着，我们依然是相亲相爱的一家人。如果企业越做越强，他们会以更加温情的形式表达爱。为什么不能让这个企业永远强大下去呢？我陷入了困顿。

　　即使玫瑰已经枯萎，芬芳仍将继续。我一定要写一个百年企业的传奇，即便是一部虚构的小说，也是我的理想。我从另一个广阔的时空里进入创作，却一度陷入沮丧，相对于充满激情的创作者而言，我更像一个迟钝的观察者。企业的历史变成了一堆腊肉，我闻到了一股淡淡的哈喇味。如果用现实主义来处理，怎么超越现实本身？宁静，琐碎，缺乏大波澜，也没有刀光剑影，所有的过程只能像日常工作一样消融于平庸。无论静态描写，还是开放叙述，现实永远比小说更精彩。我感到了经验的陌生和观念的挑战，那么虚构的必需性就成了一把梯子，终于让我微弱的生命体验爬上了阐释理想的阁楼。

　　我开始尝试用现实生活中的砖瓦搭建另一个虚拟的世界，我关注工人们隐秘的生活情境，用粗糙的词语打磨还原某些场景。开始把一幅幅热气腾腾的工作画面和沁人心脾的生活场景移植到小说现场里，然后小心翼翼地绕过意义的浅滩，把自己的思考和意识掰碎了糅进去。我变成了一只蜘蛛，慢慢织网一样构建关系，把人与人之间的微妙相处、地方和企业间的相互依存、政府与企业间的频道转换牵扯进来，让它们之间不仅发生结构性的关联，而且在关联与冲突中发出声音，并呈现出剪不断理还乱的样子……在个体的、具体的生命与整体的、抽象的历史之间，充满了永恒的紧张的对峙，社会的进步就在这每一个历史对峙的缝隙里生长。在这部小说里，我希望企业家（黄政勇或吴英俊）的使命就是去填补好这缝隙，让新的生长更加牢固。洞幽烛微，我多么希望这些呈现出来的东西，看上去更像柏拉图所说的"另一半自己的生活"，也像我们温驯相处的生活。

人的存在的本质是向死而生。我相信企业也是有生命的，就像人一样会经历生老病死。如果放在哲学的层面去思考和考量，死亡最终会成为一种必然性的结果。这部小说更多的观察是作为独立的个体（无论是员工，还是企业家）在面对必然环境时的反应。人的一生都在对其周围的环境不断作出选择和调整，三分天注定，七分靠打拼。打拼也是一种选择，就像奋力一跃的卧槽马，充满了对生命的冒险。

汉语之美、汉语之深厚和微妙，就在这一个一个的词，它被念出来，然后余音不绝，因为诗人和小说家们把层层叠叠的经验、梦想和激情写进了这个词里（李敬泽语）。写作者可以通过文字看见彼此，映照彼此，温暖彼此。那将形成一片光芒。所以文学是美好的，而且有趣。当我们的生活失去重量时，你还可以自由飞翔，而托举翅膀的风，也可以随着你的意思吹。

最后要特别感谢王蒙老师为本书题写书名以增辉，寿生会长为拙作写序而添彩，他们的文和字，散发着夜空里的星辰一样纯粹的光芒，穿透了世俗的尘埃，充满了提携晚辈的澎湃力量，令人温暖，令人感动。感谢所有爱我的人！我也深爱着你们！

陈刚

图书在版编目（CIP）数据

卧槽马／陈刚著. -- 北京：作家出版社，2019.12
ISBN 978-7-5212-0298-4

Ⅰ. ①卧… Ⅱ. ①陈… Ⅲ. ①长篇小说 – 中国 – 当代
Ⅳ. ①I247.5

中国版本图书馆CIP数据核字（2018）第278317号

卧槽马

作　　者：陈　刚
出版统筹策划：汉　睿
责任编辑：张　红
装帧设计：天行云翼·宋晓亮
出版发行：作家出版社有限公司
社　　址：北京农展馆南里10号　　邮　编：100125
电话传真：86-10-65067186（发行中心及邮购部）
　　　　　86-10-65004079（总编室）
E-mail:zuojia@zuojia.net.cn
http://www.zuojiachubanshe.com
印　　刷：三河市北燕印装有限公司
成品尺寸：152×230
字　　数：180千
印　　张：13.5
版　　次：2019年12月第1版
印　　次：2019年12月第1次印刷
ISBN 978-7-5212-0298-4
定　　价：38.00元